निशब्द संवाद का जादू
जीवन की १११ जिज्ञासाओं का समाधान

सरश्री द्वारा रचित श्रेष्ठ पुस्तकें

१. इन पुस्तकों द्वारा आध्यात्मिक विकास करें
- विचार नियम – आपकी कामयाबी का रहस्य
- संपूर्ण ध्यान – २२२ सवाल
- मोक्ष – अंतिम सफलता का राजमार्ग
- सुनहरा नियम – रिश्तों में नई सुगंध
- आध्यात्मिक उपनिषद् – सत्य की उपस्थिति में जन्मी 24 कहानियाँ
- शिष्य उपनिषद् – कथाएँ गुरु और शिष्य साक्षात्कार कीं
- ली गीता ला – लीला और गीता का अनोखा संगम और प्रारंभ
- सत् चित्त आनंद – आपके 60 सवाल और 24 घंटे

२. इन पुस्तकों द्वारा स्वमदद करें
- संपूर्ण लक्ष्य – संपूर्ण विकास कैसे करें
- अवचेतन मन की शक्ति के पीछे आत्मबल
- धीरज का जादू – संतुलित जीवन संगीत
- आपके जीवन का पहला इंटरवल – अपनी क्षमता बढ़ाएँ
- नींव नाइन्टी – नैतिक मूल्यों की संपत्ति
- सुखी जीवन के पासवर्ड – कैसे खोलें दुःख, अशांति और परेशानी का ताला
- नास्तिकता से मुक्ति – उलटा विश्वास सीधा कैसे करें
- इमोशन्स पर जीत – दुःखद भावनाओं से मुलाकात कैसे करें
- मन का विज्ञान – मन के बुद्ध कैसे बनें

३. इन पुस्तकों द्वारा हर समस्या का समाधान पाएँ
- स्वास्थ्य त्रिकोण – स्वास्थ्य संपन्न
- खुशी का रहस्य – सुख पाएँ, दुःख भगाएँ : ३० दिन में
- रिश्तों में नई रोशनी

४. इन आध्यात्मिक उपन्यासों द्वारा जीवन के गहरे सत्य जानें
- मृत्यु पर विजय – मृत्युंजय
- स्वयं का सामना – हरक्युलिस की आंतरिक खोज
- बड़ों के लिए गर्भ संस्कार – १० अवतार का जन्म आपके अंदर
- सन ऑफ बुद्धा – जागृति का सूरज

निशब्द संवाद का जादू

जीवन की 111 जिज्ञासाओं का समाधान

सरश्री

THE SECRET OF AWAKENING

निशब्द संवाद का जादू - जीवन की १११ जिज्ञासाओं का समाधान

© Tejgyan Global Foundation

All Rights Reserved 2009.
Tejgyan Global Foundation is a charitable organization with its headquarters in Pune, India.

सर्वाधिकार सुरक्षित

वॉव पब्लिशिंग्ज् प्रा. लि. द्वारा प्रकाशित यह पुस्तक इस शर्त पर विक्रय की जा रही है कि प्रकाशक की लिखित पूर्वानुमति के बिना इसे व्यावसायिक अथवा अन्य किसी भी रूप में उपयोग नहीं किया जा सकता। इसे पुनः प्रकाशित कर बेचा या किराए पर नहीं दिया जा सकता तथा जिल्दबंद या खुले किसी भी अन्य रूप में पाठकों के मध्य इसका परिचालन नहीं किया जा सकता। ये सभी शर्तें पुस्तक के खरीददार पर भी लागू होंगी। इस संदर्भ में सभी प्रकाशनाधिकार सुरक्षित हैं। इस पुस्तक का आंशिक रूप में पुनः प्रकाशन या पुनः प्रकाशनार्थ अपने रिकॉर्ड में सुरक्षित रखने, इसे पुनः प्रस्तुत करने की प्रति अपनाने, इसका अनूदित रूप तैयार करने अथवा इलेक्ट्रॉनिक, मैकेनिकल, फोटोकॉपी और रिकॉर्डिंग आदि किसी भी पद्धति से इसका उपयोग करने हेतु समस्त प्रकाशनाधिकार रखनेवाले अधिकारी तथा पुस्तक के प्रकाशक की पूर्वानुमति लेना अनिवार्य है।

पहली आवृत्ति : ०९.०९.२००९

रीप्रिंट : सितंबर २०१६

रीप्रिंट : फरवरी २०१८

प्रकाशक : वॉव पब्लिशिंग्स प्रा.लि., पुणे

Nishbda Sanwad Ka Jadoo

by **Sirshree** Tejparkhi

यह पुस्तक समर्पित है
सत्य के रक्षकों को
जो
असली अध्यात्म को
लुप्त होने से
बचाने के लिए
दिन-रात कार्यरत हैं।

अनुक्रम

भूमिका-	शून्य की अनुभूति	9
प्रस्तावना-	इंसान को सवाल क्यों सूझते है?	13
खंड १	अध्यात्म का सार	
	अध्यात्म के मूलभूत सवाल	23
खंड २	अस्तित्व संबंधी उलझनें	
	रोज़मर्रा के निर्णयों और परेशानियों पर सवाल	45
खंड ३	ईश्वरीय तत्व के रहस्य	
	ईश्वर से संबंधित सवाल	71
खंड ४	अंतिम लक्ष्य	
	आत्मसाक्षात्कार से संबंधित गहरे सवाल	93
खंड ५	व्यवसायी और वैयक्तिक जीवन	
	व्यावसायिकता से संबंधित व्यक्तिगत सवाल	113
खंड ६	सत्य की ओर जाने वाले मार्ग	
	आत्मसाक्षात्कार प्राप्ति की ओर जाने वाले मार्गों पर सवाल	131
खंड ७	शून्य की अनुभूति	
	शून्य के अनुभव से संबंधित सवाल	159
	शेष संग्रह	184-192

7

शब्दावली

मनोशरीरयंत्र	-	मानव शरीर, तन और मन से बना यंत्र
तेज	-	दो के परे उदा. तेज मौन यानी शोर और शांति से परे का मौन
तेजज्ञान	-	ज्ञान व अज्ञान से परे का ज्ञान यानी तेजज्ञान
सेल्फ़	-	ईश्वर, अल्लाह, सत्य, गॉड, तेज प्रकाश, स्वसाक्षी, चैतन्य
सेल्फ़ इंक्वॉयरी	-	अपनी पूछताछ
निमित्त	-	कारण
लुप्त कड़ी	-	अध्यात्म की छूटी हुई कड़ियां, मिसिंग लिंक
अंतिम समझ	-	उच्चतम ज्ञान
तोलू मन	-	कन्ट्रास्ट मन, तुलना करनेवाला, तोड़नेवाला, कल में जीनेवाला मन
तेजम्	-	अहंकाररहित मैं, अव्यक्तिगत मैं
हैपी थॉट्स	-	शुभ इच्छा यानी वह इच्छा, जो इच्छाओं और विचारों के प्रति चिपकाव ख़त्म करने की इच्छा है।
तेज समझ	-	प्रज्ञा, अंडरस्टैंडिंग

भूमिका
शून्य की अनुभूति

अपने भाव व विचारों को वाणी द्वारा व्यक्त करने की शक्ति इंसान को कुदरतन मिली है लेकिन कई बार वह इन्हें व्यक्त करने में असमर्थ होता है। ऐसे समय वह मौन के द्वारा अभिव्यक्त करता है। वस्तुतः भाव, विचार, वाणी और मौन यह बताने के लिए है कि हमारे अंदर एक ऐसा अनोखा तत्व है, जिसके बारे में सुनना, सोचना और अनुभव करना हमें अच्छा लगता है। वह तत्व क्या है? वह कौन सा सत्य है? वह सत्य है शून्य, जो शून्य होते हुए भी परिपूर्ण है। इस पुस्तक के ज़रिए आप उस शून्य की अनुभूति कर पाएंगे और अपने जीवन की रिक्तता को भर पाएंगे।

इस पुस्तक की रचना सवाल-जवाब के आधार पर की गई है, ताकि आप उस शून्य को महसूस कर सकें। कुछ सवालों के जवाब हमारे अंदर के ख़ालीपन को भरते हैं। जबकि इस पुस्तक के जवाब न केवल ख़ालीपन को भरते हैं बल्कि उस ख़ालीपन की अनुभूति भी करवाते हैं।

स्वअनुभव में स्थापित होना व उस अनुभूति को व्यक्त करना ही मानव जीवन का मूल लक्ष्य है। जो जवाब इस उद्देश्य की पूर्ति करते हैं, वे मूल्यवान हैं, चाहे आपने उन्हें पहले कितनी ही बार क्यों न पढ़ा हो। इस पुस्तक में दिए गए जवाब भले ही आप जानते हों, फिर भी आगे बढ़ें, पढ़ते रहें। इस पुस्तक का उद्देश्य सिर्फ़ बौद्धिक ज्ञान को बढ़ाना नहीं

है, बल्कि जवाबों के ज़रिए आपको अपने स्व का अनुभव, अपने होने का अनुभव कराना है।

अपने अस्तित्व से लेकर जीवन के अन्य क्षेत्रों में उठने वाले सवालों का समावेश इस पुस्तक में किया गया है। पुस्तक में आधुनिक जीवन से संबंधित सवालों से लेकर प्राचीन काल से चले आ रहे सवाल अंतर्निहित हैं। पुस्तक में दिए गूढ़, आध्यात्मिक और सनातन जवाबों को पढ़कर शून्य को महसूस किया जा सकता है। इस पुस्तक का अधिकतम लाभ उठाने के लिए नीचे चार क़दम दिए गए हैं।

क़दम १ - सवाल को महसूस करें

पुस्तक में दिए गए सवाल को पहले ठीक से पढ़ें। जिस क्षण आप सवाल पढ़ेंगे, उसी क्षण आपके अंदर सवाल के जवाब के लिए स्थान बन जाएगा। उस स्थान को महसूस करें और अपने अंदर ही जवाब की प्रतीक्षा करें।

क़दम २ - जवाब को महसूस करें

पुस्तक में दिए गए जवाब पढ़ें। जैसे ही आप उन्हें पढ़ेंगे, वैसे ही कोई अनुभूति उभरकर आ सकती है। कुछ जवाब आपको गहराई तक, अपने होने के अहसास तक ले जाएंगे। यह शून्य अवस्था है। इस शून्य अवस्था को महसूस करें। कुछ देर तक उस अवस्था में ही रहें, चाहे आप उसे संभ्रमित अवस्था ही क्यों न समझें। कई लोगों के लिए न-मन अवस्था का अहसास यहीं से शुरू होता है। जब आप शून्य का अहसास करेंगे तब आपको पढ़े हुए जवाब से अलग-अलग आयाम महसूस होंगे।

क़दम ३ - जीवन की रिक्तता को भरें

जवाबों के अंदर अपने आपको ढूंढ़ें, अपने आपको जानें। शून्य का अनुभव करके जाने हुए जवाब जीवन में कार्यरूप में उतरते हैं। जो जवाब आपको महत्वपूर्ण लगते हैं, उन्हें एक अंतराल के बाद पुनः पढ़ें। कुछ जवाब ऐसे होते हैं कि उन्हें समझने के लिए कुछ समय इंतज़ार करना पड़ता है। संपूर्ण समझ प्राप्त करने के लिए पहले कुछ बातों को जानना,

सीखना व देखना ज़रूरी है। इन तीनों आयामों के द्वारा ही किसी जवाब को पूर्णतः समझा जा सकता है। प्रतीक्षा हमें जवाब पाने योग्य बनाती है।

क़दम ४ - अपनी शंकाओं को दरकिनार करें या बाज़ू में रखें

यदि दिए गए जवाब या संकल्पना आपको समझ में न आए तो उसे अलग करके रखें अर्थात थोड़े समय के लिए बाज़ू में रखें और दूसरे प्रश्न की तरफ़ बढ़ें। फिर पूरी पुस्तक पढ़ने के बाद अलग किए हुए सवालों को पुनः पढ़ें। अब उनके अर्थ आप समझ पाएंगे। गहराई से जवाब जानने के लिए हमें लिखें या फ़ाउंडेशन द्वारा आयोजित शिविरों में भाग लें।

सभी सवालों के जवाब उपलब्ध हैं। ये जवाब वहीं स्थित हैं, जहां से सवाल उठते हैं। जब यह रहस्य खुलेगा तब आपको मूल स्थान, तेजस्थान, हृदय, सोर्स, केंद्र पकड़ में आएगा। तब आप कहेंगे कि अब कोई भी सवाल, सवाल नहीं रहा, अब सारे जवाब हमें अपने अंदर ही मिल सकते हैं।

धन्यवाद।

कृष्णा अय्यर

संकलक और संपादक

प्रस्तावना
इंसान को सवाल क्यों सूझते हैं?

क्या इंसान को सवाल नहीं करने चाहिए? विश्व में अगर किसी भी इंसान के मन में सवाल न आएं तो क्या होगा और अगर उसे सवाल आएं तो वो क्या करें? सवालों के सही जवाब मिलने से होता है अज्ञान की मृत्यु और जिज्ञासा का जन्म। इसे एक चित्रकार के उदाहरण से समझें।

एक चित्रकार है जिसके पास ऐसा ब्रश, ऐसी पेंसिल और ऐसा रंग है, जिससे वह जो भी चित्र बनाता है, वह चित्र सजीव हो उठता है। एक दिन चित्रकार ने चित्र में एक बहुत बड़ा खेत बनाया। खेत में पेड़-पौधे, घास-फूस, कुआं, घर, पक्षियों को भगाने वाला पुतला बनाया और कुछ बौने इंसान भी बनाए। फिर उस चित्र की रचनात्मकता बढ़ाने के लिए चित्रकार ने अलग-अलग पेड़ों पर, चट्टानों पर, खेत में पड़े पत्थरों पर, कुएं की दीवारों पर और उस पुतले पर अलग-अलग सूक्ष्म चित्र बनाए। ये चित्र कुछ रहस्यमयी संकेतों की ओर इशारा करते थे।

चित्रकार ने एक ऐसा ब्रश भी बनाया, जिससे ऐसे कई चित्र बन सकते हैं जो सजीव हो सकते हैं यानी चित्र बनाने वाले ब्रश से ही ऐसा ब्रश बनाया गया, जिससे अनेक चित्र बन सकते हैं। फिर उस ब्रश को संकेतों द्वारा चित्र में छिपा दिया गया। इससे उच्चतम सृजनात्मकता और क्या हो सकती है कि ब्रश से ही ऐसा ब्रश बनाया जाए, जिससे और चित्र बनाए जाएं! जैसे अलादीन के चिराग़ से एक और चिराग तैयार

किया जाए!

चित्रकार द्वारा बनाए गए खेत में बौने घूमते रहते थे मगर उन्हें वे संकेत दिखाई नहीं देते थे। पेड़ों पर जो चित्र बनाए गए थे, उन्हें बहुत ग़ौर से देखना पड़ता था तभी वे संकेत समझ में आते थे। अगर आप पेड़ों की टहनियों और तनों पर ग़ौर से देखेंगे तो आपको कोई चित्र बनता हुआ दिखाई देगा। जिस तरह बादलों की ओर काफ़ी लंबे समय तक देखते रहने से कोई चित्र दिखाई देने लगता है, उसी तरह पेड़ों की टहनियों पर भी ग़ौर से देखने से चित्र दिखाई देते थे। बौने उन चित्रों को देखते ही नहीं थे इसलिए उन्हें वह ब्रश मिलने की संभावना नहीं थी, जिसे सांकेतिक रूप से चित्रों में छिपाया गया था।

वास्तव में वे सभी चित्र बौनों के लिए बहुत उपयोगी थे। यदि वे चित्र देखते और उनमें छिपे संकेत ढूंढ़ते तो उनकी लंबाई बढ़ जाती। कुछ चित्रों को देखकर बुद्धि बढ़ती थी, कुछ चित्रों को देखकर उनकी तीसरी आंख खुलती थी। कुछ चित्रों को देखकर, उन बौनों के पास जो पतली-पतली पुस्तकें हैं, वे मोटी हो जातीं यानी उन पुस्तकों में अधिक जानकारी इकट्ठी हो जाती।

एक दिन बौनों के मन में कुछ सवाल उठे जिनके कारण उन्होंने कुछ ऐसे चित्रों को ढूंढ़ा जिनसे उनकी लंबाई बढ़ी, उनकी बुद्धि खुली, उनका तीसरा नेत्र खुला, उनका हृदय खुला और वे सारे रहस्यों को खोल पाए। वे उस ब्रश को प्राप्त कर पाए, जिससे अब नए चित्र बनाए जा सकते हैं। अब उनसे कैसी अभिव्यक्ति होगी! उनकी अभिव्यक्ति देखकर चित्रकार को भी बड़ी संतुष्टि होगी कि उसने जिस उद्देश्य से चित्र बनाया था, वह उद्देश्य पूरा हुआ। वर्ना वह देख रहा था कि ये बौने तो खेत में घूम रहे हैं मगर जो रहस्य उन्हें खोलने चाहिए, उनकी तरफ़ तो वे देख ही नहीं रहे हैं। वे रहस्यों के नज़दीक से गुज़र रहे हैं मगर संकेतों की तरफ़ देख ही नहीं रहे। जैसे आपके सामने से आपके बच्चे जा रहे हैं और आप भी वहीं खड़े हैं मगर बच्चे आपकी तरफ़ आंख उठाकर देख ही नहीं रहे हैं तो आप उन बच्चों को क्या कहेंगे? आप यही कहेंगे कि 'अरे! थोड़ा मुड़कर

देखो, थोड़ा ऊपर देखो, नए ढंग से तो देखो...।'

आपके जीवन में भी वैसी ही घटनाएं बार-बार हो रही हैं मगर आप सीख नहीं पा रहे हैं। कोई इशारा कर रहा है, संकेत भेज रहा है मगर आप समझ नहीं पा रहे हैं। एक ही घटना की पुनरावृत्ति आपके लिए की जा रही है। वे ही पेड़, वे ही पत्ते, वही कुआं, वही पुतला, वही घास-फूस, वे ही चट्टानें, वे ही पत्थर जिन पर कुछ लिखा हुआ है, कुछ संकेत अंकित हैं, कुछ चित्र चित्रित हैं, उन पर से थोड़ी धूल हटाकर देखें। अपने आपसे सवाल पूछकर देखें कि 'यह पत्थर यहां क्यों है? यह रुकावट मेरे जीवन में क्यों आई है? क्या बताने के लिए आई है? क्या संकेत है? उससे मैं क्या सीख रहा हूं? मेरे जीवन में जो समस्या आई है, वह मुझे किसलिए तैयार कर रही है?' इत्यादि। चित्रकार तो आपको अपना ब्रश देना चाहता ही है। वह तो चाहता है कि आपकी पूरी संभावना खुले ताकि आप जीवन के रहस्यों को पहचानकर ख़ुद चित्र बनाएं।

इस तरह जीवन का खेल चल रहा है। खेल अदृश्य है, अतः इसे समझाने के लिए आपको चित्रकार की ऐनालॉजी बताई गई।

इस कहानी से आपको जानना है कि आप इस कहानी में कहां पर हैं। आपकी लंबाई (चेतना) कितनी बढ़ी है? अगर आप भी कुछ चित्र देख पाए तो आपकी लंबाई ज़रूर बढ़ेगी। अगर नहीं देख पाए तो आपकी लंबाई (समझ) उतनी ही रहेगी। नया मौक़ा आपकी लंबाई बढ़ाने यानी आपका विकास करने के लिए आता है। कहानियों में तो इस तरह की शब्दावली होती है, जैसे लंबाई का बढ़ना, जो दिखाई देता है मगर आंतरिक विकास दिखाई नहीं देता। कहानियों में इस तरह के दृश्य दिखाए जाते हैं ताकि लोग उससे यह समझ पाएं कि वे कैसे आगे बढ़ें, उनकी लंबाई कैसे बढ़े अर्थात उनका तेजविकास कैसे हो।

कहानी		असली अर्थ
१. चित्रकार	:	ईश्वर, जिसने यह दुनिया बनाई
२. चित्र	:	ईश्वर द्वारा बनाया गया संसार
३. लोगों का क़द, लंबाई	:	इंसान की चेतना का स्तर, समझ, विकास
४. बौने	:	निम्न चेतना के लोग
५. ब्रश, पेंसिल	:	ईश्वर की शक्ति
६. रंग	:	विकल्प
७. संकेत	:	सत्य (ईश्वर) की तरफ़ इशारा
८. तीसरी आंख	:	आत्मसाक्षात्कार, आंतरिक विकास
९. पुस्तक	:	बुद्धि, ज्ञान, जानकारी
१०. पत्थर	:	जीवन की रुकावटें

चित्रकार कौन? बौने कौन? दृश्य क्या? रहस्य क्या? ब्रश क्या? इस तरह की सभी चीज़ें चित्र में कुछ इशारा कर रही हैं। हालांकि सभी बौने खेत में घूम रहे हैं मगर वे इशारे पकड़ नहीं पा रहे हैं तो अब क्या किया जाए? चित्रकार अब क्या करेगा? वह ऐसी तकनीक इस्तेमाल करेगा जिससे लोगों के अंदर सवाल उठें। अतः वह 'क्या' 'क्यों' इन शब्दों का निर्माण करता है और बौनों के अंदर डाल देता है। अब बौनों के अंदर सवाल उठता है कि 'ऐसा क्यों? यही दृश्य क्यों? यही पेड़ क्यों? पेड़ पर ऐसी रेखाएं क्यों?' इत्यादि। वे बौने अपने आसपास की चीज़ों को देखते हैं और पूछते हैं कि 'यह पेड़ ऐसा ही क्यों है? इसकी रचना ऐसी ही क्यों की गई है?' ठीक इसी तरह जब इंसान के अंदर भी सवाल उठते हैं तब वह खोज शुरू करता है और उससे उसका विकास होता है।

लोग अलग-अलग तरह के सवाल पूछते हैं। कुछ सवाल विकास से संबंधित होते हैं, कुछ सवालों से जानकारी मिलती है (पुस्तक मोटी होती है) और कुछ सवालों से तेजविकास यानी आंतरिक विकास होता है। आज तक अध्यात्म पर जो भी सवाल पूछे गए हैं, उनसे अंतिम ज्ञान

का तीसरा नेत्र और हृदय खुलता है। हृदय खुलने से इंसान को वह ब्रश मिलता है, जो रहस्य खोलने के लिए आवश्यक है। चित्रकार चाहता है कि उसके रहस्य खोले जाएं। जैसे कोई पहेली बनाता है तो वह ऐसी पहेली बनाता है, जिसे कोई तुरंत न सुलझा पाए। कोशिश करके सुलझाने पर ही पहेली का असली मज़ा आता है। इसी तरह कुछ महापुरुषों द्वारा जीवन की पहेली सुलझाई जाती है।

जैसे किसी बूढ़े को देखकर बुद्ध के अंदर यह सवाल उठा कि 'क्या मैं भी बूढ़ा होने वाला हूं?' किसी बीमार को देखकर उसने सवाल पूछा कि 'क्या मैं भी बीमार होने वाला हूं?' किसी की अर्थी को देखकर बुद्ध ने रथ में बैठे हुए अपने सारथी से पूछा कि 'क्या मेरी भी मृत्यु होने वाली है? क्या दुख मुक्ति का कोई रास्ता है? क्या आनंद की कोई ऐसी अवस्था है, जहां समय के साथ आनंद बढ़ता है?'

बुद्ध ने सारथी से कहा, 'रथ वापस महल की ओर ले चलो। अगर मरना ही है तो समझो मैं अभी मर गया! क्या फ़र्क़ पड़ता है कि अगर मृत्यु पचास साल बाद होनी है! जो कल होना निश्चित है समझो वह आज ही हो गया। जब तक मैं उसे न खोज लूं, जिसकी मृत्यु नहीं होती तब तक मैं चैन से बैठ नहीं सकता, रथ वापस ले चलो।' उसके बाद बुद्ध ने अपना महल छोड़ दिया और वे उसकी खोज में निकल पड़े, जिसकी कभी मृत्यु नहीं होती। एक बूढ़े को देखकर, अर्थी और संन्यासी को देखकर बुद्ध के मन में जो सवाल उठे, उन्हीं सवालों के कारण वे सत्य की खोज कर पाए।

इस तरह के सवाल जब किसी के मन में उठते हैं तब वह सत्य की खोज करता है। कुछ लोगों के अंदर ऐसे सवाल भी उठे, जिनसे वैज्ञानिक आविष्कार हुए और विश्व को सुविधा, सुरक्षा तथा जानकारी मिली। जैसे बिजली का आविष्कार हुआ पर वास्तव में बिजली पहले से ही मौजूद थी। दरअसल सभी चीज़ें पहले से ही मौजूद होती हैं। लेकिन वैज्ञानिकों के सवालों की वजह से इस तरह की खोज होती है। खोज (डिस्कवरी) वास्तव में पुनः आविष्कार (रीडिस्कवरी) है। जो चीज़ें लुप्त हुई हैं, उन्हें

सिर्फ़ अनावृत्त (रीडिस्कवर) करना है। जैसे न्यूटन नामक वैज्ञानिक का उदाहरण सभी जानते हैं। एक बार वह किसी पेड़ के नीचे बैठा था और जब पेड़ से सेब नीचे गिरा तब न्यूटन के मन में सवाल उठा कि 'यह सेब नीचे क्यों गिरा? ऊपर क्यों नहीं गया?' इस सवाल से उसकी खोज शुरू हुई और उसने गुरूत्वाकर्षण का नियम खोज निकाला। हक़ीक़त में पृथ्वी की गुरूत्वाकर्षण शक्ति पहले से ही मौजूद थी। ऐसा नहीं है कि न्यूटन की खोज के बाद पृथ्वी ने चीज़ों को अपनी ओर खींचना शुरू किया। पृथ्वी का यह कार्य न्यूटन की खोज के पहले से ही जारी था। न्यूटन ने केवल इस नियम को सवाल पूछ-पूछकर अनावृत्त किया। अब आपको समझ में आया होगा कि सवालों का उठना कितना ज़रूरी है।

कुछ लोग अपनी पुस्तक को बड़ा करना चाहते हैं यानी वे चाहते हैं कि सारे विश्व की जानकारी उनके पास हो। जानकारी प्राप्त करने के लिए वे सवाल पूछते हैं। जैसे, 'आपके शहर में कौन सी चीज़ सस्ती है और कौन सी महंगी? किस चीज़ की मांग ज़्यादा है? आपके मुल्क की क्या विशेषता है? वहां के रास्ते कैसे हैं? हमारे यहां वैसे रास्ते क्यों नहीं हैं? वहां त्योहार कैसे मनाए जाते हैं? वहां किस तरह के नाम रखे जाते हैं? हमारे यहां कौन से नाम रखे जाते हैं? आपके यहां लोग किस तरह की प्रार्थनाएं करते हैं?' इत्यादि।

ऐसा इंसान केवल जानकारी इकट्ठी करना चाहता है। इसलिए वह जहां कहीं भी जाता है तो सवाल पूछता रहता है। सिर्फ़ जानकारी इकट्ठी करने के लिए सवालों का उपयोग हुआ तो उसका पूरा फ़ायदा नहीं होगा। सिर्फ़ पुस्तकों को मोटा करने के लिए सवालों का उपयोग होगा तो अज्ञान की मृत्यु और जिज्ञासा का जन्म नहीं होगा। सवालों से पूर्ण लाभ लेना चाहिए यानी सवालों से अज्ञान मिटाना चाहिए।

सवाल हमारी उच्चतम अभिव्यक्ति के लिए हैं। जो संकेत दिए जा रहे हैं, वे सृजनात्मक कार्य करने के लिए हैं। जब अज्ञान हट जाता है तब सृजन (क्रिएशन) होता है, क्रिएशन की उच्चतम संभावना प्रकट होती है, जिसे चेतना का सातवां स्तर कहा गया है। चेतना के सातवें स्तर पर

पहुंचकर ही इंसान से महानिर्वाण निर्माण हो सकता है क्योंकि वहां अकंप और निर्मल मन है, जो घटना होने से नहीं कांपता।

अहंकार को बढ़ाने के लिए पूछे गए सवाल तो बिल्कुल ग़लत हैं। अगर कोई किसी को नीचा दिखाने के लिए सवाल पूछे कि 'क्या तुम्हें मालूम है कि मुझे क्या मालूम है?' तो इस तरह के सवाल ग़लत हैं। सवाल किस उद्देश्य से पूछे जाते हैं? अपना ज्ञान प्रदर्शन करने के लिए, अहंकार बढ़ाने के लिए, जीवन का रहस्य खोलने के लिए या अपना जीवन सही ढंग से कैसे बिताएं, यह जानने के लिए?

हर सवाल के साथ सवाल पूछने वाले की अवस्था भी सामने आती है कि अब वह कहां तक पहुंचा है, क्या-क्या उसे दिखाई दे रहा है। जब आप सवाल पूछते हैं तब आपके सामने नए विकल्प खुलते हैं।

यदि आप चित्रकार हैं और चित्र बना रहे हैं तो चित्र में रंग भरते वक़्त आपके पास जो रंग उपलब्ध हैं, उनमें से ही आप रंगों का चुनाव करते हैं। जो रंग आपके पास नहीं हैं, उनके बारे में तो आप सोच भी नहीं सकते। आपके पास जो सीमित रंग हैं, उनसे ही आप काम चलाते हैं। इसी तरह कुछ सवाल ऐसे पूछे जाते हैं कि 'इस तरह की घटना हो तो यह करना चाहिए कि नहीं करना चाहिए?' जैसे 'मेरे सामने किसी इंसान पर अत्याचार हो रहा है तो मैं उसे बचाऊं कि नहीं बचाऊं? उस वक़्त मैं क्या करूं?' ऐसे में आपके पास जो विकल्प होगा, वही आप चुनेंगे। जो रंग (विकल्प) आपके पास हैं ही नहीं, उन्हें आप नहीं चुन सकते।

चित्रकार को और भी रंग दे दिए जाएं तो जो नायाब चित्र बनेगा, उसकी कल्पना अभी नहीं की जा सकती है। जब उसके पास ज़्यादा रंग नहीं थे तब भी चित्र बन रहे थे मगर अब जो चित्र बनेगा, वह पहले वाले चित्रों से बहुत ही अलग और सुंदर होगा।

तीनों अवस्थाओं में:

१. जब आपके पास सभी जवाब हैं,

२. जब आपके पास थोड़े ही जवाब हैं,

३. जब आपके पास कोई जवाब नहीं है

तब आपका कर्म कैसा होगा? आपका प्रतिसाद कैसा होगा? यह जांचना चाहिए।

जिसके पास सारे विकल्प उपलब्ध होते हैं, उसका जीवन, उसकी क्रियाएं उत्तम होती हैं। उसे देखकर आप हैरान होते हैं कि यह इंसान इतने सही निर्णय कैसे ले पाता है? क्यों ले पाता है? इसका कारण है कि उसने अपने सवालों पर विचार मंथन किया है। उसी तरह हमारे जीवन में हर रोज़ जो भी घटनाएं हो रही हैं, उनमें हम श्रेष्ठ विकल्प ढूंढ़ पाएं। हम अपने आपको ऐसे अभ्यस्त कर पाएं कि हमारे सामने श्रेष्ठ विकल्प आएं यानी हम तेज़ रंग (उच्चतम चुनाव) इस्तेमाल कर पाएं।

अर्जुन ने भी कृष्ण से सवाल पूछे थे क्योंकि उसके सामने ऐसी परिस्थिति आ गई थी, जिसमें वह यह निर्णय नहीं ले पा रहा था कि 'युद्ध करे या न करे?' अर्जुन के सवाल पूछने से कुछ बातें सामने आईं, जिसके फल स्वरूप गीता बनी। उसी तरह हम भी अपनी गीता जानें। हमारे प्रश्न क्या हैं? हम आज कौन सी अवस्था में हैं? हमारा विकास कितना हुआ है? हमारी जानकारी कितनी है? हमारी बुद्धि कितनी खुली है? इत्यादि सवालों पर हम मनन कर पाएं।

आपका सवाल आपकी अवस्था बताता है। सवाल का जवाब मिलने पर आपको नया विकल्प मिलता है। नया विकल्प मिलने पर आप नए ढंग से सोच पाते हैं। नए विचार, नई भावना, नए शब्द आपके सामने आते हैं। फिर आप सामने वाले को नए शब्दों में समझाते हैं। पुराने शब्दों से समझाए गए सवालों के जवाब आज समाधानकारक नहीं हैं। पुराने विचारों से, पुराने दृष्टिकोण से सवाल नहीं सुलझते। वे अनसुलझे ही रह जाते हैं इसलिए अब नए दृष्टिकोण से सवालों के जवाब पाएं। कुछ ऐसे ही जवाब यहां प्रस्तुत किए जा रहे हैं। इन जवाबों को ध्यान से पढ़ें और अपना जीवन रौशन करें।

इस पुस्तक में दिये गये सवाल-जवाब आपको केवल राहत दिलाने

के लिए नहीं हैं बल्कि निःशब्द की ओर मौन में ले जाने के लिए हैं।

जीवन स्वयं ही हर सवाल का जवाब है। यह पुस्तक आपको जीवन रूपी पुस्तक पढ़ने की कला सिखाती है। हृदय से निकले हुए सवालों के जवाब जिज्ञासा जागृत करते हैं... आनंद और संतुष्टि देते हैं... इन्हीं सवाल-जवाबों से उपनिषद बनते हैं... निःशब्द संवाद बनते हैं... इन्हीं सवालों के गर्भ से परमज्ञान के मोती निकलते हैं।

सरश्री...

खंड १

अध्यात्म का सार

अध्यात्म के मूलभूत सवाल

१ – मानव जीवन का मक़सद

अध्यात्म और उद्देश्य

जिज्ञासु: मानव जीवन का लक्ष्य क्या है?

सरश्री: मानव जीवन का लक्ष्य है समग्रता से खिलना, खुलना और खेलना यानी अपनी उच्चतम संभावना को खोलना। जैसे बगिया का हर फूल पूर्ण रूप से खिलना चाहता है। हर फूल का लक्ष्य होता है कि वह पूर्ण खिले और हवाओं के ज़रिए अपनी ख़ुशबू चारों दिशाओं में फैलाए। उसी तरह समग्रता से जीकर सारे संसार के लिए निमित्त बनना ही मानव जीवन का मूल लक्ष्य है।

इस संसार में रहकर हरेक को पूर्णता से खुलकर, खिलकर, वह करना है जो वह कर सकता है। किसी दूसरे की बराबरी कम से कम तब तक नहीं करनी है, जब तक आप जीवन रूपी सागर में तैरना नहीं सीख जाते। प्रकृति में चमेली का फूल, जूही के फूल के बारे में यह नहीं सोचता है कि 'मैं जूही का फूल क्यों नहीं हूं?' अत: आप अधिकतम क्या विकास कर सकते हैं और कैसे जीवन के सागर में तैरना सीख सकते हैं, इसे अपने लक्ष्य का पहला क़दम बनाएं।

मानव जीवन के लक्ष्य के बारे में आज तक लोगों की यही धारणा रही है कि भरपूर धन-दौलत, नाम-शोहरत, मान-इज़्ज़त कमाने में ही मानव जीवन की सार्थकता है। लोगों से यह ग़लती हो जाती है कि वे पैसे को ही अपना लक्ष्य बना लेते हैं। पैसा सुविधा है, मज़बूत रास्ता है मगर मंज़िल नहीं। सिर्फ़ करियर बनाना, पैसे इकट्ठे करना, शादी करना, बच्चे पैदा करना, उन बच्चों का करियर बनाना, उनके बच्चों का पालन-पोषण करके मर जाना ही मानव जीवन का लक्ष्य नहीं है।

इंसान का एक अपना लक्ष्य होता है और एक व्यक्ति लक्ष्य होता है। आजीविका चलाने के लिए अलग-अलग व्यवसाय अपनाना व्यक्ति लक्ष्य है, जैसे डॉक्टर, कारपेंटर, इंजीनियर, चित्रकार, प्रोड्यूसर आदि बनना। लेकिन इसी को परम लक्ष्य मानने की ग़लती अक्सर इंसान से हो जाती है। इंसान का मूल लक्ष्य है मन को 'अपना' बनाना यानी अकंप (अ), प्रेमन (प), निर्मल (न) और आज्ञाकारी (आ) बनाना।

जो आप हक़ीक़त में हैं उसे जानना, जीवन का मूल लक्ष्य है। जिसके बारे में आज तक ज़्यादा कहीं बताया नहीं गया है। इसलिए शुरुआत में इस लक्ष्य को समझना थोड़ा कठिन लग सकता है।

'जीवन का मूल लक्ष्य है स्वयं जीवन को जाने, जीवन अपनी वास्तविकता को प्राप्त हों, स्वअनुभव करे'। यानी जीवन का लक्ष्य है वह स्वअनुभव प्राप्त करना, जिसे आज तक अलग-अलग नामों से जाना गया है, जैसे साक्षी, स्वसाक्षी, अल्लाह, ईश्वर, चैतन्य इत्यादि। वही ज़िंदा चैतन्य हमारे अंदर है, जिस वजह से हमारा शरीर चल रहा है, बोल रहा है, देख रहा है, अलग-अलग तरह की अभिव्यक्ति कर रहा है वर्ना शरीर तो केवल शव है। हमारे अंदर जो शिव है, वही ज़िंदा तत्व जीवन है, जिसे पाने को ही मानव जीवन का मूल लक्ष्य कहना चाहिए। जब इंसान के शरीर में जीवन अपनी वास्तविकता को प्राप्त होता है, तब उसे आत्मसाक्षात्कार कहते हैं।

जीवन का लक्ष्य 'जीवन' है, यानी आत्मसाक्षात्कार प्राप्त करना है, अपने आपको जानना है। इसे जानने के लिए और जीवन की अभिव्यक्ति

करने के लिए ही आप शरीर के साथ जुड़े हैं।

जब आप जीवन का सही अर्थ जानेंगे तब आपको जीवन होने की कला (आर्ट ऑफ़ बीइंग लाइफ़) समझ में आएगी। इंसान सोचता है कि उसे जीवन जीने की कला सिखाई जाए। मगर अब आपको जीवन जीने की कला नहीं सीखनी है, बल्कि जीवन ही बन जाना है यानी अब शरीर से ऊपर उठकर देखना है। अब तक प्रशंसा, आलोचना, व्यंग्य मिलने पर आप यह महसूस करते थे कि यह मेरे साथ हो रहा है। लेकिन यह आपके साथ नहीं हो रहा है, आपके शरीर के साथ हो रहा है। इसी समझ में स्थापित होना जीवन का लक्ष्य है।

भाव, विचार, वाणी और क्रिया के साथ एकरूप होकर जीवन जीना ही समग्रता से जीवन जीना है। दूसरे शब्दों में यह समग्रता प्राप्त करना ही मनुष्य जीवन का परम लक्ष्य है।

२ – अध्यात्म की परिभाषा

आंखों पर बंधी पट्टी उतारें, स्वयं को जानें

जिज्ञासु: अध्यात्म का स्पष्टीकरण क्या है और जीवन में किस हद तक उसकी ज़रूरत है?

सरश्री: अध्यात्म यानी स्वयं को जानना, स्वयं के स्वभाव को जानना। कई लोग सोचते हैं कि शायद अध्यात्म की उतनी ज़रूरत नहीं है, जबकि यही जीवन की सबसे पहली ज़रूरत है। इसे एक उदाहरण से समझें।

जंगल में कुछ लोग काम कर रहे हैं, उनकी आंखों पर पट्टी बंधी हुई है। वे फल तोड़ते हैं, झोपड़ा बनाते हैं, सफ़ाई करते हैं, जानवर पालते हैं। ये सब काम वे आंखों पर पट्टी बांधकर ही करते हैं।

उनमें से एक समझदार इंसान जो अपने आंखों की पट्टी उतरवाकर आता है, वह उन्हें आकर बताता है कि 'फ़लां-फ़लां जगह पर पट्टी उतरवाने का काम किया जाता है, तुम भी चलो, अपनी पट्टी उतरवा लो,

इससे तुम्हें बहुत फ़ायदा होगा।' यह सुनकर कोई कहे कि 'मुझे नहीं लगता कि इसकी इतनी आवश्यकता है और हमारे पास पट्टी उतरवाने के लिए समय भी नहीं है।' उससे आप क्या कहेंगे? ऐसे इंसान को यही कहा जाएगा कि 'तुम मूर्ख हो, पट्टी उतरवाओगे तो तुम्हारे काम बहुत जल्दी और अच्छे होने वाले हैं।'

इसी तरह संसार में भी जो मान्यताओं की पट्टी बांधकर जीवन जी रहे हैं, उन्हें अध्यात्म की बिल्कुल आवश्यकता नहीं लगती। जब आप ऐसे लोगों के साथ ज़िंदगी भर जीने वाले हैं तब आपके जीवन में अध्यात्म की कोई ज़रूरत नहीं है। अगर आपको उससे बाहर आना है तो अध्यात्म की अति आवश्यकता है।

जब आप असली अध्यात्म का संपूर्ण अर्थ समझेंगे तब आपको यह सवाल ही नहीं आएगा। यह सवाल इसलिए उठा क्योंकि असली अध्यात्म अभी आपको पता ही नहीं है। माथे पर चंदन लगा दिया, खड़ाऊं पहन ली, भगवे वस्त्र पहन लिए और गले में माला डाल देने को यदि अध्यात्म समझ लिया गया है तो यह बहुत बड़ा धोखा हो गया। असली अध्यात्म है अपने आपको जानना, जो आप स्वयं हैं, उसे पहचानना।

फिर यह सवाल आता है कि अध्यात्म कितना ज़रूरी है? क्या वाक़ई ज़रूरी है? क्या अध्यात्म में कर्मकांड करना, सुबह उठकर पूजा-पाठ करना, कमल का फूल पानी में डुबोकर सबको लगाना ज़रूरी है? जिसका जवाब है इस तरह की क्रियाएं करना अध्यात्म नहीं हैं, ये अध्यात्म के मात्र संकेत (रिमाइंडर) हैं। लोग अध्यात्म के रिमाइंडर को अध्यात्म समझ लेते हैं इसलिए सवाल आता है कि क्या अध्यात्म ज़रूरी है? यदि रिमाइंडर ही अध्यात्म बन जाता है, निमित्त जब लक्ष्य बन जाता है तब गड़बड़ हो जाती है। निमित्त लक्ष्य नहीं है, लक्ष्य के लिए निमित्त है।

३ – अध्यात्म की कला और विज्ञान

अध्यात्म कर्मकांड नहीं, जीवन है।

जिज्ञासु: अध्यात्म जीवन जीने की कला है या शास्त्र है?

सरश्री: अध्यात्म न तो जीवन जीने की कला है, न ही शास्त्र है, अध्यात्म जीवन है। अध्यात्म यानी अधि-आत्म जो संसार बनने के पहले था। जब आत्मा-परमात्मा नहीं थे, जब सब एक ही था। अध्यात्म यानी शिव है, अध्यात्म यानी जीवन है, शिव यानी मंगल है, वही जीवन है, चेतना है, ज़िंदा चीज़ है, चैतन्य है। अध्यात्म को लोग कर्मकांड समझते हैं। ऐसा-ऐसा कर्मकांड यानी अध्यात्म, ऐसी-ऐसी कला यानी अध्यात्म क्योंकि अध्यात्म का अर्थ समझाने के लिए कई सारे जवाब दिए गए हैं। असली जवाब यह है कि अध्यात्म वह जीवन है, जो हम सबके अंदर है, वह कोई शास्त्र नहीं है।

४ – अध्यात्म किसके लिए?

अध्यात्म हक़ीक़त है, आपके लिए है

जिज्ञासु: अध्यात्म किन लोगों के लिए ज़रूरी है? सबके लिए या कुछ विशिष्ट लोगों के लिए? अगर हमें अध्यात्म में रुचि है तो क्या इसका अर्थ यह है कि हम जीवन से भाग रहे हैं या हम में कोई कमी है?

सरश्री: अध्यात्म हक़ीक़त है और हक़ीक़त सभी के लिए होती है। क्या कोई ऐसा इंसान होगा जो किसी ऐसी चीज़ का इस्तेमाल कर रहा हो, जिसके बारे में उसे कुछ पता न हो और वह उसके बारे में जानना भी न चाहता हो? इसे एक उदाहरण से समझें। आप पेन इस्तेमाल करते हैं तो आप जानना चाहेंगे कि यह पेन कैसे लिखता है? इसके अंदर कितने रिफ़िल हैं, एक है कि चार हैं? आप चाहेंगे कि इसके अंदर जो भी रहस्य हैं, वे मुझे पता चलें। अगर उसके अंदर चार रिफ़िल हैं और आप ज़िंदगीभर यह मानकर लिखते रहे कि उसके अंदर एक ही रिफ़िल है और यह बात आपको अंत में मालूम पड़ेगी तब आप कहेंगे कि 'काश! मुझे पहले किसी ने बताया होता कि इस पेन में चार रिफ़िल हैं, जिसमें

अलग-अलग रंग थे तो मैंने उसका पूरा फ़ायदा लिया होता।'

ठीक इसी तरह अध्यात्म आपको बता रहा है कि जो शरीर आपको मिला है, उसकी उच्चतम संभावना क्या है? इसके अंदर क्या-क्या डाला गया है? इसके अंदर कौन सा ख़ज़ाना है? अध्यात्म में आपको उस ख़ज़ाने की याद दिलाई जाती है। अध्यात्म किसी विशिष्ट इंसान के लिए नहीं है, यह सभी के लिए है। हर इंसान जाने कि उसे जो शरीर मिला है, उससे क्या-क्या हो सकता है? लोग जब कोई भी नई चीज़ या मशीन घर में लेकर आते हैं तब वे उसका इस्तेमाल करने से पहले उसकी जानकारी पुस्तिका (मैन्युअल इंस्ट्रक्शन) पढ़ते हैं। वे उसे क्यों पढ़ते हैं? क्योंकि वे चाहते हैं कि जो चीज़ वे इस्तेमाल करने जा रहे हैं उसकी उन्हें पूरी जानकारी हो। इसी तरह जिस शरीर का आप इस्तेमाल करने जा रहे हैं, उसकी आपको पूरी जानकारी हो कि यह कैसा है? इससे क्या-क्या होता है? यह शरीर किसे मिला है? अध्यात्म आपको इसकी पूर्ण जानकारी देता है इसलिए अध्यात्म सभी के लिए है। मगर कुछ लोग सोचते हैं कि जो लोग परेशान रहते हैं, ज़िंदगी से भागना चाहते हैं, लड़ नहीं पाते, अध्यात्म उन लोगों के लिए है। ऐसी ग़लत धारणाएं अपने मन से निकाल दें।

आप स्कूल, कॉलेज में जाते हैं यानी आप अपनी पढ़ाई को १५-२० साल देते हैं तो क्या इसका अर्थ यह है कि आप जीवन से भाग रहे हैं? नहीं, इसका अर्थ ऐसा नहीं है। आपका लक्ष्य हमेशा यही होता है कि पढ़ाई करने के बाद हमें करियर बनाना है, डॉक्टर बनना है, इंजीनियर बनना है। यह घर से भागना नहीं है, यह तो पूरी तरह से तैयार होकर घर वापस आने की तैयारी है। अगर कोई सोचे कि 'मैं कॉलेज से वापस घर आऊंगा ही नहीं, उधर ही बैठा रहूंगा' तो वह जीवन से भाग रहा है।

अध्यात्म उन लोगों के लिए भी है जो चाहते हैं कि वे सही ढंग से निमित्त बनें, सही ढंग से सेवा करें। कई लोग दूसरों की मदद करना चाहते हैं। उनमें सेवा के भाव होते हैं। वह सेवा उनसे प्रेम की वजह से होती है। कुछ लोग किसी और की तकलीफ़ दूर करने के लिए सेवा

से जुड़ना चाहते हैं इसलिए वे लोग अध्यात्म में जाते हैं। जिससे उनका अपना फ़ायदा तो होता ही है, साथ ही साथ उनका अध्यात्म से जुड़ने का मक़सद भी पूरा होता है।

बुद्ध के मन में जब आया कि 'सब दुख ही दुख है' तब वह दुख बुद्ध के लिए प्रेरणा बना, वे दुख को दूर कर पाए। कोई अध्यात्म में सही समझ प्राप्त करने के लिए जाना चाहता है। किसी की आदत होती है कि वह जो भी चीज़ इस्तेमाल करे, उसका एक बेहतर तरीक़ा हो इसलिए अध्यात्म में जाता है। कुछ लोगों को ईश्वर से प्रेम होता है इसलिए वे अध्यात्म में आते हैं क्योंकि वे ईश्वर द्वारा बनाए गए संसार की तारीफ़ करना चाहते हैं।

उदाहरण के लिए आपके पिताजी ने यदि आपके लिए महल बनवाया हो तो आप पहले ख़ुद महल को चारों ओर से, अंदर-बाहर से देखेंगे ताकि जो भी आए, उसे आप महल के बारे में पूरी जानकारी दे पाएं, महल की प्रशंसा कर पाएं कि बनाने वाले ने क्या-क्या सोचकर यह महल बनाया है। आपके घर में मेहमान आए हों तो आप उन्हें पिताजी द्वारा बनाए गए महल की एक-एक चीज़ कितने आश्चर्य और प्रेम भाव के साथ दिखाएंगे। कोई जब आपसे यह पूछे कि 'आप यह महल दूसरों को क्यों दिखाते हैं, इसकी क्या ज़रूरत है?' तो आप उसे यह बताते हैं कि 'पिताजी द्वारा इतने प्रेम से बनवाए गए महल की सराहना करने पर मुझे आनंद आता है।' इसी तरह इंसान भी ईश्वर द्वारा बनाए गए संसार की सराहना करने के लिए अध्यात्म से जुड़ता है।

कई लोगों को यह भी ग़लतफ़हमी हो जाती है कि दुखी, परेशान लोग ही सत्संग में जाते हैं। ऐसे लोग किसी भी कारण से अध्यात्म में आते हैं मगर ज्ञान प्राप्ति के बाद वे ख़ुद ही यह कहते हैं कि 'अच्छा हुआ हम दुख के कारण ही सही मगर आए तो सही वर्ना आज असीम आनंद खो देते।' अध्यात्म में इंसान कोई भी अनुमान लेकर आए, अंत में उसके सारे अनुमान ग़लत ही साबित होते हैं।

५ – अध्यात्म की लुप्त कड़ी

लुप्त कड़ी कैसे समझें

जिज्ञासु: आज तक अध्यात्म में जो भी बातें बताई गई हैं, उन सभी बातों में लुप्त कड़ियां (मिसिंग लिंक) कौन सी हैं?

सरश्री: लुप्त कड़ी कैसे बनती है, पहले यह समझें। किसी भी चीज़ की शुरुआत कैसे हुई थी? संसार कैसे शुरू हुआ था? ये विचार जब खो जाते हैं तब वह बात लुप्त कड़ी बन जाती है।

जैसे आपने कोई प्रोजेक्ट शुरू किया हो तब उसकी शुरुआत कैसे हुई थी, यह बात कुछ समय के उपरांत जब आप भूल जाते हैं तब आपको याद दिलाया जाता है कि इस प्रोजेक्ट के प्रारंभ में जाएं, उसके पीछे की मिसिंग लिंक (लुप्त कड़ी) पकड़ें।

अध्यात्म में हमेशा यह बताया जाता है कि 'कर्म करो फल की इच्छा मत रखो।' जब लोग यह सुनते हैं तब इस पंक्ति में जो मिसिंग लिंक है, वे वह भूल जाते हैं कि फल की अपेक्षा माध्यम (चैनल) से न रखें, अहंकार या सामने वाले व्यक्ति से न रखें। जिस ईश्वर की मदद कर रहे हैं, जिसके साथ कर्म कर रहे हैं, उससे इच्छा रखें। यह मिसिंग लिंक ग़ायब हो जाने की वजह से इस महावाक्य का जो परिणाम आ रहा था, वह आना बंद हो गया। लोगों ने यह सोचकर उस शिक्षा (टीचिंग) को छोड़ दिया कि 'यह बात संभव नहीं है या कुछ ही लोगों के लिए यह करना संभव है, यह हमारे लिए नहीं है।' लोगों ने यह पहली मूर्खता की कि मिसिंग लिंक को मिस कर दिया। उसके साथ-साथ उन्होंने दूसरी मूर्खता भी की कि उस शिक्षा को भी छोड़ दिया। उस वजह से इस शिक्षा में कौन सी लुप्त कड़ी थी, यह समझ में आने का मौक़ा ही बंद हो गया।

किसी चीज़ की शुरुआत करने के बाद उसमें कई सारी नई बातें जुड़ जाती हैं। कुछ समय के बाद वे नई बातें हमें आकर्षित करती हैं और हम उन नई बातों में ही खो जाते हैं। ऐसी अवस्था में मूल बात खो जाती है। फिर कुछ समय बाद कोई समय का पारखी आकर हमें यह अहसास

कराता है कि आप जिन बातों का पालन कर रहे हैं उनमें फ़लां-फ़लां लुप्त कड़ियां हैं। ये लुप्त कड़ियां पकड़ने के लिए हमेशा अपने आप से यह सवाल पूछें कि किसी भी चीज़ की शुरुआत कैसे हुई थी।

भारत देश जब अंग्रेज़ों के शिकंजे में था, तब सब मिलकर उसकी आज़ादी के लिए लड़ रहे थे और अंग्रेज़ चले गए। अतः जब अंग्रेज़ चले गए तब देश को चलाने की एक नई ज़िम्मेदारी आ गई। उस समय अलग-अलग लोगों को अलग-अलग पद बहाल किए गए। किसी को बताया गया कि 'आप प्रधानमंत्री बनें... आप मुख्यमंत्री बनें... आप रक्षामंत्री बनें... आप शिक्षामंत्री बनें...' इत्यादि। अंग्रेज़ चले जाने के बाद जो नई गतिविधियां होने लगीं, उन पर लोगों का ध्यान केंद्रित हो गया। अंग्रेज़ों से उनका ध्यान हट गया मगर आज़ादी का मूल उद्देश्य खो गया। आज़ादी के बाद लोगों में यही बातें चलीं कि 'फ़लां-फ़लां को मुख्यमंत्री की कुर्सी दी गई, मुझे नहीं दी गई। अच्छा! उसे दिया वह तो फिर भी ठीक है मगर जिसे दी गई वह तो मुझ से भी गया गुज़रा है, नाक़ाबिल है।'

ऐसे वक़्त पर अगर उन्हें कोई याद दिलाए कि मिसिंग लिंक क्या है तब सब बदल जाएगा। जब भी प्रारंभ याद दिलाया जाता है तब अपने आप मूर्खताएं बंद हो जाती हैं। मिसिंक लिंक मूर्खता बंद करवाने के लिए है वर्ना लोग आपस में ही लड़-झगड़कर मरते हैं और असली लक्ष्य से दूर हो जाते हैं। आज़ादी पाते वक़्त किस तरह से लोगों की भलाई के लिए बातें हुई थीं और उसी वजह से किस तरह अंग्रेज़ों को भगाया गया था, यह उस बात की मिसिंग लिंक है। ज़्यादातर लोग यह बात भूल गए कि आज़ादी के बाद देश में क्या लाना था।

जब कोई स्वतंत्रता दिवस आता है तब फिर से याद दिलाया जाता है और मिसिंग लिंक बताई जाती है तो लोगों को उस चीज़ के पीछे का असली उद्देश्य पता चलता है। मिसिंग लिंक मिस हो जाती है यानी उस चीज़ की बुनियाद खो जाती है। वहां पर फिर से सत्य याद दिलाना आवश्यक है। सवाल में पूछा गया है कि मिसिंग लिंक क्या है? मिसिंग

लिंक वह है जिसके खो जाने से उस चीज़ का लाभ मिलना बंद हो जाता है।

लोग ध्यान, तप, जप इत्यादि कर रहे हैं मगर उन्हें उसके अंदर की मिसिंग लिंक पकड़ में नहीं आई तो वे उन चीज़ों का लाभ नहीं उठा सकेंगे, जिनके लिए वे ध्यान करते हैं। जब आप किसी चीज़ का पूर्ण लाभ लेना चाहते हैं तब सबसे पहले अपने आप से पूछें कि इस चीज़ की शुरुआत कैसे और किस बात को ध्यान में रखते हुए की गई थी? ये बातें मनन, पठन और सवालों द्वारा जानने का प्रयास करें।

यह संसार किसलिए बना है यह बात समझते हुए संसार में सभी कार्य करने की कला सीखें। पृथ्वी पर आप जो लक्ष्य लेकर आए हैं, वह पूर्ण हो और उसी सत्य की अभिव्यक्ति आपके द्वारा हो, यही चाहत रखते हुए जीवन की हर मिसिंग लिंक पकड़ें।

६ – बीमारी और अध्यात्म

बीमारी निमित्त है

जिज्ञासु: क्या शारीरिक बीमारियां आध्यात्मिक उन्नति के लिए बाधा बन सकती हैं? अगर, हां तो उपाय क्या है?

सरश्री: नहीं! शारीरिक बीमारियां आध्यात्मिक उन्नति के लिए बाधा नहीं बनती हैं। आज तक जिन्होंने सत्य प्राप्त किया, उन्होंने जाना कि शरीर ख़ुद बीमारी है। उस बीमारी को एक और बीमारी होती है। उन्होंने 'शरीर बीमारी है', यह महसूस किया क्योंकि वह हमें अपने साथ चिपका देता है। फिर जब यही शरीर हमें आसक्त करना बंद कर देता है तब वह बीमारी नहीं रहती बल्कि मंदिर बनता है।

अंतिम समझ मिलने के बाद इस शरीर को मंदिर बनाने के लिए उसके अंदर जो प्लास्टर उखड़ गया है, उसे ठीक करने की आवश्यकता आप अपने आप महसूस करेंगे। अगर पेंट निकल गया है तो पेंट लगाएंगे। जो भी तकलीफ़ है, उसे दूर करेंगे मगर वह ठीक नहीं हुई तो रोते-धोते नहीं बैठेंगे।

पुराने समय के कई संतों ने यह भी कहा है, 'इंसान को कोई न कोई तकलीफ़ होनी आवश्यक है ताकि सत्य की याद हमेशा बनी रहे।' ऐसा वे इसलिए कह पाए क्योंकि उन्होंने दर्द को निमित्त बनाना सीख लिया था। उन्हें दर्द के पीछे असली सत्य की याद आती रही। अर्थात 'दर्द किसे हो रहा है?' यह जब याद आता है तभी ईश्वर को याद किया जाता है। अगर बीमारी के साथ यह होने लगे तो वह बीमारी कल्याणकारी साबित होगी।

किसी का यह सवाल होता है कि सत्य प्राप्ति में कितनी बाधाएं हैं? जिसका सरल जवाब है, 'कोई भी बाधा नहीं है।' विश्व में ऐसी कोई भी चीज़ नहीं बनाई गई है, जो बाधा है। बीमारी भी बाधा बने इसलिए नहीं बनाई गई है मगर बीमारी आपको बाधा महसूस हो सकती है। कहीं कोई नर्क नहीं बनाया गया है मगर नर्क महसूस ज़रूर किया जा सकता है। लोग अपनी मान्यताओं की वजह से नर्क भुगत सकते हैं, जबकि वह बनाया नहीं गया है। उसी तरह बीमारी भी आध्यात्मिक उन्नति में बाधा नहीं है।

इसका अर्थ आपको बीमारी का इलाज नहीं करना है, ऐसा भी न समझें। बीमारी का इलाज ज़रूर करवाएं। फिर भी अगर कोई बीमारी रह जाए तो उसे निमित्त बनाएं। जब कोई बीमारी आपको हर पल असली चीज़ की याद दिलाती रहे तब वह कल्याणकारी ही प्रतीत होगी।

जैसे कुली किसी का बैग उठाकर चलता है और मंज़िल आने पर जब वह अपने सिर से सामान उतारता है तब उसे ख़ुशी होती है या दुख होता है? निश्चित ही उसे ख़ुशी होती है। उसी तरह आप भी अपना शरीर लेकर घूम रहे हैं। जो इंसान अति मोटा है उसके बारे में सोचें कि उसकी हालत कैसी होगी? वह इंसान कुली का काम कर रहा है, ज़्यादा बोझ लेकर जी रहा है। इसलिए यह कहा जाता है कि सात्विक खाना खाएं, सात्विक जीवन जिएं, जो आपकी मदद करे। आज की अवस्था में जब आपका वज़न ज़्यादा है और आपको कोई ऐसी बीमारी है, जो किसी कारणवश पूर्ण रूप से ठीक नहीं हो सकती, जैसे वह वंशानुगत

(हेरीडेटरी) है या अन्य कारणों की वजह से आप उस बीमारी से पूर्ण रूप से मुक्त नहीं हो सकते हैं तो मन में अपराधबोध या दुख न रखें। 'इस बात की वजह से मुझे मोक्ष नहीं मिल सकता,' ऐसा न समझें। उस बीमारी को भी अंतिम लक्ष्य अर्थात मोक्ष पाने में निमित्त बनाएं। यह समझ रखें कि 'इन बीमारियों के बावजूद भी मुझे अंतिम लक्ष्य प्राप्त हो सकता है।'

७ – अध्यात्म और पूर्वज्ञान

अनंत संभावनाएं हैं और सब अब हैं

जिज्ञासु: जो घटना हो रही है यह पहले भी कभी हो चुकी है इसका अहसास होता है और यह पहले भी याद आ चुका है, ऐसा महसूस होता है तो यह क्या हो रहा है?

सरश्री: इस सवाल के जवाब को कंप्यूटर के उदाहरण से आसानी से समझा जा सकता है। कंप्यूटर में जब आप क्लिक करते हैं तब आपके सामने एक पेज खुलता है। फिर जब तक आप दूसरे पेज के लिए क्लिक नहीं करते तब तक आपके सामने दूसरा पेज नहीं खुलता। अर्थात कंप्यूटर में दोनों पेज यानी दोनों संभावनाएं एक साथ उपलब्ध हैं। यदि आपने 'ए' सिलेक्ट किया तो आपके सामने 'ए' से संबंधित जानकारी आएगी। फिर उसी में जब आप आगे क्लिक करते जाते हैं तो आपको आगे की जानकारी प्राप्त होती जाती है। इस तरह 'ए' से संबंधित जो भी बातें हैं, आप उसके अंदर-अंदर जाते हैं। मगर अगर आपने 'बी' सिलेक्ट किया होता तो आपके सामने कुछ अलग जानकारी आई होती। इससे समझें कि सभी पर्याय यानी जानकारियां कंप्यूटर में एक साथ उपलब्ध हैं केवल हमें एक साथ दिखाई नहीं देतीं।

इसी तरह एक इंसान की अनंत संभावनाएं हैं, जो सभी इंसानी कंप्यूटर में उपलब्ध हैं। लोग सोचते हैं कि मानव की एक ही संभावना होती है। मशीनियत में जीने वाले लोग एक ही संभावना को क्लिक (चुनाव) करते हैं, उनकी वृत्तियां हमेशा एक ही को क्लिक करवाती हैं।

यदि उन्हें नीला रंग पसंद हो तो वे नीले को ही क्लिक करते जाएंगे, फिर वे कभी यह नहीं सोचेंगे कि नीले रंग के अलावा हरा, लाल, पीला, नारंगी रंग भी होता है। अर्थात वे कभी यह सोचेंगे भी नहीं कि नया, तेज़, ताज़ा, भक्तियुक्त प्रतिसाद दिया जा सकता है। ऐसा उन्हें क्लिक ही नहीं होता मगर कंप्यूटर रूपी इंसान में तो सभी विकल्प उपलब्ध हैं।

कई बार ऐसा होगा कि कुछ लोगों को कुछ बातें पहले ही पता चलती हैं। उन्हें लगता है कि 'अरे! यह तो देखी हुई घटना लगती है।' ऐसा उन्हें क्यों प्रतीत होता है? क्योंकि किसी भी घटना को जब आप हेलीकॉप्टर के दृष्टिकोण से देखेंगे तब आपको पता चलेगा कि सब अभी है, सारी फ़िल्म अभी है। यह तो अच्छा है कि सारी फ़िल्म आपको एक साथ नहीं दिखाई जाती। सोचें, अगर आपको पारदर्शक फ़ोटो दिखाए जाएं यानी ऐसा काग़ज़ जिसके आप आर-पार देख सकते हैं और उस पर किसी ने एक चित्र बनाया है। ऐसे यदि दस चित्र एक-दूसरे के नीचे रखकर आपको दिखाए जाएं कि 'इन्हें देखें।' तब आपको सभी चित्र एक-दूसरे के ऊपर दिख रहे हैं और कुछ समझ में ही नहीं आ रहा है कि किसका चित्र कौन सा है। तब आपको समय अंतराल रखना पड़ेगा कि पहले एक चित्र रखेंगे, उसके बाद दूसरा चित्र, फिर तीसरा चित्र... तो वह जो बीच में दरार यानी अंतराल है, वह है समय। समय का आविष्कार क्यों हुआ? ताकि इस जीवन की फ़िल्म के चित्र आपको एक-एक करके दिखाए जा सकें वर्ना हर सीन अभी है, हर स्लाइड (चित्र) अभी है, इसी वक़्त उपलब्ध है।

यह बात बुद्धि से कैसे समझ में आए! यह तो बुद्धि से परे की बात है। जब आपको कहा जाएगा कि कंप्यूटर में सब उपलब्ध है, अभी है मगर उसे देखने के लिए आपको एक कार्यप्रणाली से जाना होगा, दूसरा क्लिक करना होगा तब ही दूसरा सीन आएगा। अगर एक क्लिक करेंगे तो एक तरह का सीन आएगा। दूसरा क्लिक करेंगे तो दूसरी तरह का सीन आएगा। उसके बाद आप फिर चुनाव करते हैं। इंसान को जब ज्ञान मिलता है तब क्या होता है? जब गुरु मिलते हैं तब वे यह कला

सिखाते हैं कि 'अब पुराने रंगों पर नहीं जाना है। अब आपको कुछ और देखना है, एक नया रंग पकड़ना है। नया क्लिक करेंगे तो नई चीज़ें सामने आएंगी।'

बीच-बीच में कुछ लोगों के अंदर यह ज़रूरत महसूस होती है। यह अच्छा है, इस वजह से लोगों की सत्य की यात्रा शुरू होती है। मगर सत्य पाने के लिए सिर्फ़ यही एक तरीक़ा नहीं है। कुछ लोगों के अंदर सवाल उठता है, 'मैं कौन हूं?' या फिर कुछ लोग आईने के सामने खड़े होकर ख़ुद से सवाल पूछते हैं कि 'क्या यही मैं हूं?' कोई सोचता है, 'दुनिया जब नहीं थी तब कैसा लग रहा था?' वे बार-बार यह कल्पना करना चाहते हैं। हर चीज़ से शून्य, संसार कैसा महसूस हो रहा है? वे ऐसी कल्पना करके देखते हैं कि यदि कुछ भी नहीं है तो क्या होगा? अंत में सोचते हैं कि 'मैं जो देख रहा हूं, वह भी नहीं होगा तो कैसे देखा जाएगा?' इस तरह अंत में सिर्फ़ जानने वाला ही बचता है।'

शरीर, पृथ्वी और ग्रहों-उपग्रहों (प्लेनेट्स) को भी ग़ायब किया तो भी जानने वाला उपलब्ध है। पहले तो जानने वाले का शरीर दिखाई देगा मगर बाद में लगता है कि 'अरे! अपना शरीर भी ग़ायब करता हूं। फिर कौन बचता है?' तब भी जानने वाला बचता है, फिर वह क्या है? कुछ लोगों के अंदर ऐसा होता है, जिसकी वजह से उनके आध्यात्मिक यात्रा की शुरुआत होती है।

कुछ लोगों को पहले से ही कुछ दृश्य देखे हुए लगते हैं। घटना आज हुई मगर उन्हें लगता है कि यह घटना पहले हो चुकी है। ऐसा उनके साथ इसलिए होता है ताकि उनकी सत्य की यात्रा शुरू हो। कोई घटना पहले से ही देखी हुई लगना संभव है क्योंकि सब अभी है। केवल बीच में समय डालने की वजह से भूतकाल, वर्तमानकाल और भविष्यकाल का विभाजन होता है वर्ना हर पल वर्तमान ही है। बाक़ी कुछ है नहीं अगर है तो वह बुद्धि में है या कल्पना में है। असल में सब अभी है और उसे देख पाना कृपा है। समय ऐसी ही कृपा है जिसकी वजह से हम जीवन का खेल एक क़तार से देख पा रहे हैं। एक-एक दिन करके देख पा रहे

हैं। अगर एक साथ फ़िल्म दिखाई जाए, अभी शुरू और अभी ख़त्म, शुरुआत पर ही अंत तो सब गड़बड़ी हो जाती। जीवन में ऐसा नहीं होता है, यह कृपा है। इस कृपा का लाभ लें और सत्य जानें।

८ - जागृत अवस्था में अध्यात्म

जागृत अवस्था में स्वअनुभव कैसे मिले

जिज्ञासु: जब हम गहरी नींद में होते हैं तब जो स्थिति होती है, क्या वह जागृत अवस्था में भी प्राप्त हो सकती है? बहुत कोशिशों के बावजूद भी वह अनुभव जागृत अवस्था में नहीं मिलता। मौन की अवस्था आती भी है तो उसे जांचने के लिए मन बार-बार आ जाता है। ऐसा क्यों होता है? हमें अब तक वह अनुभव प्राप्त क्यों नहीं हुआ?

सरश्री: जीवन में ही मोक्ष मिल सकता है, जागृत अवस्था में ही समाधि मिल सकती है। गहरी नींद में जो अनुभव प्राप्त होता है, वह जागृत अवस्था में भी प्राप्त हो, इसी के लिए तैयारी करवाई जा रही है। अनुभव को जागृत अवस्था में लाने की ज़रूरत नहीं है क्योंकि अनुभव तो सतत है ही। वह अनुभव आप महसूस नहीं कर पाते क्योंकि आप उसकी कल्पना करते हैं, तुलना करते हैं। मन उस अनुभव की तुलना करता है कि जिस तरह गहरी नींद में शरीर का अहसास ग़ायब हो जाता है, दर्द और तकलीफ़ महसूस नहीं होती, उसी तरह जागृत अवस्था में भी वही अनुभव मिले। वही अनुभव जब जागृत अवस्था में प्राप्त करने की कोशिश की जाती है तब मन कहता है, 'अरे! शरीर का अहसास हो रहा है, सिर दर्द हो रहा है, बैठे-बैठे कमर दुख रही है, गहरी नींद में जो अनुभव होता है वह नहीं हो रहा है। अगर स्वयं का अहसास शरीर में चल ही रहा है तो हमें उसका अनुभव क्यों नहीं होता?' वह अहसास सूक्ष्म नहीं है परंतु जब तक पकड़ में नहीं आता तब तक लगता है कि बहुत कठिन है, बहुत सूक्ष्म है।

जैसे आप चश्मा पहनते हैं तो उसका कितना अहसास आप कर पाते हैं? उसका अहसास उतना ही होता है जितना होना चाहिए। ठीक

उसी तरह उस अनुभव का अहसास भी उतना ही है, जितना होना चाहिए। वह उससे न ज़्यादा हो सकता है और न ही कम हो सकता है। चश्मे के अहसास की एक सीमा है, वह वैसा ही अहसास दे सकता है, उससे न ज़्यादा दे सकता है और न कम। जो अपना अहसास है, वह भी वैसा ही है, वह न कम है, न ज़्यादा है। मगर जब आप जागृत अवस्था में होते हैं तब दूसरे बहुत से अहसास आपके अंदर चलते रहते हैं इसलिए आप वह अनुभव महसूस नहीं कर पाते।

इसे एक उदाहरण द्वारा समझें। आप एक ऐसे कमरे में बैठे हैं, जहां संगीत चल रहा है। आपको संगीत सुनने के लिए कहा जाता है परंतु बहुत शोर होने के कारण आप संगीत नहीं सुन पा रहे हैं। आप कहते हैं, 'शोरगुल बंद हो जाए तो ही संगीत सुना जा सकता है' लेकिन शोरगुल बंद होने के बावजूद भी आपको संगीत सुनाई नहीं देता क्योंकि आप संगीत की भी कल्पना करते हैं। जैसा संगीत आपने सुना है, आप वैसा ही संगीत सुनने की कोशिश करते हैं। जो संगीत आपकी याददाश्त में होता है, अगर वैसा संगीत आपको सुनाई नहीं देता है तो आप कहते हैं कि संगीत सुनाई नहीं दे रहा है। फिर अचानक जब कुछ बातें पकड़ में आने लगती हैं तब आपको झटका लगता है, 'अरे! यह संगीत है क्या? मैं तो अपनी पूर्व कल्पना से इसकी तुलना कर रहा था।' अब आप स्वयं परीक्षण करना चाहते हैं कि क्या शोर के रहते भी आप संगीत सुन पा रहे हैं, फिर आप कहेंगे, 'जैसा शोर हो रहा था होने दें, बच्चों को खेलने दें, टीवी चल रहा है तो चलने दें, रेडियो भी बजने दें। क्या इस शोरगुल के बीच भी मैं संगीत पकड़ पा रहा हूं?' अगर आपका उस संगीत से तालमेल बैठ गया है तो शोर में भी आप संगीत सुन पाते हैं।

ठीक उसी तरह जब आप अपने होने का अहसास शांत वातावरण में पकड़ पाएंगे तो धीरे-धीरे शोर में भी पकड़ने लगेंगे। फिर आपको समझ में आएगा कि यह तो वही अहसास है जो नींद में होता है। वह अहसास तो सदा आपके साथ ही था, वह कहीं गया नहीं था। जिस तरह नींद में आपको जो सपना दिखाया जाता है, जो दृश्य दिखाए जाते

हैं, उन्हें आप देखते हैं। ठीक उसी तरह आप अभी भी दृश्य देख रहे हैं। उनमें कोई फ़र्क़ नहीं किया गया है। आप वैसे के वैसे ही दृश्य देख रहे हैं। अब क्या बचता है? अब वैसे ही पड़े रहें और दृश्यों को आते हुए देखें। जब कोई दृश्य आपके सामने आ जाए तो उसे देख लें, नहीं आए तो अपने आपको देखते रहें। यह बहुत आसान है मगर जब आप इसे पकड़ने की कोशिश करेंगे तो पहले कल्पना आएगी। आप उसकी तुलना नींद की अवस्था के साथ करेंगे।

आपका मन उस अनुभव को भी सीमा देता है, जो असीमित है। उसकी कल्पना करके मन सोचता है, 'ऐसा-ऐसा अहसास होगा, इस-इस इलाक़े में, इतना-इतना अहसास होगा यानी वह अनुभव हुआ' क्योंकि मन के देखने का तरीक़ा ऐसा ही है। उसे आंतरिक दुनिया का अहसास कभी नहीं हो पाएगा। बाहरी दुनिया से संबंधित यदि कोई सवाल पूछे कि भारत की सीमा कहां से कहां तक है? तो उसे जवाब मिलेगा कि 'फ़लां-फ़लां बॉर्डर तक भारत की सीमा है, इसके बाद पाकिस्तान है।' यह तो बाहरी दुनिया का जवाब हुआ। इसे जब आंतरिक अवस्था से देखा जाएगा तो उसे बताया जाएगा कि 'इसकी कोई सीमा नहीं है इसलिए सेना की ज़रूरत ही नहीं है। सीमा होती तो सेना की ज़रूरत पड़ती है।' इससे समझें कि मन की दुनिया में कल्पना बड़ी बाधा बनती है। मन कुछ भी सुनेगा तो झट से एक कल्पना करेगा, एक अनुमान लगाएगा। मन की यह आदत अब धीरे-धीरे टूटे।

अपने होने के अहसास को आप यह सोचते हुए नहीं पकड़ पाएंगे कि शरीर का अहसास ग़ायब हो जाए क्योंकि शरीर के कारण ही आप उस अहसास को महसूस कर पाते हैं। शरीर तो निमित्त है उस अनुभव का अहसास कराने के लिए, जो सतत चल ही रहा है।

आप अगर अनुभव करके देखेंगे तो आपको लगेगा कि आप बचपन से जैसे थे, वैसे ही हैं, आप में कोई बदलाव नहीं आया। हालांकि बहुत कुछ बदल चुका है मगर आपको ऐसा नहीं लगता कि कुछ बदला है क्योंकि आपके अंदर एक अविराम (कंटीन्युएशन) का अहसास सतत

चल रहा है। सिर्फ़ एक ही ऐसी चीज़ है जो आपके अंदर नहीं बदली इसलिए आप में निरंतरता का अहसास है। जिस कारण आपको लगता है कि 'जो मैं बचपन में था वही मैं आज हूं, मैं बदला नहीं हूं।'

आप अपने आपको याद करें। जब आप छोटे थे तब कैसे लगते थे? कई लोगों को तो अपने बचपन की फ़ोटो देखकर यक़ीन नहीं आता कि मैं ऐसा था। फिर भी आपको कभी ऐसा नहीं लगता कि मैं बदल गया हूं क्योंकि इसमें एक समान चीज़ है, जिसकी वजह से आप यह कह पाते हैं कि 'मैं वही हूं जो मैं बचपन में था।' वह क्या चीज़ है? क्या उसे पकड़ना कठिन है? वह चीज़ ऐसी है जो बचपन से लेकर आज तक आपके अंदर है मगर कभी बदली नहीं। उल्टा उसे पकड़ना आसान है क्योंकि वह लगातार वहीं है। आपकी लंबाई, चौड़ाई, हर बात बदल गई है। आपकी उस वक़्त की डॉक्टरी रिपोर्ट्स वैसी नहीं हैं जैसे बचपन में थीं, वे भी बदल चुकी हैं। कोई भी चीज़ वैसी नहीं है। वही है अपने होने का अनुभव। वही अनुभव आप गहरी नींद में करते हैं और वही अनुभव आप जागृत अवस्था में लेना चाहते हैं। आप सिर्फ़ अपनी कल्पना तोड़ें।

९ – अध्यात्म अंदर या बाहर

असली अनुभव अंदर बाहर के बाहर है

जिज्ञासु: क्या अनुभव शरीर के बाहर भी हो सकता है?

सरश्री: हां ! इस सवाल के जवाब को तीन अलग-अलग उदाहरणों से समझें:

१) 'क्या रसगुल्ले के अंदर रस होता है या उसके बाहर भी रस होता है?' आप कहेंगे, 'रसगुल्ला रस में ही रहता है, जिसके अंदर भी रस होता है और बाहर भी रस होता है।' उसी तरह स्वअनुभव अंदर भी है और बाहर भी है।

२) जिस तरह मछली पानी के अंदर ही रहती है, उसके चारों तरफ़ पानी होता है। उसी पानी में वह ज़ीती है। चाहे वह पानी को ढूंढ़ती रहे कि 'पानी कहां होता है?' क्योंकि पानी मछली की आंखों के

इतना नज़दीक, चिपका हुआ है कि उसे पता ही नहीं चलता कि वह पानी में है। इसी तरह अनुभव भी इतना क़रीब है कि पता ही नहीं चलता कि अनुभव के अंदर हम हैं या हमारे अंदर अनुभव है। जबकि अनुभव हमारे चारों तरफ़ है।

३) जैसे आप तेल में भजी डालते हैं, वैसे ही शरीर संसार में आ गए हैं। अनुभव शरीर के अंदर भी है और बाहर भी है। अर्थात तेल भजी में है और तेल में भी भजी है।

१०– आध्यात्मिक अनुभवों का महत्व

कुदरत का फ्री सैंपल पहचानें

जिज्ञासु: कुछ दिन पहले जब मैं नींद से उठा तब लगा कि मैं शरीर हिला नहीं पा रहा हूं। उस वक़्त मैं बहुत डर गया। थोड़ी देर बाद जब शरीर हिला तब मैं पलंग से नीचे गिर गया और मेरे पैर में चोट भी आई। उसके कुछ देर बाद मैं पूरा शरीर हिला पाया। सोते वक़्त यह समझ थी कि 'मैं शरीर नहीं हूं।' इस घटना को कैसे समझें?

सरश्री: सुबह नींद से उठते ही कई बार लोगों को इस तरह के अनुभव आते हैं। इसे इस तरह से भी समझ सकते हैं कि प्रकृति हर इंसान को सत्य का अनुभव हर सुबह सैंपल के रूप में देती है।

जब भी सेल्समैन किसी चीज़ की बिक्री करता है तब वह उसी चीज़ का थोड़ा सा हिस्सा फ्री सैंपल के रूप में टेस्ट करने के लिए देता है। उसी तरह प्रकृति भी हर सुबह सत्य के अनुभव का फ्री सैंपल देती है कि 'इंसान को हर सुबह वही स्वाद मिले' मगर सुबह उठते ही उसे इतने सारे काम याद आते हैं कि कुदरत द्वारा मिला हुआ सैंपल उससे छूट जाता है। सुबह उठने के तुरंत बाद उसे यही विचार आता है कि 'अब क्या करना है? आज कौन से काम बाक़ी हैं?' इन सवालों में खोकर वह फ्री सैंपल छूट जाता है। ऐसे में आपको अपने आप में यह सोचकर सजगता बढ़ानी होगी कि 'इन विचारों को फ़िलहाल बाज़ू में रखते हुए कुदरत मुझे जो सत्य का सैंपल दे रही है, उस पर पहले फ़ोकस करते हैं।'

ऐसा आपके साथ होने के लिए हमेशा यह पंक्ति बताई जाती है कि 'जब भी आप छह बजे उठें तब अपने आप से कहें कि मैं सवा छह बजे उठा।' फिर छह बजे से सवा छह बजे तक पंद्रह मिनट उसी अनुभव पर रहें। यह समझें कि 'मैं आज सवा छह बजे उठा' वर्ना छह बजे उठते ही आप में 'आज क्या करना है? कहां जाना है? किससे मिलना है? अभी यह होना है... वह होना है... नाश्ता बनाना है...' इस तरह के विचार आने शुरू हो जाते हैं। ऐसे समय पर अपने आप से यही कहें कि 'अगर मैं सवा छह बजे उठा होता तो क्या हुआ होता? अगर पंद्रह मिनट देरी से काम शुरू किया तो क्या फ़र्क़ पड़ता?' यह समझ प्राप्त होने के बाद आप सोचेंगे कि 'इन पंद्रह मिनटों में कुदरत जो सत्य का सैंपल हमें दे रही है, उसका हर सुबह लाभ लेंगे।'

हर सुबह प्रकृति इंसान को कुछ न कुछ बताती है। इस बारे में वह कोई पक्षपात नहीं करती मगर इंसान को लगता है कि पक्षपात हुआ है। जैसे कुछ लोग ग़रीब घर के हैं, कुछ अमीर घर के हैं, किसी के साथ ऐसा है, किसी के साथ वैसा है। इंसान को लगता है कि ये सब पक्षपात चल रहा है। हक़ीक़त में यह पक्षपात नहीं है। जब तक आपको यह बात पक्की नहीं है, यह ज्ञान नहीं है तब तक आपको ये बातें पक्षपात लगेंगी। सभी बातें आपके लिए ही चलती हैं।

इस तरह के अनुभव जब भी आएं तब उन अनुभवों को मील का पत्थर (माइलस्टोन) समझें। कई लोग एक ही अनुभव को निश्चित समझने लगते हैं, उसे ही अंतिम अनुभव समझने लगते हैं। उन्हें लगता है कि हमेशा ही ऐसा होगा और वे डर जाते हैं मगर समझ यह हो कि इस तरह के अनुभव बीच-बीच में आते हैं और हरेक को आते हैं। इन अनुभवों को माइलस्टोन बनाकर आगे जाने की कला सीखें।

११- अध्यात्म और ग्रह-नक्षत्र

ग्रहों का असर / असरदार हॅपी थॉट्स

जिज्ञासु: क्या आकाश के ग्रह, तारों, नक्षत्रों का असर हम पर होता

है? अगर होता है तो कैसे?

सरश्री: आकाश के ग्रह, नक्षत्रों का असर हम पर होता है, यह सही बात है। न सिर्फ़ उनका बल्कि पृथ्वी पर जो लोग हैं, उनके विचारों का असर भी हम पर होता है। पृथ्वी का भी असर हम पर होता है। विश्व में जितनी चीज़ें हैं उन सबका असर हम पर होता है। मगर उनसे हमारी ज़िंदगी में कोई बाधा नहीं आती है। वे चीज़ें हमें सहायता ही करती हैं। अगर धरती हमें नहीं खींच रही होती तो हम कैसे चल रहे होते, कितनी तकलीफ़ होती। आज जितना समय हमें कहीं पहुंचने में लगता है, उससे १० गुना ज़्यादा समय लगता। पृथ्वी का यह असर है तो हमारे लिए बाधा नहीं है। पहले यह बात साफ़-साफ़ समझ लें वर्ना इस तरह की धारणाएं बन जाती हैं कि 'नक्षत्रों का असर हम पर हो रहा है, फिर हम तो कठपुतली हो गए।'

ऐसे लोगों को कहा जाता है, 'नक्षत्रों का असर हम पर ज़्यादा से ज्यादा १०% से १५% होता है मगर ९०% इंसान के अपने विचारों का असर होता है। इंसान के जीवन में विचार सबसे बड़ा असर करते हैं, उन्हें बदलना आवश्यक है। बाक़ी सारे असर सहायता करेंगे, रुकावट नहीं बनेंगे।'

हमारे शरीर के अंदर जल तत्व है। बाहर के नक्षत्रों का असर उस तत्व पर पड़ता है। जैसे समंदर की लहरें एक निश्चित समय पर ज़्यादा ऊपर उठती हैं। समंदर के अंदर ज्वार और भाटा आता है, चांद की अलग-अलग अवस्थाओं में चुंबकीय वातावरण का असर उस पानी पर होता है। वैसे ही हमारे अंदर भी जो जल तत्व है, जो हमारे अंदर बहता है, उस पर उसका असर होता है तो कभी हम ज़्यादा चुस्त होते हैं, कभी ज़्यादा नाराज़ या कभी सुस्त महसूस करते हैं। यह कुछ समय होता है। इसका अर्थ वह हमारे लिए रुकावट है, ऐसा मत मानना।

हर अवस्था में हम उच्च अवस्था की तरफ़ जा सकते हैं। उसे निमित्त बना सकते हैं, यह समझ हमें बढ़ानी है। १०% को इतना महत्व न दें कि हम ९०% को भूल जाएं। दुनिया के हर इंसान के विचारों का

असर आप पर होता है इसलिए आपको कहा जाता है कि सभी इंसान अगर हैपी थॉट्स रखने लगते हैं तो सारी पृथ्वी पर उनका असर होने ही वाला है।

१२– अध्यात्म और गुरु कृपा

गुरु की आवश्यकता

जिज्ञासु: क्या जीवन में सद्गुरु का होना आवश्यक है? कई लोगों ने कहा है कि बिना सद्गुरु के जीवन व्यर्थ है।

सरश्री: इस सवाल का जवाब बिल्कुल ऐसा है जैसे कोई पूछे क्या मां का होना आवश्यक है? दोनों का जवाब एक ही है। आप जानते हैं बच्चे के लिए मां का होना कितना आवश्यक है वर्ना बच्चा तेज प्रेम को कैसे जान पाएगा। जब तक तेज प्रेम नहीं मिलेगा तब तक वह नहीं जान पाएगा कि तेज प्रेम क्या होता है? उसकी आवश्यकता क्यों है? जैसे मां की आवश्यकता बच्चे को होती है, उसी तरह शिष्य को गुरु की आवश्यकता होती है।

गुरु के बिना जीवन व्यर्थ (मीनिंगलेस) नहीं है। जीवन का अर्थ, जीवन का मतलब फिर भी रहेगा। करोड़ों ऐसे लोग हैं, जिनकी ज़िंदगी का मतलब है। वे कुछ निर्माण कर रहे हैं, उनका भी इस पृथ्वी पर रोल है। बिना गुरु के जीवन व्यर्थ नहीं है मगर बिना गुरु जीवन ज़्यादा मूल्यवान भी नहीं है। Without Guru life meaningless नहीं less meaningful है। बिना गुरु के जीवन जीने वाले लोग बहुत थोड़े में ख़ुश हो जाते हैं। १ इंच का जीवन भी वे सही ढंग से नहीं जान पाते। जो लोग अपने जीवन की पूरी संभावना खोलना चाहते हैं, उन्हें गुरु मिलना अति आवश्यक है।

खंड २
अस्तित्व संबंधी उलझनें
रोज़मर्रा के निर्णयों और परेशानियों पर सवाल

१३- हाथ उठाएं या न उठाएं?

हाथ उठने से पहले चेतना उठे

जिज्ञासु: समाज में रहते हुए जब किसी कमज़ोर पर हमारे सामने अत्याचार होता है तो क्या उस समय उसकी रक्षा करना उचित है? उस समय अगर हमारा हाथ उठ जाए तो क्या यह ग़लत होगा या परिस्थिति अनुसार सही होगा?

सरश्री: किसी भी परिस्थिति में आपका हाथ उठना सही और ग़लत तब साबित होगा, जब हाथ उठने से पहले आपकी चेतना उठे। आपकी चेतना अगर पहले उठी तो जो होगा वह सही निर्णय होगा।

देश की सीमाओं पर रक्षा के लिए या दुश्मन का सामना करने के लिए सैनिक जब बंदूक़ उठाते हैं तब उनकी बंदूक़ें किस चेतना से उठती हैं, यह जानना ज़्यादा महत्वपूर्ण है। कभी ऐसा भी होता है कि सीमा के दोनों तरफ़ सैनिक मज़े से बैठे हों, अभी युद्ध भी नहीं हो रहा हो मगर किसी एक सैनिक को खुजलाहट होती है और वह किसी का नाम पुकारकर चिल्लाता है, 'फ़लां कौन है?' दुश्मन की सेना से कोई उठता है और कहता है, 'मैं हूं' और वह उसे गोली मार देता है। यह किस तरह का कृत्य है? वहां चेतना कितनी गिरी हुई है। गिरी हुई चेतना से

बंदूक़ उठी या हाथ उठा तो वह ग़लत ही सिद्ध होगा। उठी हुई चेतना से बंदूक़ उठी या हाथ उठा तो वह सही सिद्ध होगा मगर पहले अपने आप से यह सवाल पूछें कि 'हमारा हाथ उठा उसके पहले हमारी चेतना उठी या नहीं?'

जापान में ज़ेन मास्टर्स हुआ करते थे। वे अपने शिष्यों को युद्ध कौशल की विद्या सिखाते थे, जिसमें शिष्यों को लड़ना होता था। इस विद्या में उनका आधार युद्ध नहीं बल्कि होश या जागरण होता था। वहां लड़ने वाले पहलवानों को सामुराई कहा जाता था। जब दो सामुराई एक-दूसरे के सामने होते थे तो उनका लक्ष्य यही होता था कि किसी भी क्षण उनकी चेतना का स्तर नीचे न गिरे, हर पल होश बना ही रहे।

एक बार ऐसे ही दो सामुराई लड़ रहे थे। दोनों ही पहलवान थे। उस प्रतिस्पर्धा के दौरान एक सामुराई हारने के क़रीब था और दूसरा सामुराई जीत रहा था। थोड़ी ही देर में जीतने वाला पहलवान जीत जाता, मगर हारने वाले पहलवान ने जीतने वाले के मुंह पर थूक दिया। जो जीत रहा था उसने तुरंत बाज़ी छोड़ दी। जब उससे पूछा गया कि 'तुम तो जीत रहे थे, केवल दो मिनट और लड़ते तो सामने वाला निश्चित रूप से तुमसे हार जाता, फिर तुमने लड़ाई क्यों छोड़ दी?' इस पर उसने जो जवाब दिया वह मनन करने योग्य है। उसने बताया, 'जैसे ही हारने वाले ने मेरे मुंह पर थूका तो मेरे अंदर उसके प्रति नफ़रत जाग गई। उस पल मुझे लगा कि अब सामने वाले को मारना ग़लत है।' तुरंत उसे अपने गुरु के द्वारा मिली शिक्षा याद आई कि 'गिरी हुई चेतना से जो भी करोगे वह ग़लत होगा। हालांकि बाहर से वह जीत कितनी भी सही दिखे परंतु आंतरिक अवस्था महत्वपूर्ण है। नफ़रत से किसी को भी नहीं मारा जाए।' हालांकि सामने वाले को वह मार सकता था मगर उसे नफ़रत से नहीं मारना था। प्रतियोगिता थी इसलिए वह लड़ रहा था, सामने वाले के प्रति उसके अंदर नफ़रत की नहीं, खेल की भावना थी। वर्ना लोग खेल-खेल में नफ़रत पाल लेते हैं। खेल में उनके हाथ उठ जाते हैं। फ़लां-फ़लां देश से क्रिकेट मैच हो रहा हो तो किसी खिलाड़ी के मन में

नफ़रत जगने लगती है। उस नफ़रत के साथ कैसे कोई खेल पाएगा? ऐसे लोगों के लिए खेल एक राजनीतिक घटना बन जाती है। जब चेतना गिर जाती है तब बेहोशी में यह सब होगा ही। सातवें (उच्च) स्तर की चेतना से खेल खेला जाए तो हर निर्णय सही सिद्ध होगा।

किसी के मन में यह सवाल उठ सकता है कि चेतना का उठना यानी क्या? इसे और गहराई से समझें। चेतना की दो अवस्थाएं हैं, एक निम्न अवस्था जब चेतना नीचे गिरती है और दूसरी श्रेष्ठ अवस्था जब चेतना ऊपर उठती है।

चेतना जब नीचे गिरती है तब वह 'मैं' के अहंकार भाव से, कर्ता भाव से बंध जाती है और यह मान्यता हो जाती है कि 'हर क्रिया को करने वाला मैं हूं,' उस वक़्त चेतना कर्ता भाव हो जाती है। इसी कर्ता भाव के कारण इंसान के जीवन में दुख है, संताप है, पाप है। उसकी सांस चलती है तो वह कहता है, 'मैं सांस ले रहा हूं... मैं प्रेम कर रहा हूं... मैं चलता हूं... उठता हूं... बैठता हूं... बोलता हूं... देखता हूं...' इत्यादि। कर्ता भाव से किया गया हर कार्य ग़लत ही साबित होगा। कोई कहे कि 'मैं फ़लां से प्रेम करता हूं मगर जब वह मुझसे प्रेम नहीं करता तो उसके प्रति मैं नफ़रत से भर जाता हूं,' इसका अर्थ है उस इंसान में कर्ता भाव (अहंकार) जागृत होता है। नफ़रत, क्रोध, ग्लानि, ईर्ष्या, प्रतिस्पर्धा ये बातें इंसान के जीवन में इसलिए होती हैं क्योंकि वह यही मानकर जी रहा है कि 'मैं कर्ता हूं।' इसी मान्यता के साथ उसकी चेतना का स्तर और नीचे गिरने लगता है।

चेतना की दूसरी अवस्था भी है, जो उच्चतम अवस्था है। चेतना जब साक्षी भाव में स्थित हो जाती है तब वह श्रेष्ठ अवस्था में होती है। हर क्रिया के साथ साक्षी भाव का जागृत होना ही चेतना का उठना कहा गया है। भूख लगी तो यह जानना कि 'मेरे शरीर को भूख लगी है मुझे नहीं।' भोजन करते वक़्त यह ज्ञात होना कि 'शरीर भोजन ले रहा है, मैं मात्र साक्षी हूं।' प्यास लगे तो समझना कि 'मेरे शरीर को प्यास लगी है, पानी पीने के बाद शरीर तृप्त हुआ, मैंने केवल प्यास को जाना, शरीर

की तृप्ति को जाना।' इस तरह उठते-बैठते, चलते-फिरते यही जानना कि शरीर उठ रहा है, शरीर बैठ रहा है, मैं केवल साक्षी हूं। आपकी सांस चल रही है, आप आते-जाते सांस के प्रति भी साक्षी हैं। सांस भीतर गई, सांस बाहर आई, उसे आप देख रहे हैं, आप दृष्टा हैं। एक दिन आपकी सांस बाहर जाएगी और भीतर नहीं आएगी, उसे भी जानने वाला 'मैं मौजूद रहूंगा,' यह दृढ़ता आना ही चेतना का उठना है। इस समझ के साथ आप जानेंगे कि शरीर मिटेगा, शरीर मरेगा, मैं नहीं मरूंगा। मृत्यु के प्रति भी मैं साक्षी रहूंगा और स्वसाक्षी की कोई मृत्यु नहीं। न तो उसका जन्म है, न ही उसकी मृत्यु है। वह तो अ-मृत है। शरीर मरता है मगर 'असली मैं' नहीं मरता।

इस तरह चेतना का उठना अर्थात साक्षी भाव का जगना है इसलिए आपका हाथ उठे उसके पहले आपकी चेतना उठी या नहीं, यह जानकर ही हाथ उठाएं। उठी हुई चेतना से आपके पास नया विकल्प होगा। फिर सोचने के लिए आपको नया आयाम मिलेगा और आपको नए विचार भी आएंगे।

जिन लोगों को नया विकल्प चुनने की कला नहीं आती, वे लोग अपने पुराने ढांचे के हिसाब से ही हाथ उठाते हैं और बाद में पछताते हैं कि 'सामने वाले ने ऐसा किया इसलिए मैंने भी उसके जवाब में वैसा ही किया।' फिर वे ख़ुद को बहाना देना शुरू करते हैं। किसी भी तरह का बहाना देने से पहले अपने आप से पूछें कि 'क्या हाथ उठते समय मेरी चेतना उठी थी? क्या मैंने सामने वाले को उसकी ग़लती सुधारने का पर्याप्त समय दिया था? क्या मैंने सामने वाले को सही ढंग से बताया था? क्या मैंने पहले उसे वाणी से समझाया था या पहले कठोर शब्दों में समझाया था? क्या पहले मैंने उसे नया विकल्प दिया था, जिससे मेरी और उसकी समस्या सुलझ सकती थी?' ये सब विकल्प आज़माने से पहले ही इंसान हाथ उठाता है और कहता है कि 'यह इंसान ऐसा है इसलिए मैंने हाथ उठाया।'

पहले आपकी चेतना उठे, फिर हाथ उठे। आपको एक नया

विकल्प दिखे। जब चेतना उठती है तब बहुत सारे विकल्प दिखते हैं। चेतना गिरती है तब एक ही विकल्प दिखता है, जिसका उपयोग शरीर हमेशा करता आया है।

कुछ लड़कियों में अक्सर यह आदत देखी गई है कि किसी से कुछ अनबन हुई तो वे रूठ जाती हैं और खाना नहीं खातीं। उनके पास एक ही विकल्प होता है। फिर आदतन बड़ी हो जाने के बाद भी वे वही करती रहती हैं, नाराज़ हो गई तो खाना नहीं खातीं, कोप भवन में जाकर बैठ जाती हैं।

इसके अतिरिक्त कुछ स्त्रियों के पास एक और विकल्प भी होता है। उनके मन मुताबिक़ काम नहीं हुआ तो वे कहती हैं, 'मेरे पेट में दर्द हो रहा है।' इस वजह से घर के सभी सदस्य परेशान हो जाते हैं। वे डॉक्टर को बुलाते हैं, उसका इलाज करवाते हैं। डॉक्टर को भी यह समझ में नहीं आता कि वाक़ई दर्द है या नहीं। ऐसी स्त्रियां इस तरह का नाटक करती हैं कि घर के लोग उन्हें कुछ भी कहने से डरते हैं। परिवार के लोगों को लगता है, 'हम कुछ कहेंगे तो इसके पेट में फिर से दर्द शुरू हो जाएगा।'

इस तरह जिसे जो विकल्प मिलता है, वह वैसा व्यवहार करता है। जब इंसान की चेतना उठती है तब उसे समझ में आता है कि 'मेरे पास इतना समय है जिसमें बहुत बड़ी अभिव्यक्ति हो सकती है और मैं यह क्या कर रहा हूं?' फिर एक नया आयाम खुलता है। वैसा आयाम आपके जीवन में भी खुले। आपका जीवन भी धन्य हो और आप आने वाले उज्ज्वल समय के लिए तैयार हो जाएं।

१४- इच्छा करें या न करें?

चाहत-दुख-वरदान

जिज्ञासु: क्या चाहतें दुख का कारण होती हैं?

सरश्री: नहीं! चाहतें दुख का कारण नहीं होतीं बल्कि चाहतें रखने वाला दुख का कारण होता है। जो चाहतें रखता है, उसे चाहत रखनी

नहीं आती है। अगर पूछा जाए कि 'क्या छुरी दुख का कारण है?' तो आप कहेंगे, 'छुरी दुख का कारण नहीं है। दुख का कारण वह है, जो उसे इस्तेमाल कर रहा है।' इसी तरह चाहतों को जो इस्तेमाल कर रहा है, वही दुख का कारण है क्योंकि उसे चाहतों को इस्तेमाल करना नहीं आता। जैसे डाकू भी छुरी का इस्तेमाल करता है और एक डॉक्टर भी छुरी का इस्तेमाल करता है परंतु दोनों का उद्देश्य अलग होता है। एक का उद्देश्य किसी की जान लेना होता है और दूसरे का उद्देश्य किसी की जान बचाना होता है। डाकू के हाथ में दिया गया छुरा अभिशाप बनता है और डॉक्टर के हाथ में वही छुरा वरदान बन जाता है।

चाहत के साथ भी ऐसी ही दोहरी तकलीफ़ है। चाहत पूरी हुई तो अहंकार जगता है, चाहत पूरी नहीं हुई तो निराशा जगती है। अगर आपको इस हथियार (चाहत) को इस्तेमाल करने का प्रशिक्षण मिल जाए तो आपको कोई परेशानी नहीं होगी। फिर आप चाहतें ज़रूर रखेंगे और कहेंगे, 'छोटी चाहतें बहुत हो गई, अब कोई ऐसी चाहत रखी जाए जो पृथ्वी पर किसी ने नहीं रखी हो' क्योंकि आप जानते हैं कि अब आपकी चाहतें आपको दुखी नहीं कर सकतीं। जब आपको यह पक्का हो जाएगा कि आपकी चाहतें आपको दुख नहीं देतीं तब आप कहेंगे, 'फिर ये छोटी-मोटी चाहतें क्यों, अब तो बड़ी चाहतें रखी जा सकती हैं।'

जब तक हमें चाहतों के इस्तेमाल की विधि का पता नहीं है, समझ नहीं है तब तक चाहत आसक्ति बन जाती है। चाहत पूरी नहीं होती तो हमें विचार पकड़ लेते हैं, छोड़ते ही नहीं। निराशा आई तो हम दिनभर उसी के बारे में सोचते रहते हैं। यहां तक कि लोग निराशा के कारण आत्महत्या भी कर लेते हैं। चाहत पूर्ण नहीं हुई तो उन्हें लगता है कि 'अब जीकर क्या फ़ायदा?' ऐसे विचारों वाले इंसान से आप कहेंगे कि 'चाहत ही मत रखो।'

चाहतों के कारण विचार चिपक जाते हैं यानी इंसान जिस छुरी का इस्तेमाल कर रहा है, उसे वह हैंडल से नहीं बल्कि दूसरे छोर (फल की ओर) से पकड़ता है। फिर उस इंसान से कहना पड़ेगा कि 'आप छुरी

का इस्तेमाल ही न करें, इससे अच्छा है कि आप सब्ज़ी काटने के लिए किसी मशीन का इस्तेमाल करें। जो भी काटना है, उसे उस मशीन में डालें और बटन दबाएं। आपके लिए छुरी नहीं यह मशीन है, इस मशीन से आपका हाथ नहीं कटेगा।' के.जी. के ज्ञान के हिसाब से उन लोगों को वैसे ही जवाब दिए जाते हैं कि चाहतें ग़लत हैं।

उदाहरण के लिए बच्चा यदि छुरी का इस्तेमाल कर रहा है तो उससे कहा जाएगा कि 'छुरी (चाहत) ग़लत है, आप इसका इस्तेमाल न करें।' यह सुनकर बच्चा ख़ुश हो जाएगा और कहेगा, 'मैं ग़लत नहीं हूं, छुरी ही ग़लत है इसलिए मैं उसे नहीं उठाता।' मगर आप जानते हैं कि जब वह बच्चा बड़ा हो जाएगा तब उससे कहा जाएगा कि 'अब आप इसका इस्तेमाल कर सकते हैं।'

यदि इंसान में यह समझ आ जाए कि चाहतों को कौन इस्तेमाल कर रहा है तो चाहतें बड़ा काम कर सकती हैं, प्रेरणा दे सकती हैं। जब तक समझ नहीं है तब तक लोग चाहतों को दोष देते हैं और कहते हैं कि चाहत रखना ग़लत है।

१५- भविष्य के बारे में सोचें या न सोचें?

विचार सत्य की ख़बर देते हैं

जिज्ञासु: जब हम किसी घटना के बारे में सोचते हैं कि इस घटना में परेशानी आ सकती है पर वह घटना अभी हुई नहीं और भविष्य में पता नहीं कब होगी लेकिन उस घटना पर विचार करना होता है, क्या यह सही है?

सरश्री: बिल्कुल सही है, यदि आपके पास बहुत समय है तो! मगर विश्व में करने के लिए इतने महत्वपूर्ण कार्य हैं, पहले उन्हें करने के लिए समय दिया जाए। जिनके पास सिर्फ़ समय ही है और कुछ काम ही नहीं है, वे सोचते रहते हैं कि 'शायद यह घटना होगी, दो महीने हो गए अभी तक नहीं हुई है मगर शायद होगी!' तब उन्हें कहा जाता है कि उस घटना पर ज़रूर सोचें मगर सोचने के बाद यह सोचें कि अपने आपको

क्या मानकर सोचा, अपने बारे में क्या सोचा कि 'मैं कौन हूं?' अगर आपके पास बहुत समय है तो अपने बारे में सोचें।

दूसरी बात यह है, अगर आपको आज़ादी से प्रेम नहीं है तो फिर आप सोचते रहेंगे। जिन लोगों को आज़ादी से प्रेम हो जाता है वे लोग कहते हैं कि 'थोड़ा भी दुख क्यों बर्दाश्त करें? अब अनावश्यक दुख नहीं चाहिए।' जैसे किसी को मच्छर ने काटा तो उसे यह विचार आए कि 'मच्छर के काटने पर जितनी तकलीफ़ होनी चाहिए, उतनी ही हो उससे ज़्यादा न हो।' मगर यदि वह विचारों से अपनी तकलीफ़ को यह सोचकर बढ़ा रहा है कि 'दो महीने हो गए मच्छर ने काटा था, अभी तक चिकनगुनिया नहीं हुआ, शायद आगे चलकर हो सकता है' तो आप आज़ाद रहना नहीं चाहते। अभी आपके पास समय ही समय है तो फिर यही सोचते रहेंगे। आज़ादी यानी जहां आपको कोई भी विचार परेशान नहीं करता। विचार आया भी तो आप कहते हैं, 'यह देखो सत्य का नक़्शा। यह विचार ही तो सत्य का नक़्शा है, इसके पीछे ही सत्य है।' विचार को देखकर फिर आप यह कहेंगे कि 'ये विचार हमें सत्य की ख़बर दे रहे हैं।' जैसे आवाज़ ख़बर दे रही है कि कान हैं, दृश्य ख़बर दे रहे हैं कि आंखें हैं, सुगंध ख़बर दे रही है कि नाक है, वातावरण ख़बर दे रहा है कि त्वचा है, उसी प्रकार विचार ख़बर दे रहे हैं अपने होने की कि 'मैं हूं।' जब गहरी नींद में सब विचार ख़त्म हो जाते हैं तब आपको अपना पता भी नहीं चलता कि 'मैं हूं।' अच्छा है सुबह उठते ही आपको विचार आते हैं। जो यह ख़बर देते हैं कि 'तुम ईश्वर की उच्चतम अभिव्यक्ति हो, तुम्हारे होने से ही संसार की रचना हुई है।'

१६- अपने लिए जिएं या औरों के लिए जिएं ?

कोई दूसरा नहीं

जिज्ञासु: कोई कार्य ख़ुद को थोड़ी तकलीफ़ देता हो मगर दूसरे को वह शांति, तसल्ली देता हो तो क्या वह कार्य करना ज़रूरी है? 'दूसरों के सुख में ही अपना सुख है,' क्या यह मान्यता है?

सरश्री: 'दूसरों के सुख में ही अपना सुख है,' यह मान्यता नहीं, हक़ीक़त है। इस पंक्ति में एक ही शब्द मान्यता है, वह है 'दूसरा।' दूसरा आप किसे मान रहे हैं? आपको यह मान्यता तोड़नी होगी कि कोई दूसरा है। कोई दूसरा है ही नहीं, हम सब एक ही हैं। यह सारा जगत एक-दूसरे से जुड़ा हुआ है, यहां कोई अलग नहीं है, दूसरा नहीं है। एक ही सूरज सभी को जीवन दे रहा है, एक ही हवा सभी में प्राण फूंक रही है, एक ही प्रकृति सभी को जीवन दे रही है।

जब आप अपनी ज़रूरतों से ऊपर उठते हैं, तब आप दूसरों की ज़रूरत को महसूस करने लगते हैं। जब आपका जीवन व्यक्तिगत जीवन नहीं रहता तब आप सबका हित देख पाते हैं। जब आप अव्यक्तिगत जीवन जीने का आनंद लेना सीख जाते हैं, तब दूसरों की मदद करते हुए ख़ुद को थोड़ी तकलीफ़ हो तो वह तकलीफ़ आपको तकलीफ़ नहीं देती। दूसरों के जीवन में शांति लाकर आप अपने लिए अखंड शांति का द्वार खोलते हैं। जिस चीज़ के लिए आप निमित्त बनते हैं, वह चीज़ आपके जीवन में प्रवेश करती है। दूसरों को दुख देकर कोई हमेशा सुख प्राप्त नहीं कर सकता। ये मान्यताएं नहीं, हक़ीक़त हैं। अव्यक्तिगत (इम्पर्सनल) जीवन जीना शुरू करके देखें तब यह सवाल अपने आप विलीन हो जाएगा।

१७- प्रार्थना करें या न करें?

प्रार्थना के रहस्य

जिज्ञासु: मुझे बचपन से प्रार्थना करना सिखाया गया। मैं यह प्रार्थना करता था कि 'देवा मला चांगली बुद्धि दे।' इसके बावजूद भी मेरे जीवन में बुरा क्यों हुआ? यदि ऐसी प्रार्थना करने के बावजूद भी बुरे फल आते हैं तो जो प्रार्थनाएं की हैं उनका महत्व क्या है? और आज भी मुझसे सबके भले के लिए दिल से प्रार्थना निकल रही है, ऐसा क्यों हो रहा है?

सरश्री: आज भी आपसे सबके भले के लिए दिल से प्रार्थना उठ रही है, इसका अर्थ यही है कि आप जो प्रार्थना करते आए हैं कि 'ईश्वर

मुझे अच्छी बुद्धि दे,' वह पूरी हो चुकी है। आप यह सोचकर देखें कि क्या कोई भ्रष्ट बुद्धि का इंसान दूसरों के लिए प्रार्थना कर सकता है? जिनकी अच्छी बुद्धि होती है, उनसे ही दूसरों के लिए प्रार्थना निकलती है। जो प्रार्थना आप कर रहे थे, उसका जवाब कब का आ चुका है पर मन कुछ अलग कल्पनाएं, तुलनाएं करता है कि यह मेरे जीवन में क्यों हुआ? इतना बुरा क्यों हुआ? ऐसा मेरे जीवन में नहीं होना चाहिए था।

इसे समझें कि पहले आपने जो प्रार्थना की थी, वह पूरी हो चुकी है। अब नई प्रार्थना यह करनी है कि 'हे ईश्वर! कृपा करके जो कृपा आप कर रहे हैं, वह कृपा जारी रखें।' यह नई प्रार्थना धीरज सिखाने के लिए की जाती है। जिन लोगों के द्वारा प्रार्थना पर गहराई से काम होने जा रहा है, उनसे पहले उस तरह की प्रार्थनाएं करवाई जाती हैं। जिनके द्वारा प्रार्थना पर बहुत बड़ा काम होना है, उनकी ही प्रार्थना नहीं सुनी जाती ताकि उनकी प्रार्थना के संबंध में खोज शुरू हो। खोज शुरू होगी तो 'प्रार्थना क्या होती है? प्रार्थना के पीछे किस तरह के भाव होने चाहिए? किस तरह की भक्ति होनी चाहिए? प्रार्थना किस ताल में करनी चाहिए? कौन से शब्दों को इस्तेमाल करें तो प्रार्थना बेहतर बन सकती है? प्रार्थनाएं क्यों पूरी नहीं होतीं? ऐसी क्या बातें हैं, जो अब तक हमने नहीं जानी हैं।' ये सारे रहस्य इस खोज के दौरान खोले जाते हैं। कई बार किसी तरीक़े से हमारी प्रार्थनाएं पूरी हो भी जाती हैं, फिर भी हम कुछ और तरीक़े से पूरी होने की कल्पना करते हैं।

हमें यह भी देखना है कि हम क्या-क्या प्रार्थनाएं कर रहे हैं? एक वक़्त एक प्रार्थना कर रहे हैं और ठीक उसी समय दूसरी प्रार्थना कर रहे हैं, जिसकी दिशा पहली वाली प्रार्थना से बिल्कुल अलग है। एक तरफ़ से हम यह कहते हैं कि 'हमें यह चीज़ चाहिए' और दूसरी तरफ़ ठीक उसके विपरीत मांगते हैं। एक तरफ़ हम यह कहते हैं कि 'मैं दिल्ली जाना चाहता हूं,' दूसरी तरफ़ कहते हैं कि 'मैं ट्रेन में सफ़र नहीं कर सकता हूं।' इस तरह से अगर प्रार्थना की जाती है तो प्रार्थना का हमें वह परिणाम नहीं मिलता, जो हम चाहते हैं। इसलिए प्रार्थना करते वक़्त यह

अवश्य देखें कि कहीं दो दिशाओं में तो प्रार्थना नहीं कर रहे हैं। प्रार्थना पूरी होने में अगर देरी हो रही है या प्रार्थना पूरी नहीं हो रही है तो इसकी चिंता आपको नहीं करनी है क्योंकि प्रार्थना पूरी न करके भी हमें कुछ सिखलाया जाता है। नए-नए प्रयोग करवाए जाते हैं।

प्रार्थनाएं किस तरह से पूरी होती हैं, यह रहस्य आपको पता चल जाए तो दिक़्क़त नहीं होगी। प्रार्थना के रहस्य जानना यानी यह पता चलना कि किस तरह प्रार्थना का विचार ब्रह्मांड के हर कोने में जाकर उस चीज़ को अपनी तरफ़ लाता है। इसलिए जो प्रार्थनाएं पूरी हो चुकी हैं, वे किस तरह पूरी हुई हैं, उन्हें याद करके वह भाव जगाकर, उस भाव से प्रार्थना करें ताकि आज की प्रार्थनाएं पूरी हों।

जैसे-जैसे समझ बढ़ती है, वैसे-वैसे प्रार्थनाएं बदलती जाती हैं। प्रार्थना पूरी नहीं भी हो रही है तो इसे वरदान बनाएं और जैसे ही इसे वरदान बनाया जाता है, वैसे ही प्रार्थना के रहस्य सामने आते हैं।

आज से जो भी प्रार्थना करें, उसमें यह समझ जोड़नी ज़रूरी है कि 'हम अज्ञान में न मांगें बल्कि जो ईश्वर मेरे लिए चाहता है, जो बेहतर है, बेस्ट है, मेरे दिव्य योजना के अनुसार है, वह मुझे मिले। मेरे शरीर द्वारा इस पृथ्वी पर जो भी कार्य होने हैं, वे मुझसे करवाए जाएं।'

१८- मदद लें या न लें?

उपकार और अहंकार

जिज्ञासुः किसी की मदद या उपकार लेना चाहिए या नहीं ?

सरश्रीः अहंकार को उपकार बोझ लगता है। कुछ लोगों का स्वभाव ऐसा होता है कि उन्हें किसी की मदद लेने की इच्छा नहीं होती। वे किसी का उपकार भूल नहीं पाते इसलिए उन्हें नहीं लगता कि वे किसी से उपकार लें। कुछ लोग ऐसे होते हैं जो चाहते हैं कि हम बिना किसी की मदद लिए ख़ुद से सब कर पाएं। इसका अर्थ वहां पर यह अहं भाव है कि जिससे वे मदद ले रहे हैं, वह कोई और है। ज्ञान प्राप्त किए संतों ने यदि ऐसा सोचा होता कि 'हमें दूसरों से मदद नहीं लेनी है, अपना कार्य

हम स्वयं ही करेंगे' तो आप जानते हैं कि उनका ज्ञान कुछ लोगों तक ही सीमित रहता। मगर उन संतों द्वारा यही शिक्षा दी गई कि 'सत्य की ख़बर सभी को बताओ, सत्य बांटने के लिए सभी से मदद मांगो क्योंकि यहां दूसरा कोई ग़ैर नहीं है।'

उपकार शब्द तब आता है जब तक हम अहंकार में हैं, जब तक हम अपने आपको अलग मानते हैं। 'किसी और ने हम पर उपकार किया,' यह अहंकार को अच्छा नहीं लगता। इसे एक उदाहरण द्वारा इस तरह समझें कि एक बहुत बड़ी मशीन है और उसके छोटे-छोटे पुर्ज़े हैं। मशीन का अगर एक पुर्ज़ा कहे कि 'मैं दूसरे से मदद नहीं ले सकता' तब मशीन क्या कहती है, 'तुम मूर्ख हो, जब तक सभी एक दूसरे को मदद नहीं करेंगे तब तक मशीन चलेगी नहीं।'

मशीन पुर्ज़े को समझाएगी कि 'यह तुम मेरे लिए नहीं कर रहे हो बल्कि अपने लिए कर रहे हो। जब तक तुम अपने आपको अलग मान रहे हो कि 'मैं तो अलग पुर्ज़ा हूं, मेरा जीवन व्यक्तिगत जीवन है, मैं और किसी से मदद क्यों मांगूं? तब तक अहंकार जीवित रहेगा, हम सब एक मशीन हैं।' इस उदाहरण से समझें कि आप दूसरों से मदद मांग रहे हैं तो कोई ग़लत कार्य नहीं कर रहे हैं। जब यह समझ बढ़ेगी तब आपको दूसरों से उपकार लेना बोझ नहीं लगेगा बल्कि यह समझ होगी कि 'दूसरा कोई और है नहीं, मैं ईश्वर की अभिव्यक्ति को अंजाम दे रहा हूं।'

१९- परिश्रम करें या न करें?

सफलता की बुनियाद

जिज्ञासु: क्या ज़िंदगी में सफलता पाना ज़रूरी है?

सरश्री: इस सवाल का जवाब तमोगुणी लोगों के लिए है 'हां' क्योंकि तमोगुणी कई बार ऐसे सवाल पूछता है कि 'क्या यह ज़रूरी है?' जब हम कुछ नहीं करना चाहते तब हम सवाल पूछते हैं कि 'क्या यह करना ज़रूरी है?' जो कुछ करना चाहते हैं, वे तो सवाल ही नहीं पूछते। जब भी इस तरह के सवाल आते हैं तो समझें कि इसका एक ही जवाब

नहीं होता। तमोगुणी के लिए अलग जवाब होता है, रजोगुणी के लिए अलग जवाब होता है और सतोगुणी के लिए अलग जवाब होता है।

तमोगुणी को कहा जाता है, 'हां, सफलता पाना ज़रूरी है' क्योंकि सफलता पाने के लिए, उसे अपने तमोगुण का समर्पण करना होगा यानी अपनी सुस्ती तोड़नी होगी वर्ना उसे दूसरे को दिया गया जवाब अच्छा लगता है। कृष्ण ने अर्जुन को जवाब दिया, 'तुम लड़ो, युद्ध करो।' यदि कृष्ण के सामने रत्नाकर डाकू होते तो कृष्ण उन्हें कहते, 'तुम लड़ना बंद करो, मारना बंद करो।' यह सुनकर अर्जुन कहेगा, 'जो रत्नाकर को जवाब दिया वह मेरा जवाब लगता है।' तब उसे कहा जाएगा, 'वह उसके लिए जवाब है, यह तुम्हारे लिए दिया गया जवाब है।' रत्नाकर को लगेगा कि अर्जुन को जो जवाब दिया गया, वह जवाब मेरे लिए है (रत्नाकर डाकू जो आगे चलकर वाल्मीकि ऋषि बने)।

हरेक का जवाब अलग होता है, हरेक की गीता अलग होती है। हम किसी और का जवाब पकड़कर बैठ जाते हैं इसलिए बहुत स्पष्ट बताया गया है कि अगर तुम तमोगुणी हो तो तुम्हारे लिए जवाब 'हां' है। अगर तुम रजोगुणी हो तो तुम्हारे लिए जवाब होगा, 'चुप बैठना, शांत बैठना, मौन में रहना ही तुम्हारे लिए सफलता है।' हरेक का जवाब अलग है, कोई भी निश्चित जवाब न पकड़े। किसी और को दिया गया जवाब आपका जवाब नहीं हो सकता। रजोगुणी शरीर है तो उसके लिए अलग जवाब है, जो चुपचाप बैठ नहीं पाता है। सतोगुणी है तो उसे कहा जाएगा, 'सफलता शुरुआत है, रास्ता है, बुनियाद है, मंज़िल नहीं। सफलता प्राप्त करके इमारत बनानी शुरू करें।' सतोगुणी सफलता प्राप्त करके यदि ऐसा कहता है कि 'मैं तो अच्छा हूं, मैं तो अन्य लोगों से बेहतर हूं, मैं तो ऐसा नहीं करता, लोग ऐसा करते हैं, मैंने यह भी प्राप्त किया, मैं लोगों को सही जवाब देता हूं, किसी को दुख नहीं देता हूं' तो इसी में ही ख़ुश होकर उसकी सत्य की यात्रा बंद हो जाती है। कई सारे लोगों की यात्रा सतोगुणी बनने के बाद बंद हो गई। इसलिए तीनों प्रवृत्तियों के लोगों को अलग-अलग जवाब दिए गए। सतोगुणी को

कहा गया है कि 'तुमने सिर्फ़ जूतों पर पॉलिश लगाई है, यात्रा तो अब शुरू होगी।'

तमोगुणी को सफलता प्राप्त करनी है, जिससे उसका शरीर प्रशिक्षित होगा, उसकी बहानेबाज़ी बंद होगी, उसके द्वारा दूसरों पर इल्ज़ाम लगाना बंद होगा। सफलता प्राप्त करने के लिए उसे शरीर को चलाना पड़ेगा, सुबह उठना पड़ेगा, तमोगुण को हटाना पड़ेगा वर्ना उसे जवाब दे दिया कि 'सफलता की आवश्यकता नहीं है, सिर्फ़ सत्य प्राप्त करना है' तो वह कहेगा, 'मैं तो पहले से यही सोच रहा था। अच्छा हुआ आपने यह बता दिया, अब तो ठप्पा लग गया।' आपको इस तरह का ठप्पा नहीं लगाना है, हर तमोगुणी को अपना तमोगुण मिटाने के लिए काम करना है।

२०- रिश्ते निभाएं या न निभाएं?

रिश्ते आईना हैं

जिज्ञासु: क्या संसार में रहने के लिए रिश्ते-नातों की ज़रूरत है? अगर इंसान को मालूम है कि वह पृथ्वी पर अकेला ही आया है और उसे अकेले ही जाना है तो वह शादी क्यों करता है? बच्चे क्यों पैदा करता है? नाम और शोहरत क्यों कमाता है?

सरश्री: हां! संसार में रहने के लिए आपको रिश्ते-नातों की ज़रूरत है। इसे एक उदाहरण से समझें। जब आप ट्रेन से कहीं अकेले जा रहे होते हैं, तब भी आप किसी से मित्रता रखते हैं तो क्यों रखते हैं? क्योंकि आपका सफ़र आसानी से कट जाए। उसमें जो सबक़ आपको सीखने हैं, वह आप सीख जाएं।

इतने रिश्ते-नाते बनाने का असली कारण यह है कि तुम अष्टावक्र हो। अष्टावक्र यानी ऐसा इंसान जो आठ जगहों से टेढ़ा है। टेढ़े को अगर सीधा करना हो तो क्या करना चाहिए? वही कार्य रिश्ते-नातों के द्वारा होता है।

इंसान अष्टावक्र-अष्टाअर्क है। अष्टावक्र और अष्टाअर्क इन दोनों शब्दों का अर्थ समझें। हमारे अंदर कुछ ऐसी बातें हैं जो टेढ़ी हैं और कुछ

ऐसी बातें हैं, जो हमारा स्वभाव है। अष्टाअर्क-व्यक्ति है और अष्टावक्र-अहंकार है। व्यक्ति अष्टमाया में आठ अंगों से टेढ़ा है। व्यक्ति का मैं-मेरा-मुझे, तू-तेरा-तुझे, वह, उन्हें यह जो टेढ़ापन है, वह कैसे दूर हो? इसे दूर करने के लिए एक आईना चाहिए। बिना आईने के आपको यह पता नहीं चलेगा कि आप कहां-कहां से टेढ़े हैं।

जब लोग अपना फ़ोटो या वीडियो देखते हैं तो कहते हैं कि 'अरे! क्या मैं ऐसा दिखता हूं? क्या मैं ऐसे सोचता हूं? क्या मैं ऐसे बैठता हूं? क्या मैं ऐसे चलता हूं? क्या मेरी आंखें ऐसी हैं? क्या मेरे बाल ऐसे हैं?' इस तरह की कई बातें अपने बारे में लोगों को फ़ोटो या वीडियो देखकर मालूम पड़ती हैं। जब आप अपनी आवाज़ टेप में सुनते हैं तो कहते हैं, 'अरे! मेरी आवाज़ इतनी बेसुरी है मुझे पता ही नहीं था।' इसी तरह इंसान के अंदर जो अवगुण हैं, जो आठ अंगों से टेढ़े हैं, वह उसे पता तो चले। यदि उसे पता ही न हो तो वह सदा यही दिखाएगा कि 'मैं परफ़ेक्ट हूं, सही हूं,' इसलिए सचाई का दर्शन होना चाहिए।

उदाहरण के लिए एक जज जो अदालत में इंसाफ़ करता है, अगर वह घर में आकर भी जजमेंट ही करे तो कुछ समय के बाद उसका जीवन दुखमय बन जाएगा। एक दिन वह देखेगा कि उससे क्या-क्या ग़लतियां हो रही हैं? उसे पता चलेगा कि 'ये लोग तो मुझे मेरा असली दर्शन करवाने के लिए आईना हैं।' अदालत में आपको कोई कुछ नहीं कह सकता है कारण वहां आपके पास कुर्सी है मगर घर पर अदालत की कुर्सी नहीं है। घर पर आप जैसे हैं वैसे हैं, वहां कुर्सी काम नहीं करेगी, वहां तो स्वयं का दर्शन होता है। घर में जब आपका बच्चा आपके सामने आएगा तो बच्चे पर आप ऑर्डर नहीं चला सकते। बच्चे को 'ऑर्डर-ऑर्डर' कह भी दिया तो वह नहीं मानेगा। वह तो ज़िद करने ही वाला है। घर में अदालत की तरह एक बार फ़ैसला सुनाने के बाद वही अंतिम फ़ैसला नहीं होता। संभावना है कि बच्चा ज़िद करके आपसे अपनी बात मनवाए। आपकी 'ना' को 'हां' में बदलवाए।

ये सब कुछ रिश्ते-नातों में ही देखने का मौक़ा मिलता है। यदि

सामने वाला कुछ बोल रहा है तो आपको चिड़चिड़ हो रही है... कोई कुछ कह रहा है तो उसकी आप ख़ुशी मना रहे हो... किसी के कुछ कहने पर आप उसका काम नहीं करते...। इस तरह के आयामों को हर रिश्ते में देखने का मौक़ा आपको मिलता है। पड़ोसी हो या सब्ज़ी बेचने वाला हो वहां क्या हो रहा है? फल ख़रीद रहे हैं तो क्या हो रहा है? दुकानदार के पास कपड़े ख़रीद रहे हैं तो वहां क्या कर रहे हैं? दवाइयां ले रहे हैं तो वहां क्या कर रहे हैं? क्या सवाल पूछ रहे हैं? वे सवाल आपको आपके किस डर के बारे में बता रहे हैं? अपना स्वदर्शन, अपने अंदर के डरों का दर्शन करवाने के लिए रिश्ते-नाते आईना हैं।

अष्टाअर्क यानी जब आप अपने टेढ़ेपन को दूर करेंगे तो अर्क सामने आएगा। अर्क कहें या स्वर्ग कहें दोनों का अर्थ एक ही होता है स्व का अर्क। जब आप हर रिश्ते में स्व का दर्शन करना सीख जाएंगे तब यही रिश्ते आपकी अभिव्यक्ति के लिए माध्यम बनेंगे, मौक़ा बनेंगे। उसके बाद वाक़ई में स्वर्ग शुरू होगा। जब आप प्रेम से भर जाएंगे तो वह प्रेम उसे ही देंगे जो आपके नज़दीक होंगे। बादल यदि पानी से भर जाएं तो वे पानी किसे देंगे? जो तुरंत नीचे हैं, उन्हें ही देने वाले हैं।

यह जानकर अब आपको समझ में आया होगा कि इंसान अष्टावक्र-अष्टाअर्क है इसलिए अपने आपको जानने के लिए, स्व का दर्शन होने के लिए संसार में रिश्ते-नातों की ज़रूरत है।

२१- पैसे के पीछे भागें या न भागें?

पैसे के पीछे भागना, जागना सिखाए

जिज्ञासु: आज की इस प्रतियोगिता की दुनिया में मैं आगे बढ़ना चाहता हूं। मुझे नाम, पैसा तथा यश पाना है, यह मैं कैसे पाऊं? क्या ये सब पाना ग़लत है? क्या पैसे के पीछे भागना ग़लत है?

सरश्री: अक्सर लोगों के ऐसे सवाल होते हैं। अध्यात्म से जुड़ने के बाद लोगों को लगता है कि शायद पैसा, नाम, शोहरत, सफलता इत्यादि पाना ग़लत है मगर ऐसा नहीं है। पृथ्वी पर आपके शरीर का जो रोल

है, उस हिसाब से सब चीज़ें होने वाली हैं। आपके रोल में आने वाली चीज़ें, पैसा, कला इन सबका महत्व है। अन्य कई बातों का भी महत्व है। आपके शरीर को जिन चीज़ों की ज़रूरत है, वे सब चीज़ें आप तक आएंगी, सिर्फ़ उन चीज़ों का उपयोग बदल जाएगा। वे चीज़ें जो पहले माया के लिए इस्तेमाल की जाती थीं, अब वे सत्य के लिए इस्तेमाल की जाएंगी यानी अब उनकी दिशा बदल दी जाएगी।

पैसा, नाम इत्यादि पाना ग़लत नहीं है, सिर्फ़ अपने आप से पूछें कि आपकी ज़रूरत क्या है? अपनी ज़रूरत छोड़कर अगर कुछ किया जाता है तो वह ग़लत होता है। जैसे अंधेरे में अगर रस्सी आपको सांप लग रही है तो छड़ी की ज़रूरत महसूस होती है। छड़ी की ज़रूरत महसूस होना ग़लत नहीं है मगर अपने आप से पूछें, 'क्या वाक़ई छड़ी की ज़रूरत है?' वर्ना सांप ही नहीं है तो छड़ी की ज़रूरत भी नहीं है।

उसी तरह पैसे की ज़रूरत है, यह बात सही है मगर पैसा आपको किस चीज़ के लिए चाहिए? अपने आप से पूछें कि 'जिस चीज़ के लिए मुझे पैसा चाहिए वाक़ई वह मेरी ज़रूरत है या मैं किसी धोखे में हूं, किसी मान्यता में हूं।' यह बात अपने आपको कपटमुक्त होकर बतानी है।

अगला सवाल है कि 'क्या पैसे के पीछे भागना ग़लत है?' जिसका जवाब है, पैसे के पीछे भागना या किसी भी चीज़ के पीछे भागना ग़लत नहीं है बल्कि भागना अपने आप में ग़लत है। सब कुछ आपके लिए बनाया गया है, सब चीज़ें आपके पीछे भाग रही हैं, आपको उनके पीछे भागने की ज़रूरत नहीं है। आप सिर्फ़ उन चीज़ों के लिए ग्रहणशील रहें, उपस्थित रहें, अपने होने पर रहें यानी जहां आपका ऑफ़िस है, दुकान है, बिज़नेस है या व्यापार है, आप वहां जाएं, सभी काम करें और ग्रहणशील रहें। जब आप सही तरीक़े से चीज़ों के लिए ग्रहणशील रहेंगे तब वे चीज़ें ख़ुद-ब-ख़ुद आपके पास आएंगी। आप जिस अवस्था में होते हैं, आपकी वह अवस्था चीज़ों को आपकी ओर आने के लिए आकर्षित करती है। उन चीज़ों को आने दें, आप सिर्फ़ उपस्थित रहें।

अज्ञान की वजह से चीज़ों के पीछे भागा जाता है मगर आप भागें

नहीं, जागें। जब आप जाग जाते हैं तब जवाब आता है, 'परखें, पारखी बनें।' पारखी बनने के लिए जागना आवश्यक है, यह उसकी पहली शर्त है। फिर उससे आगे बढ़कर पारखी भी बनना है। आपके पास जो मनन रूपी हीरे हैं, उनका सही इस्तेमाल करेंगे तो आप देखेंगे कि पैसा आपके पास ख़ुद-ब-ख़ुद आएगा और आप सिर्फ़ उस पैसे को उचित दिशा देंगे। वर्ना कुछ लोग सिर्फ़ पैसे जमा करते रहते हैं, उनका कभी सही इस्तेमाल नहीं करते। यह बिल्कुल ऐसे ही हुआ जैसे कोई ज़िंदगी भर जूतों को पॉलिश ही करता रहे मगर यात्रा कभी करे नहीं।

लोग पैसे कमाते हैं मगर उनका सही इस्तेमाल करना नहीं जानते। पैसा कमाएं मगर कमाते वक़्त यह भी सोचें कि 'हमारा अंतिम लक्ष्य क्या है? हम उससे क्या करने जा रहे हैं?' यह ध्यान में रखते हुए पैसा कमाएं। आपको पैसे का इस्तेमाल सत्य की अभिव्यक्ति के लिए करना है। सिर्फ़ पैसा ही नहीं बल्कि दुनिया की हर उच्च चीज़ का इस्तेमाल आपको दुनिया की बेहतरीन चीज़ के लिए करना है। बेस्ट को बेस्ट देंगे तो बेस्ट मिलेगा। पैसा आनंद का कारण बने, न कि दुख का। अज्ञान में लोग पैसे के पीछे भागते रहते हैं और अंत में देखते हैं कि उससे सुख तो हासिल नहीं हुआ बल्कि दुख ही दुख मिला।

पैसे के बारे में कई लोगों से आपने बहुत कुछ सुना होगा। कुछ लोगों ने उसे 'भगवान' माना है, कुछ लोगों ने 'शैतान'। कुछ लोगों ने पैसे को हाथों की 'धूल' समझा, कुछ लोगों ने उसे 'मिट्टी' समझा। मगर अब आपको पैसे के बारे में सही ज्ञान मिले। सत्य यह है कि पैसा एक निष्पक्ष (न्यूट्रल) चीज़ है, इस्तेमाल करने की चीज़ है। पैसे को हम इस्तेमाल करें, न कि पैसा हमें इस्तेमाल करे।

पैसे से संबंधित कुछ लोग दूसरी ग़लती यह करते हैं कि वे पैसे से नफ़रत करने लगते हैं। जबकि पैसा उसी तरह इस्तेमाल करें, जिस तरह आप अन्य चीज़ें इस्तेमाल करते हैं। जैसे आप टूथब्रश का इस्तेमाल करके रख देते हैं, उसे जेब में लेकर नहीं घूमते। फिर दूसरे दिन इस्तेमाल करते हैं। उसी तरह पैसे का भी इस्तेमाल करना सीखें। पैसे के प्रति

कोई ग़लत धारणा न रखें और न ही उसके पीछे भागें, सिर्फ़ उसके लिए ग्रहणशील रहें।

२२- मांस खाएं या न खाएं?

मन की शुद्धता और मांसाहार

जिज्ञासु: मांसाहारी भोजन (नॉनवेज) खाने में क्या बाधा है? क्या इससे मेरे आध्यात्मिक जीवन में रुकावट आ सकती है?

सरश्री: मांसाहारी भोजन खाएं या नहीं, यह निश्चित करने से पहले आप अपने मन की शुद्धता पर काम करें। आप कौन हैं यह जानें। इससे जितना प्रेम आपके अंदर प्रकट होने लग जाएगा, जितनी भक्ति आपके अंदर बढ़ती जाएगी, उतना आप स्वयं ही यह कह पाएंगे कि 'अब सत्य की राह पर चलने के लिए ये छोटी-छोटी रुकावटें भी क्यों रहें?' क्योंकि आगे के जीवन में आनंद की वजह से आपको लगेगा कि अब यह छोटी सी नकारात्मक बात भी निकल जाए।

यदि किसी के कपड़े में पहले से ही बहुत सारे दाग़ लगे हों और उसमें एक दाग़ और जुड़ जाए तो उसे कोई फ़र्क़ नहीं पड़ता। मगर किसी का कपड़ा साफ़ -सुथरा हो, बेदाग़ हो, तो वह अपने कपड़े पर एक भी दाग़ बर्दाश्त नहीं करता। इसी तरह आपको कहा जाता है कि पहले अपने शरीर की छोटी-छोटी ग़लत वृत्तियों को निकालने पर काम करें। अपने मन को निर्मल, अकंप, प्रेमन, आज्ञाकारी बनाएं। अर्थात अपने शरीर को प्रशिक्षण देकर मंदिर बनाना शुरू करें। फिर देखें कि अपने शरीर को मंदिर बनाने का आनंद आपको आने लगा है या नहीं!

जब सत्यावी (ईश्वरीय) विचार आपके मंदिर (शरीर) में सतत चलने लग जाएंगे तो आप स्वत: ही उसका आनंद महसूस करेंगे। जब ऐसे मंदिर में स्वअनुभव की घंटी बजेगी तब वह धुन, वह तरंग आपको प्यारी लगने लगेगी। आपको अपने होने का अहसास असीम आनंद देगा। यह अहसास जब बढ़ता जाएगा तब उस अहसास की धुन आपके आजू-बाज़ू के घरों में भी सुनाई देगी। तब वे भी आपसे कहेंगे कि 'अब

हमारा घर (शरीर) भी मंदिर बन जाए।' फिर आप सत्य की शक्ति महसूस करेंगे और चाहेंगे कि 'अब इन छोटी-मोटी बातों में क्यों अटकें?' फिर वे बातें भी आपको छूटती हुई नज़र आएंगी।'

इसलिए शुरुआत में ही आपको ऐसा नहीं कहा गया कि 'यह नहीं खाना है, वह नहीं खाना है, नॉनवेज नहीं खाना है।' कारण पहले वह आनंद आना शुरू हो जाए। जब आनंद आना शुरू होगा तो कुछ दाग़ मिट जाएंगे। फिर आप कहेंगे, 'ये छोटे-मोटे दाग़ भी क्यों बचें। अगर निकाल सकते हैं तो फिर ये भी क्यों न निकल जाएं।'

इंसान का मन सदा 'हां या ना' में जवाब चाहता है। उसे ऐसे ही जवाब चाहिए। यदि उसे बताया गया होता कि 'नॉनवेज मत खाओ' तो वह कहेगा 'यह तो मेरे लिए संभव नहीं है।' जिस कारण संभावना है कि वह सत्य सुनने भी न आए। मन को सिर्फ़ बहाना चाहिए। उसे जो जवाब दिया जाएगा उसमें से वह ग़लती निकालेगा और अपना काम जारी रखेगा। अब इसमें समझ यह हो कि जो ज़रूरी नहीं है, जो कपट है वह तो तुरंत ख़त्म हो जाए। सिर्फ़ आदत की वजह से किसी ने बताया नहीं था इसलिए कर रहे थे, उसे बंद करें। फिर सत्य प्राप्ति के लिए जो बाधा है, जो कम कर सकते हैं, उसे कम करें। जिसे आप छोटी-मोटी बातों की वजह से कर रहे थे, जिससे आपको कोई इतना बड़ा लाभ नहीं मिलने वाला है, उसे जारी न रखें।

जैसे एक इंसान रास्ते से कहीं चलते जा रहा था। एक दिन रास्ते में उसकी नज़र नीचे गिरी हुई चवन्नी पर गई तो उस दिन के बाद ज़िंदगी भर वह नीचे देखकर ही चलता रहा। फिर कभी उसने आसमान की तरफ़ देखा ही नहीं। उस चवन्नी की वजह से उसने पूरा आसमान खो दिया, ऐसी मूर्खता आपसे न हो जाए। जो दोष ग़लत आदतवश है, वह तुरंत ख़त्म हो जाए। जो कम कर सकते हैं, उसे तुरंत कम करना शुरू कर दें।

२३- मेकअप करें या न करें?

मेकअप में वेकअप

जिज्ञासु: अगर हम मेकअप करते हैं, अपने आपको संवारते हैं तो क्या वह हमें अध्यात्म से दूर लेकर जाएगा?

सरश्री: 'अपना मेकअप करना अध्यात्म के लिए सही है या नहीं है,' यह फ़ैसला इस पर निर्भर करता है कि आप अपने आपको क्या मानकर जी रहे हैं।

मेकअप करना, सुंदर दिखना, शरीर तंदुरुस्त रखना, व्यक्तित्व का विकास करना, ये भाव इंसान के अंदर क्यों आते हैं? हरेक में ये भाव अलग-अलग कारणों की वजह से आ सकते हैं। किसी में मन की वजह से, इच्छाओं की वजह से, अहंकार की वजह से, मान्यताओं की वजह से आ सकते हैं। यदि आप अपने आपको शरीर मान रहे हैं तो यह इच्छा जागृत होना स्वाभाविक है कि 'मैं अच्छा दिखूं।' इसलिए सबसे पहले यह परखें कि ऐसा भाव हमारे अंदर किस कारण आता है। अब मेकअप में वेकअप हो।

इस सवाल के जवाब को परिस्थिति अनुसार समझें। अगर आपके पास चाकू है तो वह आप डॉक्टर को देते हैं या किसी पागल को देते हैं, यह आपकी समझ पर निर्भर करता है। इसी तरह आप किसका मेकअप करते हैं? यदि आप किसी ऐसे शरीर का मेकअप करेंगे, जिसका अहंकार यह सोचकर बढ़ जाएगा कि 'पार्टी में मेरे जैसा कोई था ही नहीं' तो ऐसा मेकअप करने का कोई लाभ नहीं है। इसलिए पूछा गया कि आप चाकू किसे देंगे? अगर किसी डॉक्टर को देंगे तो वह ऑपरेशन करके आपको दुख से मुक्त करेगा, साथ ही साथ लोगों को भी दुख मुक्त करेगा। मगर यदि आप किसी पागल के हाथ में चाकू देंगे तो वह लोगों को ज़ख़्मी करके दुख ही फैलाएगा। वैसे ही किस समझ के साथ आप मेकअप कर रहे हैं, यह समझना आवश्यक है। अगर आपके ऐसे विचार हैं कि 'मेरा शरीर मंदिर है, मुझे देखकर लोगों की चेतना का स्तर बढ़े ताकि लोगों के अंदर ऐसा विचार जागे कि संसार में रहकर भी हम ईश्वरीय आनंद में स्थापित हो सकते हैं' तो आप उनके लिए सही ढंग से निमित्त बन रहे हैं। आपका शरीर दूसरों के लिए इस तरह से निमित्त बने कि वह लोगों

को सत्य की याद दिला पाए।

कुछ साधुओं को देखकर आपको लग सकता है कि हमें तो अध्यात्म में नहीं जाना है, हमें कोई सत्य नहीं चाहिए। किसी की दाढ़ी बढ़ गई है, किसी ने पुराने वस्त्र धारण किए हैं, कोई कांटों पर लेटा हुआ है, उन्हें देखकर आप कहेंगे कि सत्य प्राप्त करने के बाद अगर जीवन ऐसा होता है तो हमें ऐसा सत्य जानना ही नहीं है। इसलिए कहा गया कि जो इंसान मेकअप कर रहा है, वहां कैसी समझ है। क्या वह मेकअप लोगों की भक्ति बढ़ाने के लिए कर रहा है? जैसे कृष्ण का मेकअप या तस्वीर देखकर लोगों की भक्ति बढ़ती है। वहां भी तो मेकअप किया गया है, ख़ुद को संवारा गया है मगर वहां पर कौन से भाव हैं? अपने आपको शरीर मानकर मेकअप कर रहे हैं तो अहंकार भाव है। अपने आपको जानकर मेकअप कर रहे हैं क्योंकि वैसी उस शरीर की भूमिका है तो वहां भक्ति का भाव है।

आध्यात्मिक जीवन जीने के लिए आपका शरीर लोगों के सामने प्रस्तुत करने योग्य हो। उसे देखकर लोगों में प्रेरणा जगे कि 'हम भी सत्य के रास्ते पर चलें,' इस वजह से अगर आप अपना मेकअप कर रहे हैं तो वहां कोई दिक़्क़त नहीं है क्योंकि वहां पर अब यह होश जग चुका है कि 'मैं कौन हूं।'

२४– मूर्ति पूजा करें या न करें?

बजरंग बली की पूजा से बजरंग बनें

जिज्ञासु: मैं बजरंग बली की पूजा ५ सालों से कर रहा हूं, यह पूजा मैं पूरे भाव और श्रद्धा से करता हूं, मुझे इस पूजा का आत्मसाक्षात्कार के लिए कैसे फ़ायदा होगा?

सरश्री: बजरंग बली की पूजा से बजरंग बली बन जाएंगे तो फ़ायदा होगा। इसलिए सबसे पहले बजरंग बली का अर्थ समझें, भज का अर्थ– भजना, जाप करना। भज गोविंदम्, भज गोपालम् यानी जाप करना। भज से भजन शब्द आया। जब आप भजन गाते हैं तब भी आप जाप करते

हैं। जो अहसास अंदर चल रहा है, वही बाहर प्रकट होता है। इंसान सोचता है कि ज़ुबान मिली है तो उसका फ़ायदा क्यों न उठाएं! पांच इंद्रियां मिली हैं तो पांचों इंद्रियों से फ़ायदा उठाएंगे। अगर दस होतीं तो दसों इंद्रियों से फ़ायदा उठाते, मगर जब तक भजन नहीं मिला है तब तक एक इंद्रिय भी भारी है, वह भी परेशान करती है।

'बजरंग बली बन जाएं' यानी ऐसा बल प्राप्त करें जो सभी बल से परे है। इंसान के पास बहुत सारे बल हैं यानी ताक़त है मगर भजन का बल (रंग) हमें मिल जाए, भज रंग बल मिल जाए। जाप करने का बल मिल जाए तो बजरंग बली बन गए वर्ना बाक़ी रंगों में ही उलझ जाएंगे। अन्य रंग तेज रंग नहीं हैं, बज रंग ही तेज रंग है।

बजरंग बली बनना है यानी हनुमान के चित्र में जैसे दिखाया गया कि वे समाधि में बैठे हैं, वैसे बनना है। मगर लोग अपनी मान्यताओं के हिसाब से जीते हैं और अनुमान लगाते हैं कि हनुमान ब्रह्मचारी हैं, वे सिर्फ़ इन-इन लोगों के लिए हैं, जबकि ऐसा नहीं है। सिर्फ़ वर्गीकरण के लिए थोड़ी सुविधा के लिए हनुमान की मूर्ति को वैसे बनाया गया है। हर मूर्ति तो एक ही इशारा है। एक मूर्ति में हनुमान अपने हृदय में तस्वीर दिखाते हैं क्योंकि लोग तस्वीर की भाषा ही समझ सकते हैं, निराकार को समझ नहीं सकते। उस तस्वीर में हनुमान अपने हृदय (तेजस्थान) में माया और मायापति दोनों की तस्वीरें दिखाते हैं। मंदिर में जब आप बजरंगी की तस्वीर देखते हैं तब उसका अर्थ यह है कि हनुमान आंखें बंद करके मौन उपासना कर रहे हैं, मनन उपासना कर रहे हैं। जिस भी ईश्वर को ख़ुश करना है तो यही एक तरीक़ा है। ईश्वर भी कहेगा कि 'जो मैं करता हूं वही तुम करो।'

सेवा से जुड़ने के लिए क्यों कहा जाता है? क्योंकि 'जो मैं करता हूं वही तुम करो,' यह बताने के लिए। असली सेवा का यही तरीक़ा है। लोग सोचते हैं, 'हम तो ईश्वर की पूजा करते हैं।' लेकिन सुबह मंदिर में जाकर ईश्वर की स्तुति करेंगे और दिनभर मनन उपासना नहीं करेंगे तो आपने पूर्ण पूजा नहीं की, इस पूजा से बजरंग बली ख़ुश नहीं होंगे।

अगर आपने बजरंग बली के शरीर पर सिंदूर लगा दिया क्योंकि यह रंग उन्हें बहुत पसंद है तब वे कहेंगे, 'इसका असली अर्थ तो समझें कि यह सिंदूर क्यों लगाया था?'

जब हनुमान ने सीता को मांग में सिंदूर लगाते हुए देखा तब उन्होंने सीता से पूछ लिया कि 'यह सिंदूर क्यों लगाती हो?' अब सीता क्या बताए? कैसे समझाए? सीता ने बता दिया कि 'यह देखकर राम प्रसन्न होते हैं।' यह सुनकर हनुमान को बहुत अच्छा लगा कि राम को ख़ुश करना इतना आसान है। फिर उन्होंने सोचा कि 'कहां मैं समंदर पार कर रहा था, क्या-क्या नहीं कर रहा था? यह तो सबसे आसान तरीक़ा मालूम पड़ गया।' उस दिन उन्होंने अपने पूरे शरीर पर सिंदूर लगा लिया और राम के सामने जाकर खड़े हो गए। राम ने पूछा, 'यह क्या कर रहे हो?' हनुमान ने कहा, 'बस आप सिर्फ़ प्रसन्न हो जाएं, मैं क्या कर रहा हूं यह सोचें ही मत। सिंदूर का रंग देखकर आप प्रसन्न होते हैं तो हम वही लगाएंगे।' वहां हनुमान का भाव क्या था? जब वह भाव आपके अंदर आएगा तब वह बजरंग बली की पूजा है। तब आप सही मायने में पूजा कर रहे हैं, वंदना कर रहे हैं, आराधना कर रहे हैं वर्ना पूजा के नाम पर कर्मकांड ही चलता है इसलिए आप जो भी कर रहे हैं, अपने आपसे पूछें कि 'यह मैं किस भाव से कर रहा हूं?' इसका मतलब आप ग़लत कर रहे हैं, ऐसा नहीं कहा जा रहा है क्योंकि शुरुआत तो ऐसे ही होगी। शुरुआत में जो समझ होगी उस हिसाब से हम ईश्वर की आराधना करेंगे मगर धीरे-धीरे समझ में आएगा कि असली आराधना क्या है? साधारण सी बात है कि जब बाहर भी आप किसी रिश्तेदार को प्रसन्न करना चाहते हैं तब वह क्या चाहता है, उसकी इच्छा क्या है, उस हिसाब से आप काम करते हैं तो वह प्रसन्न होता है।

उसी प्रकार यह भी जानें कि ईश्वर क्या चाहता है? बजरंग बली की सेवा क्या है? बजरंग बली तो ख़ुद सेवक थे। उस सेवक की सेवा जब आप करने लग जाएंगे तब वह सेवक क्या चाहेगा? वह किस तरह की सेवा की मांग करेगा? उस मांग में कौन सा रंग डालना था? वह अगर

आपने सही डाला, उसमें भज रंग डाला तो फिर उस ईश्वर को प्रसन्नता होगी इसलिए सही मायने में अगर हमें पूजा करनी है तो बजरंग बली बनकर ही यानी उस भाव के साथ जीना शुरू कर देना है। तेजस्थान पर जब भी देखा तो वही चीज़ प्राप्त की। ऐसा ज्ञान हमें मिल जाए कि जब भी आंखें बंद कीं तो वहीं पर हैं। फिर आप बजरंग बली की ही पूजा कर रहे हैं। भले बजरंग बली की तस्वीर आपके सामने नहीं है, फिर भी आप वही तो कर रहे हैं। ईश्वर के अलग-अलग नाम तो दे दिए गए मगर हर ईश्वर के बहाने एक ही चीज़ (सत्य) की बात हो रही है। किसी को कोई पसंद आ जाता है... तो किसी को कोई इसलिए ३३ करोड़ ईश्वर बन गए कि चलो तुम्हारी भी इच्छा पूर्ण हो... तुम्हारी भी पूर्ण हो... तुम्हें यह नहीं पसंद तो उसे छोड़... यह पसंद करो... जो तुम्हें चाहिए मगर आराधना करना शुरू कर दो। यह व्यवस्था क्यों बनाई गई? क्योंकि सभी की गीता अलग है इसलिए अलग-अलग चेहरे बनाए गए कि हरेक की गीता अनुसार जिसे जो पसंद है, उससे वह प्रेरित हो जाए। जैसे अनेक तरह के फ़िल्म स्टार में से किसी को कोई पसंद आता है तो किसी को कोई। वैसे ही शुरुआत में तो ईश्वर का कोई चेहरा पसंद आना चाहिए, जिससे इंसान पहला क़दम तो उठा पाता है, बाद में वह चेहरे (आकार) से ऊपर उठ जाता है और असली चीज़ सामने आने लग जाती है। शुरुआत में तो आकार से सहायता मिलती है। आकार एक बड़ी सहायता है, उसका फ़ायदा लिया जाए और सही मायने में बजरंग बली की पूजा की जाए।

खंड ३
ईश्वरीय तत्व के रहस्य
ईश्वर से संबंधित सवाल

२५- ईश्वर से मुलाक़ात

ईश्वर से मुलाक़ात वरदान या आज्ञा

जिज्ञासु: मुझे ईश्वर से मिलना है, क्या आप मेरी मुलाक़ात ईश्वर से करवा सकते हैं?

सरश्री: आप ईश्वर से क्यों मिलना चाहते हैं? आपको ईश्वर से मुलाक़ात का समय क्यों चाहिए, कहीं कोई वरदान मांगने का चक्कर तो नहीं है? यदि कोई वरदान मांगने का चक्कर है तो आप अभी पात्र नहीं हुए हैं।

आगे इनका सवाल है, 'क्या आप मेरी ईश्वर से मुलाक़ात करवा सकते हो?' इसका जवाब यह है कि, अगर आप अपनी कल्पना हटाने के लिए तैयार हैं वर्ना आपको ईश्वर का दर्शन करवाया भी जाए, मगर आपके अंदर वही ईश्वर बैठा है, जैसा आपने टीवी सीरियल्स में देखा है तो ईश्वर से मुलाक़ात का समय होने के बाद भी आप कहेंगे कि 'मुझे तो ईश्वर दर्शन हुआ ही नहीं।' इसलिए कहा गया, 'पहले पात्रता बढ़ाएं।' पात्रता बढ़ाना यानी तैयारी करवाना कि इस इंसान के पास, जिसने मुलाक़ात के समय का लेटर लिखा है, जो मुलाक़ात के लिए समय चाहता है, उसके अंदर प्यास है या नहीं है। जैसे सिकंदर की कहानी में

बताया गया है कि जब सिकंदर रेगिस्तान में प्यास से तड़प रहा था तब किसी ने पूछा कि 'एक गिलास पानी की क़ीमत क्या दोगे?' उस समय सिकंदर उसे अपना पूरा राज्य देने के लिए तैयार था क्योंकि उसे प्यास थी। क्या ऐसी प्यास आपके अंदर जगी है? आपके अंदर ईश्वर को पाने की प्यास हो या आपको ईश्वर से प्रेम हो। जब ईश्वर के प्रति प्रेम होता है तब वह प्रेम हर इंसान में ईश्वर दर्शन करवा सकता है। यदि उतना प्रेम नहीं है तो उसे पाने के लिए आप में प्रयास करने की शक्ति हो। प्यास, प्रेम, प्रयास इनमें से कुछ तो हो।

जब कोई पेशेंट डॉक्टर से मुलाक़ात का समय मांगता है तब उसे कहा जाता है कि 'मुलाक़ात का समय मिलेगा मगर पहले तुम अपना रोग बताओ और क्या तुम्हारी इलाज करवाने की तैयारी है? वर्ना कहोगे कि इंजेक्शन तो मैं नहीं लगवा सकता... काढ़ा मैं नहीं पी सकता... इस तेल से मुझे दुर्गंध आती है... ये तेल तो मैं कभी पिऊंगा नहीं... इससे तो मेरा पेट ख़राब होता है... इत्यादि।' लोगों की ऐसी शर्तें होती हैं इसलिए पूछा जाता है कि 'क्या तुम वाक़ई अपना इलाज करवाना चाहते हो? फिर पेशेंट को बताया जाता है कि यह नेचरोपैथी है, इसके अंदर इस-इस तरह से इलाज किया जाता है, क्या तुम्हारी तैयारी है? इस इलाज में पूरे शरीर पर ऐसे-ऐसे मिट्टी लगा दी जाती है और तुम्हें मिट्टी से नफ़रत है तो क्या तुम रह पाओगे? मिट्टी से तुम्हें गंध आ रही है, मिट्टी देखकर तुम छी कहते हो कि यह क्यों हमें लगा रहे हैं तो कैसे इलाज करवाओगे?' पेशेंट की ये सब तैयारी डॉक्टर को देखनी पड़ती है।

इसी तरह ईश्वर से मुलाक़ात का समय लेने से पहले खोजी की तैयारी देखनी पड़ती है कि उसके अंदर ईश्वर को पाने की पात्रता कितनी है? यदि नहीं है तो उसमें पहले पात्रता तैयार की जाए।

इसी के साथ पहले यह भी जानें कि 'ईश्वर से किसलिए मिलना चाहते हैं? यदि वरदान मांगना चाहते हैं तो कोई मुलाक़ात का समय नहीं मिलता।' इंसान ईश्वर को अपनी कल्पना से देखता है। फ़िल्मों में इस तरह के दृश्य देखकर या कहानियां पढ़कर उसे लगता है कि ईश्वर से

ऐसा-ऐसा वरदान मिलता है। जबकि सत्य यह है, 'ईश्वर आकर वरदान नहीं देता, कमांड करता है।' ईश्वर दर्शन देता है तो कमांड करता है। उसके बाद आपको काम करना पड़ता है। तैयारी है तो आपकी मुलाक़ात ईश्वर से करवाई जाएगी।

२६- ईश्वर का अस्तित्व

देखने की कला

जिज्ञासुः क्या इस दुनिया में ईश्वर है? यदि है तो मुझे उसके होने पर विश्वास क्यों नहीं होता?

सरश्रीः कुछ लोगों के ऐसे सवाल होते हैं कि दुनिया में ईश्वर है तो दिखता क्यों नहीं? ईश्वर दिखता नहीं, इसका अर्थ वह नहीं है, ऐसा नहीं है। इसे एक उदाहरण द्वारा समझें।

एक इंसान बुरक़े में जा रहा हो और कोई आपको कहे, 'देखो, ख़ाली बुरक़ा जा रहा है,' तो क्या आप यह सच मान लेंगे? आप उसे कहेंगे, 'ख़ाली बुरक़ा कैसे चल सकता है? उसके अंदर कोई तो होगा।' फिर वह कहे, 'मुझे तो कोई नहीं दिख रहा। कोई अंदर है तो मुझे दिखना चाहिए' तो आप उससे कहेंगे, 'अरे! तुम्हें नहीं दिख रहा इसका अर्थ यह नहीं कि अंदर कोई नहीं है। तुम्हें नहीं दिख रहा मगर अंदर कोई है। ख़ाली बुरक़ा कभी नहीं चलता।'

उसी तरह यह शरीर भी ईश्वर का बुरक़ा है। बिना ईश्वर के शरीर नहीं चल सकता। शरीर को देखते ही समझ जाएं कि इसके अंदर ईश्वर है इसलिए यह शरीर चल रहा है, हंस रहा है, बोल रहा है।

यह सवाल इंसान को इसलिए आता है क्योंकि इंसान ईश्वर को देख नहीं पाता। जैसे सवाल आता है कि 'क्या दूध में मक्खन है?' तो क्या आप यह कहते हैं कि 'दूध में मक्खन नहीं दिख रहा है तो नहीं होगा।' आप कहते हैं कि 'मक्खन चाहिए तो उसका प्रोसेस है। मक्खन निकालने के लिए कुछ करना पड़ता है।' उसी तरह ईश्वर ऐसे नहीं दिखता, उसे देखने के लिए कुछ करना पड़ता है।

अगला सवाल है कि 'यदि ईश्वर है तो मुझे उसके होने पर विश्वास क्यों नहीं होता?' यह महत्वपूर्ण सवाल है, जो हरेक के मन में आता है। मन की भाषा 'लगने' की है। लोग कहते हैं कि 'मुझे ऐसा कुछ लगे तो मैं मानूंगा कि ईश्वर है। आसमान से फूलों की वर्षा हो तो मुझे लगेगा कि ईश्वर है।' मन का तौलने का तराज़ू ही ग़लत है, जिस पर इंसान को कभी शंका नहीं होती। जिस तरीक़े से वह चाहता है कि 'मुझे लगे' वह तरीक़ा ही ग़लत है। जिस तरीक़े से आप ईश्वर को देखना चाहते हैं, वह तरीक़ा ही ग़लत है। उस तरीक़े से आप ईश्वर को नहीं देख सकते।

जैसे आपने हाथ पर लिखा 'गॉड (GOD)' और अपना चश्मा उतारकर रखा। फिर आप कहते हैं, 'अरे! मुझे दिख ही नहीं रहा है। मुझे क्यों नहीं दिख रहा है?' उसी तरह लोग पूछते हैं कि 'मुझे क्यों नहीं लग रहा है कि ईश्वर है?' उनसे कहा जाएगा, 'पहले अपना चश्मा पहनो, हाथ सीधा रखो, ज्ञान की आंखें खोलो, अंदर की तरफ़ मुड़ो। अंदर की तरफ़ जाओगे तो समझ में आएगा कि हमारा देखने का तरीक़ा ही ग़लत था।'

जैसे कोई अंधा सुनार हो और उसे फूलों की सुंदरता देखनी हो तो वह कैसे देखेगा? वह अपना पत्थर लेकर बग़ीचे में जाएगा और हरेक फूल पर घिसकर देखेगा कि 'यह फूल सुंदर लगता है या नहीं।' आप कहेंगे, 'पहले पत्थर फेंको। इस पत्थर से तुमने पूरे बग़ीचे का सत्यानाश कर दिया है। सुंदरता को ढूंढ़ते-ढूंढ़ते सारे फूलों को मसल दिया है। इस तरीक़े से सुंदरता नहीं दिखाई देती।' उसी तरह इंसान का ईश्वर को देखने का नज़रिया ही ग़लत है। उसे अपनी नज़र का धोखा, अज्ञान दिखाई नहीं देता और वह सवाल पूछता है कि 'ईश्वर या परमात्मा है तो मुझे विश्वास क्यों नहीं होता?' उसे कहा जाएगा कि 'अगर ईश्वर को ऐसे देखेंगे तो आपको विश्वास होगा भी नहीं। सही तरीक़ा जानना है तो अंदर की तरफ़ जाए।'

इंसान से मूल ग़लती यही होती है। वह अपने चश्मे से देखना चाहता है कि ईश्वर ऐसा ही दिखे। राम कहा तो फ़लां-फ़लां कलाकार

ही दिखे इसलिए कहा कि आप जिस तरह ईश्वर को देखना चाहते हैं, उस तरह ईश्वर नहीं दिखता। मन ईश्वर को देखना चाहता है मगर उसे यह समझ में आ जाए कि उसे ईश्वर नहीं दिखेगा।

२७- भगवान और शैतान

शैतान से कैसे जीतें

जिज्ञासु: शैतान कहां से आता है, हमें शैतानी वृत्ति से आज़ादी कैसे मिले?

सरश्री: शैतान वहीं से आता है, जहां से भगवान आते हैं।

'शैतान कहां से आता है?' यह सवाल नहीं होना चाहिए बल्कि 'शैतान क्यों आता है?' यह सवाल होना चाहिए। शैतान और भगवान एक ही जगह से आते हैं। इसे एक उदाहरण द्वारा समझें।

आपने धागा लपेटकर रख दिया। बाद में वह उलझ गया या सुलझ गया। कोई सवाल पूछता है कि 'उलझन कहां से आई? या सुलझन कहां से आई?' तो आप उससे कहेंगे कि 'दोनों एक ही जगह से आई। सुलझन भी उधर से आई और उलझन भी उधर से आई। अगर सही जगह से शुरुआत करेंगे तो सुलझन आएगी और ग़लत जगह से शुरुआत करेंगे तो उलझन आएगी।' ठीक उसी तरह ग़लत जगह से शुरुआत की तो शैतान आता है और सही जगह से शुरुआत की तो भगवान आता है। दोनों एक ही जगह से आते हैं।

आगे पूछा गया कि इन वृत्तियों से बाहर कैसे निकलें? इन वृत्तियों से बाहर आने के लिए आपको सही जगह से सुलझाना शुरू करना होगा। साधना में पक गए तो न वृत्तियां, न ही टेंडेंसीज़ जागृत होंगी। वर्ना इंसान के अंदर कई वृत्तियां हैं। अंदर से कोई विकार जागता है तो आप उसे रोक नहीं पाते। इसका अस्थायी इलाज यह है कि प्रार्थनाएं जारी रखें। लगातार प्रार्थनाएं करते रहें। जैसे प्रार्थना करें कि 'मैं अकेला इस वृत्ति को नहीं तोड़ सकता, विकार से नहीं जीत सकता मगर ईश्वर मेरे साथ है तो यह जंग मेरे लिए बहुत आसान है।' प्रार्थनाएं ज़ोरदार करें। उस वक़्त

यह न सोचें कि अभी मैं क्या करूं? फ़िलहाल वृत्तियों पर प्रार्थनाओं का आक्रमण करते रहें। जब तक विकार शांत नहीं हो जाता तब तक 'प्रेअर शूटिंग (आक्रमण)' करते रहें।

आप जिस ईश्वर को मानते हैं, उससे लगातार प्रार्थना करते रहें। उस वक़्त के लिए उस विकार से शांति मिल जाएगी मगर ये विकार क्यों जागते हैं, इनके पीछे क्या मान्यता है, क्या बेहोशी है, क्या वृत्तियां हैं, जिस वजह से विकार जागृत होते हैं? क्या विकार जींस से आए हैं, मां-बाप के द्वारा आए हैं, परवरिश से आए हैं, दृश्यों से आए हैं? इस पर मनन करें, श्रवण करें, पठन करें। सामान्य बुद्धि इस्तेमाल करें कि 'मैं अगर विकार जगाने में अपने मन को सहयोग करता हूं और वृत्तियों में जाता हूं तो मुझ पर इसके क्या दुष्परिणाम होंगे?'

मन यदि कहता है कि 'चलो चोरी करते हैं' तो आप सोचेंगे कि 'चोरी करने का दुष्परिणाम क्या होगा?' वह अंत आपको इतना भयानक दिखाई देगा कि अगर आप सामान्य बुद्धि इस्तेमाल करेंगे, अपना भला चाहेंगे तो ऐसी बातों में नहीं जाएंगे। अपनी समझ बढ़ाएं, सामान्य बुद्धि बढ़ाएं और मनन-पठन करें। जब विकार जागे तो प्रार्थना करें ताकि उस वक़्त आप शांत हो पाएं मगर जैसे ही विकार शांत हो जाए तो हम आगे के लिए सजग हो जाएं कि यह विकार हमारे अंदर क्यों है? किस मान्यता की वजह से है? इस पर मनन करें, पठन करें और इससे जल्द से जल्द बाहर आएं।

आपके अंदर ऐसा क्या है, जिस वजह से मन चीज़ों को पहचानता है? वह है स्वसाक्षी। स्वसाक्षी की वजह से आंखें देखती हैं, कान सुनते हैं, ज़ुबान स्वाद लेती है। अगर स्वसाक्षी नहीं होता तो आंखें देखते हुए भी नहीं देखतीं। स्वसाक्षी की उपस्थिति, चैतन्य की उपस्थिति अगर है तो आंखें देख पाती हैं। स्वसाक्षी शब्द बहुत महत्वपूर्ण है क्योंकि साक्षी शब्द अध्यात्म में बहुत प्रसिद्ध है और लोग उसी पर अटक गए हैं। साक्षी बनकर जब तक स्वसाक्षी नहीं हुए तब तक पूर्णता नहीं होती।

साक्षी होकर जब तक स्वसाक्षी नहीं हुए, आईना देखकर जब तक

अपने आपको नहीं देखा, तब तक वर्तुल (साइकिल) पूरा नहीं होता। स्वसाक्षी होना है इसलिए देखा जा सकता है। स्वसाक्षी नहीं है तो देखा नहीं जा सकता। इंसान मुर्दा है, शव है वह नहीं देख पाएगा। जब तक शिव (सेल्फ़, चैतन्य) उसके अंदर नहीं है तब तक वह न देख पाएगा, न सुन पाएगा। वह सिर्फ़ पड़ा रहेगा। शिव (सेल्फ़, चैतन्य) है जिसकी प्रेज़ेंस में शव देखता है। शव के द्वारा देखा जाता है। उस देखने वाले को जानेंगे तो वृत्तियों (शैतान) से मुक्ति पाएंगे।

२८- स्वर्ग, स्त्री और ईश्वर

ईश्वर ही है, तुम हो कि नहीं यह पक्का करो, पता करो

जिज्ञासु: क्या ईश्वर केवल ऊपर रहता है? कैलाश पर्वत पर बैठे हुए ईश्वर में और पृथ्वी के ईश्वर में क्या फ़र्क़ है? पुरुष को ईश्वर कहा गया है तो क्या औरत भी ईश्वर है? क्या उसे पार्वती कहा जा सकता है?

सरश्री: जो समझ में न आए वह ऊपर रहता है। इंसान को जब भी कोई चीज़ समझ में नहीं आती तब वह आकाश की तरफ़ उंगली उठाकर कहता है कि 'भगवान को मालूम।' वह न समझ में आने वाली सारी बातें ईश्वर पर डाल देता है।

इंसान जब भी ऊपर इशारा करता है, तब वह उसके हिसाब से ऊपर है, लेकिन पृथ्वी के दूसरे छोर पर रहने वाले इंसान के बिल्कुल विपरीत है। वह पृथ्वी के एक हिस्से पर है, पृथ्वी गोल है, यह आप जानते हैं। पृथ्वी के नीचे वाले हिस्से में जो इंसान 'ऊपर' (up) कहता है, वह हमारे लिए 'नीचे' (Down) है और हम जिसे 'ऊपर' (up) कह रहे हैं, नीचे वाले लोगों के लिए वह 'Down' (डाउन) है। up यानी कहां? धरती के चारों तरफ़ आकाश है। up (अप) किसे कहें? इधर भी up हो सकता है... उधर भी up हो सकता है... हम किस दिशा को up कहते हैं?

'ईश्वर ही है' जब यह बात समझ में आती है तब यह गुत्थी सुलझती है वर्ना कहीं आसमान में ही ईश्वर बैठा है, इस तरह की कल्पना बनती है, मान्यता बनती है। ऐसी मान्यता बनने के पीछे कारण है, के.

जी. का अध्यात्म, के.जी. के गाने। जैसे एक गाना आपने सुना होगा कि 'ख़ुदा भी आसमां से जब ज़मीं पर देखता होगा...' इस एक गाने में कितनी मान्यताएं हैं, यह आपको समझ में आएंगी। जब आप ऐसे गाने सुनते हैं तब सोचते हैं कि ईश्वर ऊपर बैठा है यानी नीचे नहीं है। उसमें फिर यह मान्यता बन जाती है कि ऊपर कौन बैठा है? क्योंकि दिशा है ही नहीं। दिशा हम सहूलियत के लिए बनाते हैं। जैसे यह उत्तर है, यह दक्षिण है, यह पूरब, यह पश्चिम, यह ऊपर, यह नीचे, बाएं (लेफ़्ट) है, दाएं (राइट) है ताकि हम सही ढंग से वाहन चला पाएं। लेफ़्ट साइड से जाना है कहा तो लेफ़्ट साइड से ही जाएं मगर हरेक का लेफ़्ट अलग होगा।

के.जी. के अध्यात्म से फिर इस तरह के शब्द आ गए कि भगवान ऊपर बैठा देख रहा है क्योंकि देखने वाले को ऊपर ही रहना होगा वर्ना उसे सब कैसे दिखेगा! उसे कहीं तो ऊपर डाल दिया कि हमारी ज़िंदगी में दख़ल न दे। सवाल है कि कैलाशवाला ईश्वर और पृथ्वी पर बैठा ईश्वर क्या ये दो अलग हैं? ऐसी कोई बात ही नहीं है। के.जी. के अध्यात्म की वजह से इस तरह की धारणाएं बन जाती हैं। जैसे बताया कि ईश्वर को आकार देना एक आवश्यक ग़लती हो गई क्योंकि उसके बग़ैर लोग समझ भी नहीं पाते हैं। मान्यता यह भी बन गई कि ईश्वर पुरुष है क्योंकि गाने में कहा, 'जब देखता होगा...,' 'देखती होगी...' नहीं कहा, यह भाषा की तकलीफ़ है।

इसी सवाल में आगे यह पूछा गया है कि ईश्वर यदि स्त्री है तो क्या उसे पार्वती कहें? इसका जवाब है पार्वती ईश्वरीय शक्ति के लिए कहा गया है। जैसे पंखा है ईश्वर और हवा है उसकी शक्ति। जब पंखा चलता है तब हवा बहती है तो हम उस शक्ति (हवा) को महसूस करते हैं। पार्वती ईश्वर की शक्ति का प्रतीक है। तस्वीरों में शिव के साथ एक महिला दिखाई गई तो ऐसी मान्यता बनी कि पार्वती शिव से अलग है और महिला है मगर ऐसा नहीं है। वह एक प्रतीक के रूप में बताया गया है। सभी में ईश्वर ही है, सभी में ईश्वरीय शक्ति ही काम कर रही है।

२९- ईश्वरीय आविष्कार

दुनिया बनाने की ज़रूरत

जिज्ञासु: भगवान को दुनिया बनाने की ज़रूरत क्यों थी? और बनाई तो उसकी देखभाल करने की क्या ज़रूरत थी? क्या भगवान अपनी दुनिया में ख़ुश नहीं था?

सरश्री: इस सवाल को तीन हिस्सों में समझें। पहला हिस्सा है कि भगवान को दुनिया बनाने की ज़रूरत क्यों थी? इंसान की सोच 'ज़रूरत' इसी शब्द पर ख़त्म हो जाती है। बुलबुल गीत गाती है तो क्या कोई पूछता है कि 'उसे गीत गाने की क्या ज़रूरत है?' कोयल गीत गाए तो क्या आप कहेंगे कि 'कोयल को गीत गाने की क्या ज़रूरत है?' नहीं, बुलबुल ऐसा नहीं सोचती। उसके अंदर ऐसे विचार नहीं हैं, ऐसा सिर्फ़ इंसान ही सोचता है। ठीक उसी तरह संसार भी ईश्वर का गीत है। वहां 'ज़रूरत' शब्द की ज़रूरत ही नहीं है।

इस सवाल का दूसरा हिस्सा है– 'ईश्वर ने संसार बनाया तो उसकी देखभाल करने की ज़रूरत क्या थी?' इसे उदाहरण से समझें। कोई गायक स्टेज पर गाना गा रहा है और साथ में नृत्य भी कर रहा है। अगर आप उससे पूछेंगे, 'गाना गाने तक तो ठीक था, अब गाने के साथ नाच क्यों रहे हो?' वह कहेगा, 'क्यों न नाचूं? तुम्हें क्या तकलीफ़ है?' उसी तरह अगर संसार बनाया गया तो उसकी देखभाल भी हो रही है, ये दोनों इकट्ठी चलने वाली बातें हैं। गीत गाना और नृत्य करना एक ही काम के दो हिस्से हैं। गाना गा रहे हैं और नृत्य में ताल पर पांव भी थिरक रहे हैं। इसी तरह संसार बनाया और उसे संभाला जा रहा है। यह ईश्वर के लिए सहजता है, ज़रूरत वाली बात ही नहीं है। संसार बनाना ईश्वर की लीला है।

सवाल का तीसरा हिस्सा है, 'क्या भगवान अपनी दुनिया में ख़ुश नहीं था?' भगवान अपनी दुनिया में बहुत ख़ुश था, ज़रूरत से ज़्यादा ख़ुश था। जब कोई चीज़ ज़रूरत से ज़्यादा हो जाती है तब संसार बनता

है। आनंद इतना बढ़ जाए तो संसार का निर्माण होगा ही।

जब संसार नहीं था तब ईश्वर की अवस्था सोचकर देखें। अगर आप सही मायने में एक मिनट भी अनुभव पर जाएंगे तो आपको लगेगा कि उठकर नाचूं, कुछ गाऊं, कुछ तो करूं। सोचें कि एक मिनट में इतना कुछ होता है, फिर ईश्वर तो हज़ारों साल उस अनुभव में बैठा हुआ था। संसार बनने के पहले ईश्वर उसी अनुभव में था, उसी मौन में था। उसी मौन का परिणाम है 'संसार'। आप जितना ज़्यादा मौन में जाएंगे, उतनी बड़ी अभिव्यक्ति देखेंगे। मौन में जाने के लिए ही उपासना दी जाती है, साधना दी जाती है, ध्यान दिया जाता है ताकि आप उस अनुभव में जा पाएं। फिर वहां से जो दृढ़ता (कनविक्शन) होगी उसके द्वारा ही आपसे अभिव्यक्ति होगी।

हज़ारों साल के प्रभाव से संसार बना। इसे कोई नंबर नहीं दिया जा सकता क्योंकि जब संसार नहीं था तब समय भी नहीं था। हज़ार, दस हज़ार साल ऐसे शब्द नहीं थे मगर इसे शब्दों में कैसे कहा जा सकता है? शब्दों में कहा जाएगा कि 'इतने साल अनुभव पर रहने के बाद वह दुखी था इसलिए संसार नहीं बनाया।' संसार तो ईश्वर की ख़ूबसूरत रचना है, जो अति ख़ुशी में बनाया गया।

३०– ईश्वर का ईश्वर कौन?

अनश्वर, अविनाशी ईश्वर

जिज्ञासु: ईश्वर ने संसार बनाया तो ईश्वर को किसने बनाया?

सरश्री: 'ईश्वर को किसने बनाया?' यह सवाल पूछने से पहले यह पूछना आवश्यक है कि क्या आप यह मानते हैं कि ईश्वर मरेगा? अगर जवाब है, 'नहीं, ईश्वर कभी मर नहीं सकता,' तो जो मर नहीं सकता, वह पैदा कैसे हो सकता है? ईश्वर तो अमर है। अमर का अर्थ जिसकी मौत नहीं होती इसलिए वह पैदा नहीं होता।

हिंदू कहते हैं, 'ईश्वर अमर है।' मुसलमान कहते हैं, 'अल्लाह अकबर है।' अकबर का अर्थ भी वही है, अ–कबर यानी जिसकी क़ब्र

नहीं खोदी जा सकती। 'अल्लाह हू अकबर' का अर्थ है God is Great। जो ईश्वर नहीं हैं उनकी क़ब्र खोदी जाती है। जो ईश्वर हैं वे अमर हैं, अकबर हैं, उनकी क़ब्र नहीं खोदी जाती। क्रिश्चियन कहते हैं, 'एंथनी।' एंथनी का अर्थ है, जिसका कोई अंत नहीं। ईश्वर का सही अर्थ समझ में आया तो झगड़ा नहीं होगा क्योंकि तीनों का अर्थ एक ही है वर्ना धर्मों का झगड़ा चलता रहता है। सबका अर्थ एक ही है, इंशा-अल्लाह कहें, Thy will be done कहें, ईश्वर की इच्छा पूर्ण हो कहें-सबका अर्थ वही है। आपस में झगड़ने की ज़रूरत ही नहीं है।

अगर इस्लाम धर्म को मानने वाला इंसान ईश्वर को समर्पण करता है तो इसका अर्थ वह हिंदू नहीं रहा, ऐसा नहीं है। हिंदू भी ईश्वर को समर्पित कर रहे हैं। वे भी उसी बात का अनुसरण कर रहे हैं। सिर्फ़ उन्होंने अरबी भाषा इस्तेमाल नहीं की, अलग भाषा इस्तेमाल की। एक अलग भाषा इस्तेमाल करने से कोई चीज़ बदल नहीं जाती। अमर, अकबर, एंथनी कहा तो अर्थ अलग नहीं हो जाता। तीनों का अर्थ एक ही है।

आज की भाषा में आप सब बातें फिर से समझ रहे हैं। ईश्वर के लिए सभी ने अलग-अलग भाषा कही मगर सबका अर्थ एक ही है। अमर कहें, एंथनी कहें या अकबर कहें। हालांकि यह सुनकर कोई सोचेगा कि ये फ़िल्म का नाम बोल रहे हैं मगर उसे पता नहीं है कि इनके असली अर्थ बताए जा रहे हैं। अर्थ समझेंगे तो पता चलेगा कि एक ही ईश्वर है, एक ही गुण है, एक ही गीत है। फिर चाहे वह हिंदू गाए, मुसलमान गाए, क्रिश्चियन गाए, सिख गाए, पारसी गाए, जैन गाए मगर उनके द्वारा गाने वाला एक ही है। उसकी मृत्यु कैसे हो सकती है!

३१- हरेक में ईश्वर देखें

ईश्वर को कैसे पहचानें

जिज्ञासु: ईश्वर को कैसे पहचानें? वह किसी भी रूप में आ सकता है- बच्चे के रूप में, साधु के रूप में, न जाने किस भेष में नारायण मिल जाए क्या इसलिए यह कहा गया है कि सभी से दया और प्रेम से रहना

चाहिए?

सरश्री: सवाल यह है कि ईश्वर अगर अलग-अलग रूप में आता है तो हम ईश्वर को कैसे पहचानें? वह कभी साधु के रूप में तो कभी बच्चे के रूप में आता है। जैसे कहानी में बताया जाता है कि किसी इंसान के घर भगवान कृष्ण आए थे लेकिन वह इंसान उन्हें पहचान नहीं पाया और उनके साथ ग़लत व्यवहार कर बैठा। इस वजह से भगवान कृष्ण उसके घर से चले गए। जब उस इंसान को मालूम पड़ा कि वे अतिथि तो स्वयं कृष्ण भगवान थे, ख़ुद मेरे घर आए थे तो वह रोता रह गया। कृष्ण चाहते हैं कि भक्त उन्हें पहचानें। हम कैसे पहचानें, इनका यह मुख्य सवाल है।

अगर आप ईश्वर को पहचानने की कार्यप्रणाली चाहते हैं तो बाहर की कार्यप्रणाली से आप ईश्वर को कभी जान नहीं पाएंगे, क्योंकि मन तो अपने हिसाब से पक्का करना चाहता है। अगर आपकी ऐसी मान्यता है कि 'इस-इस तरह के गहने पहनकर ही ईश्वर आता है' तो आप ग़लत समझ रहे हैं। फ़िल्में, टीवी सीरियल्स, भगवानों के पोस्टर देखकर हम चाहते हैं कि ईश्वर की कोई तो पहचान (साइन) हो। उन्होंने अगर कुछ ख़ास तरह के शब्द इस्तेमाल किए, जैसे कि 'अलख-निरंजन' तो वह शिव भगवान थे या कोई और भगवान थे मगर इन बातों में आपको नहीं उलझना है।

जब आप ईश्वर को अपने अंदर जान पाएंगे तब बाहर पहचानना आसान हो जाएगा। बाहर पहचानने का मतलब आप हर रूप में ईश्वर को जान पाएंगे। कुछ भगवानों के नाम (जैसे भगवान कृष्ण, श्रीराम या भगवान शंकर) सुनकर ऐसा लगता है कि ईश्वर एकाध शरीर के द्वारा ही आया होगा, मगर अब यह बात समझ में आएगी कि हरेक उसका ही रूप है। जब आप अपने अंदर ईश्वर को जान पाएंगे तब आपको पता चलेगा कि यह अनुभव तो हर शरीर में है।

जिस जीवन का अनुभव, अहसास हम अपने अंदर कर रहे हैं, ठीक वैसा ही अनुभव हरेक शरीर में है। उसी अहसास के लिए ही ईश्वर,

सेल्फ़, स्वसाक्षी, अल्लाह जैसे शब्द आए क्योंकि अनुभव तो एक ही तरह का है, इसलिए कहा गया कि सभी में वह अनुभव है और एक जैसा है। चाहे वह बच्चे के शरीर में हो या किसी नौजवान अथवा किसी बूढ़े के शरीर में हो, वह एक जैसा ही है।

अपने अंदर वह अनुभव जानने के बाद ही, हम किसी और के अंदर उसे पहचान पाते हैं। हम बाहर से ईश्वर को एक निश्चित रूप में नहीं जान सकते कि कुछ ख़ास बातें कहने वाला, इस तरह का कर्मकांड करने वाला, इस-इस तरह की मांग करने वाला ही ईश्वर है और बाक़ी कोई ईश्वर नहीं है। यदि ऐसा मानते हैं तो हम ग़लत धारणा, ग़लत मान्यता में फंस गए हैं।

३२- ईश्वर से क्या मांगें?

ईश्वर के सम्मुख निशब्द अवस्था

जिज्ञासु: मेरे जीवन में ईश्वर की कृपा से सब कुछ है मगर अचानक ईश्वर मेरे सामने आ जाए तो मैं उससे क्या मांगूं?

सरश्री: वाक़ई अगर ऐसी घटना हुई तो आप ईश्वर से कुछ मत मांगें बल्कि ईश्वर ही आपसे मांगेगा।

लोगों को यह वहम होता है कि ईश्वर सामने आता है तो कहता है कि 'ये मांगो... वो मांगो... वरदान मांगो...।' यह इंसान की ग़लतफ़हमी है।

इसे समझें कि ईश्वर आपके सामने इसलिए आया क्योंकि आपकी ऐसी तैयारी हो गई है कि अब आप वह कर सकते हैं, जो ईश्वर चाहता है। जब तक आप वह नहीं कर सकते हैं, जो ईश्वर चाहता है तब तक वह आपके सामने आएगा ही नहीं और आएगा भी तो आप उसे पहचान ही नहीं पाएंगे। जब वह तैयारी हो जाती है तब वह पहचान भी दी जाती है। अगर वाक़ई ईश्वर सामने आ जाए तो उस समय आप कुछ कह भी नहीं पाएंगे। वहां आप वह करने लग जाएंगे, जो ईश्वर मिलने के बाद

होता है। आपसे, अपने आप वही होने लगेगा, जो ईश्वर चाहता है तब आपकी मांग नहीं, ईश्वर की मांग पूरी होगी।

३३- कंजूस का सवाल

कंजूस ईश्वर से क्या मांगेगा

जिज्ञासु: अगर कंजूस को क़िस्मत से भगवान मिल जाए तो वह सबसे पहले कौन सी चीज़ मांगेगा?

सरश्री: कंजूस को ईश्वर क़िस्मत से नहीं बल्कि कृपा से मिलता है। पहले तो यह समझें कि कंजूस को ईश्वर क्यों नहीं मिलता? कंजूस वह इंसान है, जो सिकुड़ा हुआ है। कोई चीज़ ग्रहण करनी है तो इंसान को खुलना पड़ता है। जितनी बड़ी चीज़ ग्रहण करनी है, उतना ज़्यादा खुलना पड़ता है। इससे समझें कि अगर ईश्वर को ग्रहण करना है तो कितना खुलना होगा? यदि किसी की कंजूसी की वृत्ति होगी तो वह कभी ईश्वर को ग्रहण नहीं कर पाएगा और अगर ग्रहण कर पाएगा तो वह कंजूस रहेगा ही नहीं।

यह सवाल बिल्कुल ऐसा ही है जैसे कोई पूछे कि 'विधवा की शादी हो गई तो वह क्या करेगी?' विधवा की शादी होने के बाद वह विधवा कहां रही? शादी होते ही विधवा ग़ायब हो गई, अब वह सुहागन है। वहां पूरा सिस्टम ही बदल गया। वैसे ही कंजूस को ईश्वर मिल जाए तो वह कंजूस रहा ही नहीं। हां, यह हो सकता है कि शायद वह दूसरों के हिसाब से कुछ चीज़ें मांगेगा मगर वह कंजूस नहीं रहा। वहां वह कंजूस बनकर नहीं मांगेगा, वहां उसकी देने की तैयारी होगी। सब कुछ देने की तैयारी होगी वर्ना यदि गड्ढे में गिरे हुए कंजूस को आप बाहर निकालने के लिए कहेंगे, 'हाथ दे' तो वह हाथ देता नहीं है। उसे जब तक कोई 'हाथ ले' नहीं कहता, वह अपना हाथ नहीं देता। कंजूस को 'देने' की भाषा समझती ही नहीं है, वह देना जानता ही नहीं है इसलिए कंजूस रहकर ईश्वर प्राप्त होगा ही नहीं।

जिस तरह विधवा के सुहागन होने के बाद उसकी मांग सुहागन

जैसी ही होती है, उसी तरह कंजूस मुक्तिदाता (ईश्वर) के साथ ख़ुद दाता बन जाएगा, ख़ुद देने वाला बन जाएगा। वहां कंजूसियत नहीं रहेगी।

३४– मृत्यु होने पर क्या ईश्वर उस इंसान को अपने पास बुला लेता है?

सांत्वना सत्य नहीं

जिज्ञासु: जब भी किसी की मृत्यु होती है तो कोई यह नहीं कहता कि वह मर चुका है बल्कि यह कहा जाता है कि वह भगवान को प्यारा हो गया है... भगवान ने उसे चुना और अपने पास बुला लिया... वह दूसरी दुनिया में चला गया है, वह स्वर्गवासी हो गया है... इत्यादि। ऐसा क्यों कहा जाता है?

सरश्री: ऐसा इसलिए कहा जाता है ताकि उलझन न हो। यदि लोगों को मृत शरीर के बारे में यह सत्य बताया जाए कि 'अब इस इंसान का भौतिक शरीर नहीं रहा मगर सूक्ष्म शरीर के साथ उसकी यात्रा चल रही है,' तो लोग उलझन में पड़ जाएंगे। जबकिसी की मृत्यु होती है तब उस समय उस माहौल में अलग-अलग लोग और बच्चे भी होते हैं। सभी यह बात नहीं समझ पाते हैं तथा उस वातावरण में असली जवाब सुनने की सभी की तैयारी नहीं होती।

अगर कोई ऐसे माहौल में यह कहे कि 'उसकी मृत्यु हुई ही नहीं है' तो उलझन और बढ़ने की संभावना है। हर इंसान को अपनी मौत के बाद दो मूर्खताएं पता चलती हैं पहली मूर्खता उसे यह पता चलती है कि वह शरीर नहीं था क्योंकि मृत्यु के बाद भी वह अपने शरीर को देख रहा है तो वह कहां शरीर था? दूसरी मूर्खता उसे यह पता चलती है कि वह मरा ही नहीं। वह जिसे मौत समझ रहा था, वह मौत थी ही नहीं।

किसी के गुज़रने के बाद जब कोई ऐसी बातें बताएगा कि 'अरे! उसे अपनी दो मूर्खताएं पता चलीं' तो लोग कहेंगे, 'पता नहीं क्या कह रहा है?' ऐसी बातें सुनकर लोग बड़ी उलझन में पड़ जाएंगे। जिन्होंने मृत्यु उपरांत जीवन के बारे में कुछ तथ्य सुने हैं या 'मृत्यु उपरांत जीवन' से संबंधित पुस्तकें पढ़ी हैं, वे इस बात को समझ सकते हैं। मगर बाहर

के जगत में उलझन टालने के लिए, लोगों का दुख कम करने के लिए इस तरह की बातें (वह स्वर्गवासी हो गया... ईश्वर ने बुला लिया... इत्यादि) बताई जाती हैं।

किसी की मृत्यु हुई हो तो उसके प्रति दुख होता है कि न जाने बेचारे के साथ क्या हुआ होगा? अगले जन्म में वह इंसान... कुत्ता... घोड़ा... क्या बना होगा? यह जानने के लिए कुछ कर्मकांड भी करवाए जाते हैं कि कौन से पांव आए...? कौन से निशान आए...? यह बना..., वह बना..., किस लोक में गया...? लोग पंडित से पूछते हैं। पंडित को भी कुछ पता नहीं होता है। उसे तो उसके पूर्वजों ने बताया होता है कि 'इस-इस तरह से लोग सवाल पूछते हैं और तुम ऐसे-ऐसे जवाब दे देना मगर उन जवाबों पर कभी सोचना मत, सोचोगे तो काम नहीं कर पाओगे।' इस तरह पंडितों को रेडीमेड जवाब मिल जाते हैं। फिर वे आगे अपने बेटे को सिखा देते हैं कि 'ये जवाब हमारे बाप-दादाओं ने दिए हैं, मैं भी यही जवाब दे रहा हूं और आगे तुम भी यही जवाब देते रहना।' इस तरह पंडितों का कर्मकांड चलता रहता है।

किसी को दुख न हो इसलिए ऐसा कहा जाता है कि 'मरने वाला ईश्वर के चरणों में गया... ईश्वर ने उसे अपने पास बुला लिया है... वह स्वर्गवासी हो गया... अब वह स्वर्ग में है, आनंद में है...।' ये सब सुनकर उसके रिश्तेदारों को अच्छा लगता है।

लोग यही चाहते हैं कि जिससे हम प्रेम करते हैं, वह स्वर्ग में रहे, आनंद में रहे। ऐसा कहने से सामने वाले को थोड़ी तसल्ली मिल जाती है, राहत मिल जाती है इसलिए इस तरह के जवाब प्रचलित होते हैं। कोई भी मरता है तो उसके लिए अच्छा ही कहा जाता है, कभी भी बुरा नहीं कहा जाता ताकि किसी को दुख न हो। अगर किसी ने मरने वाले के प्रति ग़लत कहा तो जिसका रिश्तेदार गुज़रा है, उसे ठेस पहुंचती है। पहले ही वह दुखी है, ऊपर से और ठेस पहुंच जाए तो उसका ख़्याल रखने के लिए ऐसा कहा जाता है।

३५- रोगग्रस्त शरीर क्या ईश्वर की कृपा है?

कृपा को हर रूप में पहचानें

जिज्ञासु: क्या शरीर का हमेशा बीमार रहना भी ईश्वर की कृपा है?

सरश्री: इंसान का जन्म मिलना ही सबसे बड़ी कृपा है। आपका शरीर बीमार है, यह जान पाना ही कृपा है। इंसान सोच पाता है, बोल पाता है, समझ पाता है, याद रख पाता है, ये सभी सुविधाएं इंसान के शरीर में ही दी गई हैं। यह उस पर की गई कृपा है। कोई गधा बीमार होता है तो उसे पता भी नहीं चलता कि वह बीमार है। गधे को तो यह भी पता नहीं कि वह गधा है। इंसान को ही मालूम होता है कि वह गधा है। जानवर की अवस्था में न सुख है, न दुख है। इंसान अपने दिमाग़ से सोचता है कि गधा सोच पाता होगा। वर्ल्ड डिज़नी चैनल बताता है कि जानवर ऐसा सोचते हैं वैसा सोचते हैं। इंसान अपने मज़े के लिए अलग-अलग चीज़ें बनाता है मगर वैसा होता नहीं है।

ईश्वर की कृपाओं को समझें। पुराने ज़माने में लोगों को प्रोत्साहित करने के लिए संतों द्वारा हमेशा एक कहावत कही जाती थी। वे ईश्वर से प्रार्थना करते थे कि 'हे ईश्वर! हमें हमेशा तीन चीज़ें देना- बीमारी, ग़रीबी और बदनामी ताकि हम तुम्हें कभी न भूलें।' पुराने ज़माने में लोग ऐसा कहा करते थे क्योंकि दुख में इंसान ईश्वर को ज़्यादा याद करता है। जिन लोगों ने ईश्वर के सुमिरन का महत्व जाना, उन्होंने बाक़ी लोगों को प्रेरणा देने के लिए इस तरह की बातें कहीं। इंसान को तारीफ़ मिलती है तो वह ईश्वर को भूल जाता है और उसकी बदनामी होती है तो बदनामी से बचने के लिए वह ईश्वर का सहारा लेता है, ईश्वर को याद करता है। लेकिन समझ के मार्ग पर आपको ऐसी प्रार्थनाएं करने के लिए नहीं कहा जाता। इस मार्ग पर प्रेम और भक्ति की वजह से हमेशा ईश्वर की, अनुभव की याद बनी रहती है। इस मार्ग में ऐसी बातों की आवश्यकता नहीं पड़ती। इन बातों से परे रहकर भी आनंदित जीवन जिया जा सकता है और ईश्वर को याद रखा जा सकता है। जब सही साधना मिलती है, सही गुरु मिलते हैं तब ऐसी बातों की आवश्यकता नहीं पड़ती। श्रवण, मनन और पठन का कोई अनुसरण करता है तो उस पर कृपा ज़रूर होती

है। जो ज्ञान और समझ आपको मिली है, उसका इस्तेमाल करना सीखें। बीमारी नहीं है तो उसे आमंत्रित करने की ज़रूरत नहीं है मगर बीमारी है तो उसे अपने विकास के लिए सीढ़ी ज़रूर बनाएं।

३६- ईश्वर भेदभाव क्यों करता है?

ईश्वर की तकनीक, कमज़ोरी नहीं

जिज्ञासु: गाय, बैल, भैंस एक ही प्रकार का खाना खाते हैं, उन्हें रोज़-रोज़ सिर्फ़ चारा ही खाना पड़ता है तो क्या वे बोर नहीं होते? हम तो हमेशा अलग-अलग खाना खाते हैं, फिर भी बोर होते हैं। उन पर क्या बीतती होगी, ईश्वर ने उनके साथ ऐसा भेदभाव क्यों किया?

सरश्री: इस सवाल के जवाबों को समझने के लिए सबसे पहले समझें कि यह अंतर नहीं है, यह जंतर-मंतर है, तंत्र है।

जंतर-मंतर यानी भ्रम (इल्यूज़न) जो लगता है मगर होता नहीं है। तंत्र यानी तकनीक। तकनीक को आप अंतर या पक्षपात (पार्शेलिटी) नहीं कह सकते।

जैसे चपाती बनाने के लिए आप पहले आटे में पानी डालते हैं। भजिया तलने के लिए, तेल में बेसन डालते हैं तो इसे आप क्या कहेंगे- अंतर या तंत्र? यह तो तंत्र है यानी तकनीक है। पृथ्वी पर जिस चीज़ की जो भूमिका है, वही भूमिका उससे होगी। जैसे इंसान से शहर बने और जानवरों से जंगल इसलिए प्रकृति द्वारा दोनों की भूमिका अलग-अलग रखी गई। वैसे ही चपाती की भूमिका अलग है और भजी की भूमिका अलग इसलिए दोनों के लिए अलग-अलग सामग्री की आवश्यकता पड़ती है। आप जब भी कोई व्यंजन बनाते हैं तो उस व्यंजन के उद्देश्य अनुसार उसमें सामग्री डालते हैं। यह सामान्य ज्ञान की बात है। उस बात को और स्पष्ट रूप से समझने के लिए, एक और उदाहरण द्वारा इसे समझें।

किसी घड़ी में दो कांटे होते हैं और किसी घड़ी में एक भी नहीं होता, जिसे डिजीटल घड़ी कहा जाता है। किसी घड़ी को डिजीटल

बनाया गया है तो किसी को साधारण। डिजीटल घड़ी और साधारण घड़ी में अलग-अलग सुविधाएं दी गई हैं। इन दोनों घड़ियों को देखकर यदि कोई कहे कि यह भेदभाव क्यों किया गया है? तो आप उसे कहेंगे, 'यह भेदभाव नहीं है। दोनों घड़ियों का उद्देश्य अलग-अलग है इसलिए दोनों को अलग बनाया गया है।' एक तीसरे प्रकार की घड़ी भी होती है, जिसे अंधों के लिए बनाया जाता है, उसकी व्यवस्था तो सबसे अलग होती है। एक चौथी घड़ी भी होती है जो अंधेरे में समय दिखाती है, उसकी व्यवस्था भी अलग होती है।

ठीक वैसे ही पृथ्वी पर जानवरों की भूमिका अलग है, उनका उद्देश्य अलग है इसलिए उनका अस्तित्व भी अलग है। इंसान चाहता है कि सभी एक तरह से काम करें मगर यह नहीं हो सकता। इंसान को यह दिखाई नहीं देता कि उसके मन के अनुसार संसार निर्मित किया गया होता तो सबसे पहले वही बोर हुआ होता। अगर जानवर भी इंसान की तरह स्वादिष्ट भोजन की मांग करने लग जाएं और होटलों में जाने लग जाएं तो इंसान के खाने के लिए कुछ भी नहीं बचेगा।

इस पृथ्वी पर इंसान की सबसे उच्चतम संभावना है। उस संभावना को खोलने के लिए उसे पांच शरीर दिए गए हैं। मनुष्य के पांच कोष्ठ हैं-अन्नमय, प्राणमय, मनमय, विज्ञानमय और आनंदमय। इन पांचों शरीरों के साथ उसकी संभावना बढ़ जाती है। पत्थर के पास केवल एक ही शरीर होता है, वह है स्थूल शरीर। पेड़-पौधों के पास दो शरीर होते हैं, अन्नमय शरीर और प्राणमय शरीर। पशु-पक्षियों के पास तीन शरीर हैं-अन्नमय, प्राणमय और मनमय शरीर। पृथ्वी पर मनुष्य ही एक ऐसा प्राणी है, जिसके पास पांचों शरीर हैं इसलिए मनुष्य ईश्वर की खोज कर पाता है। यह उसकी अंतिम और उच्चतम संभावना है।

हर वस्तु और प्राणी की भूमिका अलग-अलग होती है। मनुष्य ही केवल ऐसा प्राणी है, जो ईश्वर की अनुभूति कर सकता है। एक पत्थर कहीं आ-जा नहीं सकता, वह एक ही जगह पर पड़ा रहता है। न वह बड़ा होता है और न ही छोटा होता है। वृक्ष एक ही जगह पर खड़े रहते

हैं, वे भी कहीं आ-जा नहीं सकते। प्रकृति उनका भी ख़्याल रखती है। वे एक ही जगह पर खड़े रहते हैं, फिर भी उन्हें भोजन मिलता है। जानवर, जिनके लिए कोई घर नहीं है, वस्त्र नहीं हैं। सर्दी हो, गर्मी हो या वर्षा सभी ऋतुओं में वे बिना वस्त्रों के और बिना घर के रहते हैं। वे बीमार होते हैं तो किसी डॉक्टर के पास नहीं जाते। प्रकृति ही उनके स्वास्थ्य का ख़्याल रखती है। प्रकृति की अनंत शक्ति जानवरों की फ़िक्र करती है। चींटी को भी भोजन मिलता है तो एक हाथी भी भूखा नहीं सोता। ईश्वर ही वह शक्ति है जो हर प्राणी का इतना ख़्याल रखती है। जो शक्ति संपूर्ण जगत का ख़्याल रखती है, वह इंसान का भी ख़्याल रखती है परंतु फिर भी मनुष्य ऐसा प्राणी है जो सदैव चिंतित और दुखी रहता है। जब तक वह उस अनंत शक्ति को जान नहीं लेगा तब तक वह दुखी ही रहेगा। दरअसल उस शक्ति की खोज करना और उसका पूरा फ़ायदा लेना ही मनुष्य की मुख्य भूमिका है।

इंसान के द्वारा ही ईश्वर, न सिर्फ़ अपने होने का अहसास करना चाहता है बल्कि शब्दों में उस अहसास को अभिव्यक्त भी करना चाहता है इसलिए भाषा का आविष्कार हुआ। भाषा नहीं होती तो ईश्वर कैसे यह सोच पाता कि 'वह है।' वह न ही सोच पाता, न ही अपनी अभिव्यक्ति की सराहना कर पाता। आज ईश्वर की अभिव्यक्ति की सराहना कुछ शरीरों के द्वारा चल रही है तो कितना आनंद प्रकट हो रहा है! यह जब हर शरीर में होने लग जाएगा तब उसकी अनंत संभावना खुलेगी।

३७- ईश्वर और प्रार्थना का रिश्ता

ईश्वर से प्रार्थना क्यों करें

जिज्ञासु: ईश्वर को सब कुछ मालूम है तो मैं ईश्वर से प्रार्थना क्यों करूं कि यह मुझे चाहिए?

सरश्री: तर्क से, बुद्धि से यह सवाल सही लगता है कि 'ईश्वर को सब कुछ मालूम है तो मैं प्रार्थना क्यों करूं?' मगर इंसान को ईश्वर के काम करने का तरीक़ा पता नहीं है इसलिए उसके मन में यह प्रश्न उठता

है। ईश्वर कैसे काम करता है? ईश्वर ने इंसान क्यों बनाया? अपना आधा सर्किट इंसान में क्यों डाला? यह आपको पता नहीं है। सर्किट पूर्ण होता है तो काम पूर्ण होता है। आप जानते हैं कि नकारात्मक-सकारात्मक दोनों पूर्ण हुए तो बिजली बहती है, चमत्कार होते हैं। ठीक इसी तरह इंसान में आधा सर्किट डाला गया है और बाक़ी आधा सर्किट ईश्वर के पास है। जब दोनों मिलेंगे तब यह सर्किट पूर्ण होगा और तब होगा चमत्कार। तब इंसान वह कार्य कर पाएगा जो ईश्वर उससे करवाना चाहता है।

प्रार्थना यानी एक अवस्था को तैयार करना। जो चीज़ सामने वाले को देनी है, उससे पहले प्रार्थना करवाई जाती है, ईश्वर द्वारा वहां एक ख़ालीपन तैयार करवाया जाता है। वहां मदद की मांग तैयार की जाती है। जब तक वह ख़ालीपन तैयार नहीं होगा तब तक वहां वह चीज़ नहीं दी जा सकती। प्रार्थना उस ख़ालीपन को तैयार करने के लिए है। आपको पहले तैयार किया जाता है ताकि आपसे प्रार्थना उठे और आप में वह ख़ालीपन तैयार हो, जिसमें ईश्वर आपके द्वारा मांगी हुई चीज़ आपको दे पाए।

जो लोग यह रहस्य जान गए, वे यह भी समझ गए कि प्रार्थना भी ईश्वर ही करवा रहा है। वह कुछ देना चाहता है इसलिए प्रार्थना उठ रही है, नहीं देना चाहता तो प्रार्थना भी नहीं उठती, यह सदा याद रखें। प्रार्थना करने से उसका असर आप पर ही होता है, कहीं और नहीं होता। चीज़ तो अंदर प्रवेश करने के लिए बाहर रुकी हुई है, मगर इंसान ने खिड़की बंद कर रखी है। सूरज की रोशनी तो बाहर रुकी हुई ही है कि खिड़की खुले और मैं प्रवेश करूं। प्रार्थना है उस खिड़की को खोलने का सही मार्ग।

खंड ४
अंतिम लक्ष्य
आत्मसाक्षात्कार से संबंधित गहरे सवाल

३८- अंतिम लक्ष्य

आत्मसाक्षात्कार की यात्रा और लक्ष्य

जिज्ञासु: जब हम सत्य सुनते हैं तब न-मन (नो माइंड) की अवस्था आती है। क्या वह अवस्था हमेशा के लिए रह सकती है?

सरश्री: हां! ऐसी अवस्था हमेशा के लिए रह सकती है। यह अवस्था आत्मसाक्षात्कार (सेल्फ़ रिअलायज़ेशन) के बाद की अवस्था है जिसे सेल्फ़ स्टैबलाइज़ेशन, कुल-मूल उद्देश्य की प्राप्ति कहा गया है। उसी अवस्था के लिए समझ दी जाती है वर्ना बहुत सारे अनुभव मिलने के बावजूद भी शरीर अगर पुरानी वृत्तियों में ही है, पुरानी प्रोग्रामिंग (पुराने निर्धारित ढांचे) में ही है तो उस अनुभव का पूरा लाभ हमें नहीं मिलता। यदि इंसान पुराने वैचारिक ढांचे में ही है तो मन फिर ग़लत मान्यताओं के साथ आएगा और अनुभव के बारे में अलग-अलग सवाल पूछेगा। तो लू मन की बातों में आपको नहीं फंसना है वर्ना आप उसकी बातों में उलझ जाएंगे। यह बात समझाने के लिए राम और सीता का उदाहरण बताया जाता है।

रामायण की कथा में, शुरुआत में राम और सीता को अलग करने के लिए कैकयी आई, बाद में रावण आया और अंत में धोबी भी आया।

ये सभी लोग आपके मुहल्ले वाले (मन के विचार) हैं। ये सब बातें तोलू मन, चेकर, कन्ट्रास्ट माइंड (तुलना, तौलना, तोड़ना) से संबंधित हैं। इंसान का तोलू मन बार-बार उसे परेशान करता ही है। वह राम को कहता ही है, 'सीता की अग्निपरीक्षा करवानी चाहिए। अग्निपरीक्षा के बिना सीता शुद्ध नहीं होगी।' उस वक़्त राम को यह समझ दी जाती है कि धोबी की बातों में न उलझें क्योंकि धोबी गधे के साथ ज़्यादा रहता है। ठीक इसी तरह आपको सजग किया जाता है कि आपके लिए गुरु उपलब्ध हैं तो आपको तोलू मन की बातों में नहीं उलझना है।

इस उदाहरण के द्वारा यही समझाने का प्रयास किया गया है कि मन जब अलग-अलग बातें सामने लाता है तब उसकी बातों में आप न उलझें। उन्हें मुहल्ले वाले (अज्ञान) समझकर भगा देना ही सही आज्ञा पालन है।

३९- ध्यान की तकनीक रास्ता है, मंज़िल नहीं

आत्मसाक्षात्कार या आत्मसाक्षात्कारिंग

जिज्ञासु: ध्यान में 'कुछ नहीं' का अनुभव होता है, इसका अर्थ है वहां कोई मौजूद होता है। उस 'कोई' के गुम होने के बाद जो अवस्था आती है क्या वह आत्मसाक्षात्कार है?

सरश्री: ध्यान में 'कुछ नहीं' का अनुभव करने वाला मौजूद है तो वह आत्मसाक्षात्कार नहीं, वह आत्मसाक्षात्कारिंग है। जैसे लव है या लविंग है, वैसे ही आत्मसाक्षात्कार है या आत्मसाक्षात्कारिंग है। यह एक अवस्था है, जो आत्मसाक्षात्कार करवा सकती है। इससे ही दृढ़ता मिलती है। अगर यही अनुभव, यही दृढ़ता आंख खोलने के बाद भी आपके जीवन में रहती है तो आत्मसाक्षात्कार हुआ, ऐसा कह सकते हैं वर्ना इसे आत्मसाक्षात्कारिंग कहेंगे। आत्मसाक्षात्कारिंग की अवस्था में यदि आप बार-बार जाते रहे तो आत्मसाक्षात्कार हो सकता है। यह अवस्था लगातार बनी रहे तो उसे आत्मसाक्षात्कार कहते हैं। इसे आत्मस्थिरता (स्टैबलाइज़ेशन) भी कहा गया है।

इस तरह के अनुभव बहुत लोग प्राप्त कर चुके हैं। कई नई जगहों पर जाकर, तीव्र गति से चलने वाले वाहनों में बैठकर, कुछ विशेष तरह की एक्सरसाइज़ की मशीनों पर बैठकर, जहां शरीर को बहुत हिलाया-डुलाया जाता है, शरीर को बहुत तरंगित करके फिर उसे शांत किया जाता है, उस वक़्त भी ऐसे अनुभव हो सकते हैं, जैसे समाधि में होते हैं। वहां पर भी शरीर का अहसास ग़ायब हो जाता है तो क्या इसे आत्मसाक्षात्कार कहा जाए? यह तो आत्मसाक्षात्कारिंग है। अगर समझ और दृढ़ता है तो इसका लाभ लिया जा सकता है। उस अवस्था से बाहर आने के बाद कोई व्यक्ति यह कहे कि 'यह अनुभव मैंने किया है' तो यह आत्मसाक्षात्कार नहीं है, न ही आत्मसाक्षात्कारिंग है। यह अनुभव आत्मसाक्षात्कार ज़रूर करवा सकता है। अगर नहीं करवाया तो अभी व्यक्ति को समझ नहीं है तो पहले समझ प्राप्त करने का काम किया जाना चाहिए।

आज भी पृथ्वी पर कई लोग ऐसे हैं, ध्यान विधि करते हुए उन्हें कोई अनुभव मिला तो वे इस धोखे में ही रहते हैं कि उन्हें आत्म साक्षात्कार मिला है। इतना ही नहीं, वे लोगों को ग़लत मार्गदर्शन भी देते हैं। ऐसे लोग ख़ुद तो अज्ञान में रहते ही हैं और दूसरों को भी अज्ञान में रखते हैं। कई लोगों के साथ ऐसा हुआ है। आपके साथ ऐसा न हो इसलिए यह समझना ज़रूरी है कि 'यह आत्मसाक्षात्कारिंग है।' इससे आपकी दृढ़ता बढ़े। आप उस अनुभव में हर दिन जाते रहें तो एक दिन दृढ़ता इतनी गहरी होगी कि फिर आपके उठने, बैठने, चलने और निर्णय लेने में वह अनुभव झलकेगा। फिर 'आप कौन हैं,' यह आप कभी नहीं भूलेंगे। इसे ही आत्मसाक्षात्कार कहा गया है।

४०- लक्ष्य प्राप्ति के बाद निश्चित क्या?

अहंकार गिरना ही आत्मसाक्षात्कार है

जिज्ञासु: आत्मसाक्षात्कार यानी निश्चित रूप से शरीर में कौन सी घटना होती है या कौन सा बदलाव होता है?

सरश्री: आत्मसाक्षात्कार होने के बाद यह पता चलता है कि विश्व के इस खेल में सबसे शुरुआत में क्या घोषणा हुई थी। जिसने पहली अनाउंसमेंट सुनी है, उसे कोई तकलीफ़ नहीं होती है। जो शुरुआत की घोषणा भूल गया, वह बाद की घोषणा में उलझ जाता है। जिस दिन उसे फिर से पहली घोषणा याद आती है कि यह सब करना है और ये बातें कुछ थोड़े समय के लिए हैं। हम पृथ्वी पर थोड़े समय के लिए आए हैं, यहां हमेशा रहने के लिए नहीं आए हैं। यहां से आगे जाकर और भी कुछ बातें करनी हैं।

आत्मसाक्षात्कार यानी फिर से पहली घोषणा याद आना कि पृथ्वी पर क्या होने जा रहा है? हम कौन हैं? यानी हर इंसान के अंदर जो अनुभव है, वहां पर स्थापित होना है, उसी चेतना पर स्थापित होना है। वह एक ऐसी अवस्था है जहां पर अहंकार का आना बंद हो जाता है। इंसान जो अपने आपको अलग मानता है उसमें अलग होने की भावना समाप्त होती है।

इंसान को लगता है कि यह मेरे साथ हो रहा है, मुझे आत्म साक्षात्कार मिला है मगर हक़ीक़त में जब आत्मसाक्षात्कार होता है तब यह बात कहने वाला अहंकार (व्यक्ति) ही नहीं बचता। उसके बाद उस शरीर में सब बातें अव्यक्तिगत (इम्पर्सनल) होती हैं। उसके बाद जब भी उस शरीर में विचार आते हैं तब वे विचार 'मेरे विचार हैं' ऐसा कोई भी भाव वहां पर नहीं होता है। 'यह विचार आया है, जिसकी आवश्यकता किसी और को है,' यह समझ उस वक़्त उस शरीर में काम करती है।

आत्मसाक्षात्कार के बाद उस शरीर में व्यक्तिगत 'अहंकार' की वजह से आने वाले विचार अपने आप बंद हो जाते हैं। वहां जो भी विचार चलते हैं, वे अव्यक्तिगत विचार होते हैं। किसी व्यक्तिगत अहंकार के विचार नहीं होते कि 'ये मेरे साथ हो रहा है।' आत्म साक्षात्कार की अवस्था को यदि शब्दों में बताना है तो इस तरह के शब्द ही आएंगे कि यह ऐसी अवस्था है जहां सभी मान्यताएं टूट जाती हैं या इस तरह भी कहा जा सकता है कि जो सत्य है, जो हमारा अस्तित्व

है, वही बनकर जिया जाता है और वहीं से निर्णय होने लगते हैं। जीवन उस चैतन्य, ईश्वर के गुणों की अभिव्यक्ति बन जाता है। ये सभी बातें सोच-समझकर या ज़ोर-ज़बरदस्ती से नहीं बल्कि सहजता से होती हैं क्योंकि वह हमारा स्वभाव है।

आपका जो स्वभाव है, उसमें आपको किसी बात के लिए सोचना नहीं पड़ता। जो आपका स्वभाव नहीं है उसके लिए आपको सोचना पड़ता है कि 'यह बात मैं कैसे करूं?' जो आपका स्वभाव नहीं है उसमें ही आपको 'कैसे' का सवाल आता है। जैसे 'कैसे जिंऊ? कैसे लिखूं? कैसे निर्णय लूं? कैसे दुख जाएं?' इत्यादि। जब तक आपको इस तरह के विचार आते हैं तब तक आप अपने स्वभाव से दूर हैं। जब आप अपने स्वभाव पर हैं, तब ये सारे सवाल ख़त्म हो जाते हैं। फिर आपको 'हाऊ टू विन फ्रेंड्स' की ज़रूरत नहीं पड़ेगी। उसके बाद 'हाऊ टू?' यह सवाल ख़त्म हो जाता है। फिर सभी आपके फ्रेंड्स ही हैं, यह समझ आप में उतरती है। कोई अलग बचता ही नहीं। हाऊ टू? या कैसे? यह जानने की ज़रूरत ही नहीं बचती। सब स्वयं ही आपके पास पहुंच जाता है। किसी 'व्यक्ति' (अहंकार) को आत्मसाक्षात्कार नहीं होता। 'व्यक्ति' हटता है तो आत्मसाक्षात्कार होता है।

आत्मसाक्षात्कार प्राप्त होने के बाद, वह इंसान नम्र हो जाएगा, ऐसा कुछ लोग मानते हैं। इसका अर्थ है नम्र हुआ यानी वहां पर अभी भी कोई अहंकार या व्यक्ति है जो नम्र है। जबकि सत्य यह है कि आत्मसाक्षात्कार के बाद सिर्फ़ अहंकार से ही मुक्ति नहीं बल्कि नम्रता से भी मुक्ति मिलती है। सिर्फ़ दुख से मुक्ति नहीं बल्कि सुख से भी मुक्ति मिलती है। दोनों अतियों से मुक्ति मिलने पर ही आत्मसाक्षात्कार होता है वर्ना अति सूक्ष्म रूप से यह बात अंदर रहती है कि 'मैं तो बहुत नम्र हूं।' यहां पर अहंकार अति सूक्ष्म रूप में बचा रहता है। आत्मसाक्षात्कार में इन दोनों अतियों से छुटकारा होता है और 'मुझे आत्मसाक्षात्कार मिला' यह कहने वाला स्वतंत्र व्यक्ति नहीं होता है।

४१- लक्ष्य प्राप्ति के बाद परिवर्तन

आत्मसाक्षात्कार परिवर्तन नहीं, रूपांतरण है

जिज्ञासु: आत्मसाक्षात्कार प्राप्त होने के बाद जीवन में क्या-क्या परिवर्तन होते हैं?

सरश्री: आत्मसाक्षात्कार प्राप्त होने के बाद जीवन में परिवर्तन नहीं, रूपांतरण (ट्रांसफ़ॉर्मेशन) होता है। परिवर्तन यानी बदलाहट (चेंज), ट्रांसफ़ॉर्मेशन यानी जहां शिफ़्टिंग होती है। उदाहरण के लिए एक इंसान छत पर जाने के लिए सीढ़ी चढ़ता है तो वह पहले पायदान पर होता है, फिर दूसरे पायदान पर जाता है, यह हुई सिर्फ़ बदलाहट मगर अब भी वह है तो सीढ़ी पर ही। फिर दूसरी सीढ़ी से जब वह तीसरी सीढ़ी पर पहुंचता है तो वहां से वह ज़्यादा स्पष्टता से यह देख पाता है कि छत पर छांव है या धूप है। हालांकि अब भी वह सीढ़ी पर ही है, इसे कहा गया है परिवर्तन।

जैसे गर्मी में कोई कूलर चलाए तो थोड़ी ठंडक महसूस होती है, थोड़ा अच्छा लगता है, यह बदलाहट है परंतु जब कोई यह जान जाए कि 'गर्मी किसे हो रही है' तो यह है रूपांतरण। सीढ़ी से जब कोई सीधे छत पर पहुंच जाए तो उसे कहते हैं शिफ़्टिंग।

जहां पर सिर्फ़ परिवर्तन होता है, वहां अज्ञान रहता है, वहां पर मन के क्षेत्र में ही रहना होता है। ट्रांसफ़ॉर्मेशन यानी जहां पर केवल बदलाहट नहीं होती बल्कि पूरा ढांचा ही टूट जाता है और सीधे छत पर ही पहुंच जाते हैं।

जिस तरह किसी बिल्डिंग के ढांचे (पिलर्स) होते हैं, जो बिल्डिंग को सहारा देते हैं, उसी तरह हर इंसान अपने ढांचे से दुनिया को देखता है। जिससे उसे कुछ चीज़ें दिखाई देती हैं, कुछ चीज़ें दिखाई नहीं देतीं।

इसे समझें कि अभी आप जहां बैठे हैं, बीच में कोई खंभा होगा तो उस खंभे के पीछे जो भाग है, वह आपको दिखाई नहीं देगा। कोई आकर आपको यह कहेगा कि इस रूम में टीवी भी है तो आपको टीवी दिखाई

नहीं देगा क्योंकि बीच में खंभे हैं। जब कोई इसी दृश्य को हेलीकॉप्टर से देखेगा तो उसे सब दिखाई देगा कि कमरे में कौन-कौन सी चीज़ें हैं और किसे, क्या नहीं दिखाई दे रहा है। इसी इमारत की छत (जिसमें आप बैठे हैं) निकालकर अगर आप हेलीकॉप्टर से देखेंगे तो आप यह भी देख पाएंगे कि किसके बीच में, कौन सा खंभा आ रहा है और किसे कौन सा भाग दिखाई नहीं दे रहा है। यह आप ऊपर से देख पाते हैं मगर जो उस इमारत में है, उसे पता नहीं चलेगा। परिवर्तन का अर्थ यही है कि आप उसी कमरे में, पहले कहीं बैठे थे और बाद में कहीं और जाकर बैठ गए। आत्मसाक्षात्कार के बाद रूपांतरण होता है। इमारत के कमरे से हेलीकॉप्टर में शिफ़्टिंग होती है।

४२- लक्ष्य प्राप्ति के बाद दुख और सुख

आत्मसाक्षात्कार के बाद कौन से दुख समाप्त होते हैं

जिज्ञासु: आत्मसाक्षात्कार होने के बाद शरीर पर जो सुख-दुख की संवेदनाएं होती हैं, वे संवेदनाएं महसूस होती हैं या चली जाती हैं या एक ही संवेदना रहती है?

सरश्री: आत्मसाक्षात्कार के बाद भी शरीर पर दुख-सुख की संवेदनाएं आती हैं। आत्मसाक्षात्कार के बाद शरीर के साथ दर्द व पीड़ाएं तो लगी रहेंगी मगर जो दुख मान्यताओं की वजह से हैं, वे नहीं होंगे। मान्यताएं टूटने के बाद ही आत्मसाक्षात्कार होता है। मान्यताएं ख़त्म होती हैं तो मान्यताओं की वजह से जो दुख होते हैं, वे समाप्त हो जाते हैं।

अगर आप मीठी चीज़ खाएंगे तो वैसा स्वाद आपकी जीभ को मिलेगा। परंतु मन उस स्वाद के बारे में, अपनी मान्यता के अनुसार जो कहता है कि यह स्वाद अच्छा है, यह बुरा है, यह तो मुझे पसंद नहीं, यह मुझे बहुत पसंद है और उससे जो तकलीफ़ होती है, वे संवेदनाएं ख़त्म हो जाएगी। शरीर पर जो संवेदनाएं होंगी, वे शरीर से संबंधित संवेदनाएं होंगी, शरीर को सुरक्षित चलाने के लिए संवेदनाएं होंगी। आपका पांव अगर आग में पड़ गया तो आप उसे हटाएंगे। ये शरीर से

संबंधित सामान्य संवेदनाएं हैं जो होती रहेंगी।

आत्मसाक्षात्कार होने का अर्थ यह नहीं कि इंसान कहेगा कि 'हमें आत्मसाक्षात्कार हो गया है, हमें तो संवेदना नहीं होती।' वहां पीड़ा की, दर्द की, जलन की संवेदना होगी मगर जो जलन, ईर्ष्या के कारण किसी और से होती है, वह नहीं होगी। उस इंसान का मन यह नहीं सोचेगा कि 'मेरे पड़ोसी के पास दो बंगले हैं, तीन कारें हैं' इत्यादि। ये जलन होनी समाप्त हो जाएगी क्योंकि आत्मसाक्षात्कारी इंसान में यह अंतिम समझ है, वहां यह रहस्य खुल चुका है कि वह कौन है। जो संवेदनाएं मन की वजह से शरीर पर उतरती हैं, वे समाप्त हो जाती हैं।

४३- लक्ष्य प्राप्ति के लिए गेंद का सामना करना

मन उछलती गेंद है, अनुभव सदा स्थिर है

जिज्ञासु: शिविर करने के बाद काफ़ी दिनों तक ईश्वर कृपा का अहसास रहा मगर अब तोलू मन फिर से सताने लगा है। इस तोलू मन से कैसे छुटकारा पाएं?

सरश्री: ईश्वर कृपा के अहसास के साथ तोलू मन को भी आपको समझना है। आत्मसाक्षात्कार (स्टेबलाइज़ेशन) की इस यात्रा में अगर तोलू मन को पचास बार वापस आना है तो वह जल्द से जल्द वापस आकर चला जाए। इसे एक उदाहरण से समझें।

जब आप एक गेंद लेते हैं और उसे ज़मीन पर फेंकते हैं तो वह नीचे जाती है। गेंद ज़मीन पर टिकती है तो कुछ अनुभव शुरू होते हैं मगर वह वहीं पर रुकती नहीं है। वह वापस ऊपर उठती है क्योंकि वह गेंद है। गेंद नीचे जाती है, फिर ऊपर उठने का प्रयास करती है। इंसान का मन भी बिल्कुल गेंद की तरह काम करता है। कई बार मन उदास हो जाता है कि कुछ अनुभव नहीं हो रहा है। इस दौरान आप सत्य श्रवण जारी रखते हैं तो फिर कुछ अनुभव शुरू होते हैं और फिर से परम चेतना प्रकट होती है। फिर वापस आप देखते हैं कि गेंद ऊपर जाने लगती है लेकिन इस बार पहले जितना ऊपर उठी थी, उतना नहीं उठती है, थोड़ा कम

उठती है। इस तरह सतत ऊपर-नीचे होकर एक समय ऐसा आता है कि वह गेंद एक जगह पर स्थिर हो जाती है।

इसी तरह हर इंसान की गीता अनुसार तथा हरेक की श्रद्धा और विश्वास के अनुसार तोलू मन को जितनी बार वापस आना है, उतनी बार वह वापस आए। उसके बाद ही आपका मन एक जगह पर स्थिर होगा। इसमें केवल इतना याद रखें कि आपने उसे जितनी बार ऊपर उठते हुए देखा, उससे आपको घबराना नहीं है। हक़ीक़त में जब मन ऊपर उठता है तब अनुभव कहीं जा नहीं रहा है, वह वहीं पर है, यह समझ होनी आवश्यक है।

दोपहर में कमरे की सारी खिड़कियां खोलने पर, जब कमरे में चारों तरफ़ से रोशनी आ जाती है तब अगर आप टीवी चालू करेंगे तो क्या होगा? आपको टीवी धुंधला दिखेगा। रोशनी से भरा हुआ कमरा हो तो टीवी धुंधला दिखता है। फिर यदि आपको कहा जाए कि इस कमरे की खिड़कियों पर मोटे पर्दे लगाएं तो उन पर्दों की वजह से जब कमरे में अंधेरा हो जाता है तब आपको लगता है कि अब टीवी ब्राइट हो गया मगर क्या टीवी सचमुच ब्राइट हुआ था या आपने सिर्फ़ बाहर के वातावरण को बदला?

इंसान के साथ भी ऐसा ही है। जब इंसान को कोई परेशानी नहीं है, बाहरी जगत में उसके साथ ऐसी कोई घटना नहीं घटी है जिससे मन में बहुत विचार आ रहे हैं, कोई गाली देकर नहीं गया है, बिज़नेस में घाटा नहीं हुआ है, भविष्य की परेशानियां नहीं रही हैं तब अनुभव ज़्यादा उभरकर आता है। फिर कुछ कठिन परिस्थिति आने पर लगता है कि अनुभव धुंधला हो गया।

इस अवस्था में हमें यह समझ रखनी है कि अनुभव धुंधला नहीं हो रहा है, शरीर की अवस्था सतत बदल रही है। ऐसी अवस्था में मूल समझ कहती है कि हमें बहुत प्रगाढ़ अनुभव नहीं चाहिए। हमें ऐसी समझ चाहिए कि अनुभव न कम हो रहा है, न ज़्यादा हो रहा है। उस दृढ़ता के साथ जब आप जिएंगे तब एक अवस्था ऐसी आएगी कि आपको

लगेगा अब मन परेशानी की अवस्था में भी कुछ नहीं बोल रहा है। मन चुप ही रहेगा। मन के चुप होते ही आप देखेंगे कि अनुभव और प्रगाढ़ होने लगा है।

समझने वाली बात यह है कि अनुभव थोड़ा भी मंद हुआ तो मन और मोटा होता जाता है। 'मन का मोटा होना' यानी आपने टीवी पर और ज़्यादा रोशनी डाल दी। इस वक़्त समझ कहती है कि अनुभव में फ़र्क़ नहीं पड़ा है वर्ना इसी मान्यता की वजह से लोग अनुभव से दूर हैं। सिर्फ़ उस मान्यता को हटा दें। उसके लिए मान्यताओं के प्रति समझ होनी आवश्यक है। अगर आपको थोड़ा भी दुख या पीड़ा हो रही है तो समझ जाएं कि आपके अंदर मान्यता है। जब कोई इंसान कहता है कि मुझे ऐसी परेशानी हो रही है... वैसी परेशानी हो रही है... यानी उसके अंदर कुछ मान्यताएं हैं। उस वक़्त यह देखना है कि किस मान्यता की वजह से यह परेशानी हो रही है। जिन प्रवचनों और पुस्तकों द्वारा आपको मान्यताओं की समझ मिल रही है, उनका श्रवण और पठन जारी रखें।

४४- लक्ष्य प्राप्ति के लिए विचारों के तूफ़ान का अंत

तोलू मन की मौत-विचारों का तूफ़ान बंद

जिज्ञासु: जब आत्मसाक्षात्कार होता है तब तोलू मन मरता है। तोलू मन मरता है यानी क्या होता है?

सरश्री: तोलू मन मरता है यानी कुछ नहीं होता है। उल्टा अंदर जो बहुत कुछ हो रहा था, वह बंद हो जाता है। तोलू मन मरता है यानी तुलना करने वाला मन तोलना, तोड़ना, तौलना बंद कर देता है। विचारों की तोड़-फोड़ का तूफ़ान थम जाता है। इसे एक ख़रगोश की कहानी से समझें।

एक ख़रगोश था जिसने जंगल में शेर का मुक़ाबला किया। शेर कहता था, 'हर दिन एक जानवर गुफा में खाने के लिए भेज दो।' जिसमें जंगल के एक-एक जानवर मरते जा रहे थे। अंत में जब ख़रगोश की बारी आती है तो वह किसी तरह उस शेर को कुएं के किनारे ले जाता है

और उसे उसकी परछाईं दिखाकर कुएं में कुदा देता है।

इस छोटी सी कहानी से समझें कि इंसान के अंदर भी एक शेर है। शेर तोलू मन का प्रतीक है, जिसे कुएं में डाल दिया गया। तोलू मन यानी शेर मर गया तो जंगल में क्या हुआ? सब जानवर जो डर-डरकर जी रहे थे, वे सब निडर हो गए। तोलू मन मरता है यानी आप निडर हो जाते हैं। शेर मर गया तो जंगल में सब जानवर प्रेम से रहने लग गए। उसी तरह आप भी तेजप्रेम से रहने लग जाते हैं।

तोलू मन (शेर) सोचता है कि इतने बड़े-बड़े जानवर कुछ नहीं कर पाए तो यह ख़रगोश क्या करेगा? यह तुलना करने वाला, अनुमान लगाने वाला मन है। वह तुलना करता है कि 'यह कैसा जवाब दिया! यह तो जवाब सही नहीं है।' अगर आप ऐसे अनुमान लगा रहे हैं तब तो आप तोलू मन के प्रभाव में हैं। जब आप समझ इस्तेमाल करेंगे तब आपको पता चलेगा कि सब कुछ उसी से ही होने वाला है।

शेर उस कुएं में कैसे गिरा? इसके विस्तार में आपको नहीं जाना है क्योंकि यह कहानी आपने सुन रखी है मगर इससे यह समझें कि तोलू मन मरता है तो तुलना ख़त्म हो जाती है, निडरता आती है, आप आनंद देने व लेने लगते हैं, निमित्त बनने लग जाते हैं। इसे कहा गया है तोलू मन का मरना, जहां पर तुलना-तोलना करने वाले विचार बंद हो जाते हैं।

४५- लक्ष्य प्राप्ति के बाद क्या हम विचारशून्य होते हैं?

आत्मसाक्षात्कार के नए विचार

जिज्ञासु: तोलू मन के मरने से क्या विचार आने बंद हो जाते हैं?

सरश्री: नहीं! तोलू मन के मरने से विचार आने बंद नहीं होते, विचार तो फिर भी आते हैं मगर आप अपने आपको जो मानकर विचार कर रहे थे, वे विचार आने बंद हो जाते हैं। अगर आपके अंदर यह विचार है कि इडली गोल है तो आप जब भी इडली के बारे में सोचेंगे तो इडली का गोल होना ही सोचेंगे। इडली यानी गोल ही होती है।

आत्मसाक्षात्कार के बाद ऐसे विचार आने बंद हो जाएंगे। जब आप अपने आपको शरीर मानकर जी रहे थे तब वैसे ही विचार आ रहे थे कि 'मैं कहां जाऊं? क्या करूं? भविष्य में मेरा क्या होगा?' क्योंकि अपने आपको शरीर मान लिया था। जिस कारण उसे सब कुछ चाहिए और उसे वह नहीं मिला तो वह सोचता है कि 'मेरा जीवन बेकार हो गया, लोग क्या कहेंगे?' इस तरह सभी शरीरों को देखकर आप कहते हैं कि 'मेरा रंग ऐसा है, मेरी ऊंचाई ऐसी है, मैं ऐसा हूं, मेरी आवाज़ ऐसी है।' ये सब आप अपने आपको शरीर मानकर ही कर रहे थे। अनुमान और कल्पना तो वही थी। इडली की कल्पना गोल ही की है तो वैसे ही विचार आते थे। सपने में भी इडली सोची तो गोल ही सोची। तोलू मन के मरने के बाद ये सब विचार आना बंद होंगे। अब नए विचार आने लग जाएंगे, जो आनंददायक विचार होंगे।

४६- लक्ष्य प्राप्ति के बाद के विचार

आत्मसाक्षात्कार के बाद के विचार

जिज्ञासु: आत्मसाक्षात्कार के बाद मन में विचार आते हैं या नहीं आते? अगर आते हैं तो कौन से विचार आते हैं?

सरश्री: मन में विचार आते नहीं हैं, लाते हैं। पहले विचार आ जाते हैं क्योंकि पता ही नहीं है तो कोई भी विचार आ जाता है। जब इंसान को याद ही नहीं है कि वह क्या करने इस पृथ्वी पर आया है तब कोई भी विचार मन में आएगा। इसे एक उदाहरण से समझें।

आप एक गांव में गए हैं। उस गांव की मिट्टी कुछ अलग है, जिसमें अभिव्यक्ति हो सकती है। वहां एक तेजस्थान का निर्माण किया जा सकता है। आप वहां एक तेजस्थान बनाने का विचार कर रहे हैं मगर वहां जाते ही आपका किसी से झगड़ा हो गया। उस झगड़े में किसी ने आपके सिर पर डंडा मार दिया, उस वजह से आपकी याददाश्त खो गई। फिर कोई आपको हॉस्पिटल पहुंचाता है, आपका इलाज होता है और आप हॉस्पिटल से डिस्चार्ज होकर वापस उसी गांव में आते हैं। अब

वहां पर आप घूम रहे हैं, उसी मिट्टी में झूम रहे हैं। जिस इलाक़े में जाकर आपको तेजस्थान बनाना था, वहीं से आप गुज़र रहे हैं मगर अब वहां आपको यह विचार आया ही नहीं, जो आना चाहिए। फिर वहां आपकी किसी से जान-पहचान होती है, आप वहां पर रहने लगते हैं। वहीं घर बना लेते हैं, वहीं आपकी शादी हो जाती है, बच्चे होते हैं, सब हो जाता है मगर देखेंगे कि आपके विचार बदल गए।

अब उसी मिट्टी में जहां पर कभी तेजस्थान बनाने का विचार आया था, आप कबड्डी खेलते हैं। वहां आपके ये विचार चलते हैं कि 'इसकी टांग तोड़ें... उसकी टांग तोड़ें... ये हमसे जीत जाते हैं... वे हमसे जीत जाते हैं... हमारे टीम में यह हो... वह हो... बाक़ी देश से हार गए तो भी चलेगा मगर इस देश से तो कभी नहीं हारना चाहिए...' इत्यादि। अब आपके अंदर टांग तोड़ने या किसी से लड़कर टीवी तोड़ने के ही विचार चलते हैं। फिर अचानक एक दिन आपके साथ ऐसा कुछ हो जाए, ऐसा कोई अंतिम सत्संग आप सुन लें कि आपको फिर से सब याद आ जाए, वहां होगी आपकी ट्रांसफ़ॉर्मेशन। अब आप हृदय (तेजस्थान) से विचार लाएंगे कि अभी तो यही विचार लाने हैं। पहले जब विचार घुस आते थे तब आप उनका मनोरंजन करते थे मगर अब ऐसे विचारों को आप कहेंगे, 'अब तुम क्यों आ रहे हो, हम इसके लिए आए ही नहीं।' फिर देखेंगे कि हम जिस चीज़ के लिए आए हैं, वे ही विचार आने लग जाएंगे।

यह अनुभव करने की बात है, ऐनालॉजी में तो सिर्फ़ इशारा ही किया जा सकता है। जब तक ये बातें नहीं होतीं तब तक बताई भी नहीं जा सकतीं। जब होगीं तब कहेंगे, 'हां, अभी हमें उस दिन का जवाब समझ में आया कि विचार आते नहीं हैं, लाते हैं।' इसलिए अब यह मान्यता छोड़नी है कि यदि विचार नहीं आएंगे तो क्या हम निर्विचार अवस्था में ही घूमने वाले हैं? या फिर कोमा में तो नहीं चले जाएंगे? इस तरह के विचारों से जागें, समझें। विचार आएंगे मगर याददाश्त लौटने के बाद जो विचार आते हैं, वे विचार आएंगे। अपने आपको व्यक्ति मानकर, शरीर मानकर जी रहे थे, वे विचार ख़त्म हो जाएंगे।

४७- लक्ष्य प्राप्ति में बाधाएं

आत्मसाक्षात्कार के लिए बाधक और सहायक चीज़ें

जिज्ञासु: लक्ष्य की तरफ़ बढ़ने के लिए कौन सी चीज़ें हमें रोकती हैं और कौन सी चीज़ें आगे बढ़ाती हैं?

सरश्री: लक्ष्य की तरफ़ बढ़ने के लिए अज्ञान, बेहोशी, वृत्तियां (टेंडेंसीज़) रोकती हैं। टेंडेंसीज़ यानी ऐसी वृत्तियां (पैटर्न, ग़लत आदतें), जो इंसान के शरीर में बैठ गई हैं, जिनकी वजह से इंसान बेहोशी में काम करता है। सामने वाले ने गाली दी है तो वह भी तुरंत उसे गाली देता है। इससे इंसान को पता ही नहीं चलता कि कब यह वृत्ति बन चुकी है।

लक्ष्य की ओर बढ़ने के लिए अपनी पूछताछ ईमानदारी के साथ करनी होगी। मनन और विवेक को जागृत करना होगा। सत्य-असत्य में फ़र्क़ समझना होगा। अपनी पूछताछ करते रहने से कि 'मैं कौन हूं किसे बुरा लगा? किसे अच्छा लगा? जो भी हुआ वह किसके साथ हुआ?' आपका होश बढ़ेगा। लक्ष्य की ओर बढ़ने में संग और सत्संग सहयोग करते हैं। संग यानी ऐसा ग्रुप जहां सभी सत्य की राह पर जा रहे हैं, जहां चेतना का स्तर उच्च है। ऐसा संग आपको आगे लक्ष्य की तरफ़ ले जाता है। सत्संग जहां पर सत्य की बातें होती हैं। जहां पर आप कौन हैं, यह आपको पता चलता है। असली सत्संग इसमें आपकी मदद करता है।

४८- लक्ष्य से दूर जाना

आत्मसाक्षात्कार के मार्ग में माया का खिंचाव

जिज्ञासु: आप कहते हैं कि जिन्हें सत्य की प्यास होती है, उन तक सत्य पहुंच जाता है तो मैं ही क्यों नौकरी के कारण सत्य से दूर जा रही हूं? माया में रहने के कारण जल्द ही अटक जाती हूं, कृपया मार्गदर्शन करें।

सरश्री: पहले यह जान लें कि आप कौन हैं? और सत्य से दूर कौन जा रहा है? फिर निर्णय लें और सही प्रतिसाद दें तो आप देखेंगी कि सब

आसान हो गया है। आपको जो भी समझ मिली है, उस समझ पर मनन करें। मनन यानी जब कोई चीज़ आपको बताई जाती है और कहा जाता है कि 'यह चीज़ आप लें।' उस समय आप कहते हैं कि 'मुझे इस चीज़ की ज़रूरत नहीं है।' मगर जब उस पर आपसे मनन करवाया जाता है कि इसके ये-ये लाभ हैं तो आप धीरे-धीरे उस पर सोचने लगते हैं कि शायद 'इस चीज़ की मुझे ज़रूरत है।' फिर आपको उसके और लाभ बताए जाते हैं कि इस चीज़ के और बहुत सारे लाभ हैं तो आप कहते हैं, 'ऐसा है तो हम यह चीज़ लेते हैं।' फिर आपको उसके और लाभ बताए जाते हैं कि जब आप बीमार हो जाते हैं तब इसके ये-ये लाभ होते हैं। फिर आप कहते हैं, 'अब यही चीज़ चाहिए, इसके अलावा और कुछ नहीं चाहिए।' उसी तरह आप मनन करें कि आपको कैसा मौक़ा मिल रहा है? क्या यह मौक़ा आपको चाहिए? इस मौक़े के द्वारा अहंकार पिघल सकता है, अहंकार का अतिक्रमण हो सकता है, जिसे आप 'मैं' (अहंकार) कह रहे हैं वह पूरी तरह से गिर सकता है। जो मन आपको सत्य से दूर ले जा रहा है, वही मन सत्य में समर्पित हो सकता है।

आपको अपना ध्यान समर्पित करने के लिए कहा गया है। जो ध्यान आप माया में दे रहे थे, वही आपसे मांगा जा रहा है। जो ध्यान आप माया में दे रहे थे, वह सत्य में दें। अगर वैसा ध्यान देना शुरू कर देंगे तो दुनिया की कोई शक्ति आपको सत्य से दूर नहीं ले जा सकती।

४९- क्या लक्ष्य प्राप्ति कुछ ही लोगों के लिए है?

आत्मसाक्षात्कारी -आप भी हैं

जिज्ञासु: जिन्होंने भी अपने आपको जाना या मोक्ष पाया, उन सबसे अलग-अलग अभिव्यक्तियां हुईं। जैसे कि गौतम बुद्ध, संत ज्ञानेश्वर, गुरु नानक तो क्या इतने ही गिने-चुने लोगों ने मोक्ष पाया? या ऐसे और भी लोग होंगे जिन्हें दुनिया ने नहीं पहचाना।

सरश्री: आत्मसाक्षात्कार तो लाखों लोगों में हुआ मगर हम तक बहुत थोड़े से नाम आए। हम अपने आपसे पूछें, 'क्या हमने उन लोगों

के नाम जानने का कभी प्रयास किया है कि बुद्ध के साथ उस वक़्त लगातार काम करने वाले कौन लोग थे? महावीर के साथ कौन लोग थे?' हमें नामों की कभी फ़िक्र नहीं रही है। हमने कभी उन्हें जानने का कष्ट भी नहीं किया। इंसान ने यह जानने का न ही कष्ट किया और न ही इंसान जानता है कि आत्मसाक्षात्कार क्या होता है, कैसे अलग-अलग अभिव्यक्तियां होती हैं।

रमण महर्षि का नाम आपने सुना होगा। वे एक आत्मसाक्षात्कारी थे मगर उनके शिष्य 'अन्नमलई स्वामी' को आत्मसाक्षात्कार हुआ, यह किसी को पता ही नहीं। किसी से पूछेंगे भी तो १% लोग भी नहीं मिलेंगे, जो कहेंगे कि 'हम उन्हें जानते हैं।' वे कहेंगे, 'यह कौन सा नाम कहा आपने, हमने तो कभी सुना ही नहीं।' रमण महर्षि के कितने सारे शिष्य हैं, जिन्होंने आत्मसाक्षात्कार प्राप्त किया। अगर आप उनके नाम सुनेंगे तो कहेंगे, 'हमें पता ही नहीं' क्योंकि वे लोकप्रिय नहीं हुए और अगर लोकप्रिय हुए भी तो इतने नहीं कि आप तक उनका नाम पहुंचे। एक साधारण इंसान ऐसे आत्मसाक्षात्कारी लोगों का नाम जानने का कभी प्रयास भी नहीं करता। अख़बार, पेपरवाले भी उन लोगों के बारे में कुछ नहीं लिखते इसलिए भी ऐसे लोग प्रसिद्ध नहीं होते। आप मीरा को जानते हैं मगर कोई आपसे पूछे कि 'मीरा के गुरु का नाम क्या था?' तो बहुत कम लोग बता पाएंगे कि 'रविदास उनके गुरु थे।' वे आत्मसाक्षात्कारी थे मगर वे प्रसिद्ध नहीं हुए। मीरा ज़्यादा लोकप्रिय हुईं। कहीं पर देखेंगे कि गुरु ज़्यादा प्रसिद्ध हुए, कहीं शिष्य ज़्यादा प्रसिद्ध हुए। कहीं पर दोनों ज़्यादा प्रसिद्ध हुए, जैसे विवेकानंद और उनके गुरु रामकृष्ण परमहंस दोनों ही प्रसिद्ध हैं।

कबीर के गुरु रामानंद महाराज थे। उन्हें आप नहीं जानते मगर कबीर का नाम ज़्यादा प्रसिद्ध है, उनके दोहे ज़्यादा लोकप्रिय हुए क्योंकि दोहों के रूप में ईश्वरीय ज्ञान आया। लोग एकाध दोहा सुनने को तैयार भी होंगे। ज्ञान संगीत में आया तो हम सुनने के लिए तैयार होते हैं। जिन्होंने सीधे उपदेश दिए, वे प्रसिद्ध नहीं हुए। कई सारे शरीरों में मौन की

अभिव्यक्ति हुई यानी वे मौन में ही रहे, उन्हें भी लोग नहीं जानते। कुछ भक्त प्रसिद्ध हो पाए क्योंकि कुछ लोगों ने उनसे मिलकर उन पर पुस्तकें लिखीं। जैसे निसर्गदत्त महाराज मुंबई की एक सोसाइटी में रहते थे। उस सोसाइटी के लोगों को भी मालूम नहीं था कि उन्हें आत्मसाक्षात्कार प्राप्त हुआ है। जब लोगों ने देखा कि कुछ विदेशी लोग उनकी सोसाइटी के एक छोटे मकान में निसर्गदत्त महाराज से मिलने आ रहे हैं तब उन्हें विचार आया कि वहां पर ऐसा क्या चल रहा है? वहां विदेशी लोग क्यों आने लगे हैं?

निसर्गदत्त महाराज पर किसी ने अंग्रेज़ी में पुस्तक लिखी, जो विदेशों में प्रसिद्ध हुई इसलिए विदेशों से लोग उनसे मिलने के लिए आते रहे। निसर्गदत्त महाराज ज़िंदगी भर उसी सोसाइटी में रहे। वे पहले पान की दुकान चलाते थे। उनके पड़ोसी भी उन्हें बाद में ही जान पाए।

ऐसे बहुत सारे लोग हैं, जिन्हें आत्मसाक्षात्कार प्राप्त हुआ मगर हम उनके नाम जानने का कष्ट नहीं करते। हमारे अंदर प्रश्न आया क्योंकि हम जिनके नाम बार-बार सुनते हैं, वे ही हमें याद होते हैं। बाक़ी नाम तो याद भी नहीं आते।

सिख धर्म के लोगों को गुरु नानक याद आते ही हैं। कबीर पंथ के लोगों को कबीर याद आते हैं। इस्लाम पंथ के हैं तो मोहम्मद याद आते हैं। हिंदू पंथ के हैं तो राम, कृष्ण याद आते हैं। लोगों को बड़े-बड़े पंथ ही याद आते हैं मगर ऐसे करोड़ों लोग हो चुके हैं, जो चुपचाप मौन में अपने आनंद की अभिव्यक्ति करते रहे। उनके पड़ोस के लोगों को भी पता नहीं चला। उनमें से कुछ लोग इसलिए सामने आए क्योंकि उन पर किसी ने पुस्तक लिखी। वह पुस्तक प्रसिद्ध हुई तो लोगों ने उन्हें जाना वर्ना लोग जानते भी नहीं मगर ऐसी पुस्तकें सभी पर नहीं बनीं। सभी के पास ऐसा कोई सत्य का खोजी नहीं पहुंचा, कोई ऐसा प्यासा नहीं पहुंचा। लोग तो बहुत पहुंचे मगर सभी को लिखने की आदत नहीं थी। वह शरीर अपने मज़े में था। वहां कभी विचार ही नहीं आया कि कुछ लिखा जाए।

हरेक की अलग–अलग अभिव्यक्ति है। जिन शरीरों से कुछ लिखा गया वे सामने आए, जिनसे नहीं लिखा गया वे सामने नहीं आए। कुछ सिर्फ़ आंसू ही बहाते रहे, कुछ भजन ही गाते रहे, किसी के भजन प्रसिद्ध हुए। जिन्होंने भजन नहीं गाए तो वे सामने नहीं आए। इसका अर्थ लोगों को आत्मसाक्षात्कार नहीं हुआ, ऐसा नहीं है। पृथ्वी कभी भी ऐसे लोगों से ख़ाली नहीं रही। पृथ्वी चल ही इसलिए रही है क्योंकि ऐसे लोग हैं।

मौन को लोग नहीं पहचानते। अगर आपके आजू–बाज़ू में कोई मौन हो गया तो आप कभी नहीं पहचान पाएंगे कि वहां कोई बड़ी घटना हुई है। आप कहेंगे कि कोई धक्का लगा होगा, कोई हादसा हुआ होगा। ज़्यादा से ज़्यादा आप उसे पागलख़ाने पहुंचाकर आएंगे। पागलख़ाने में भी ऐसे कई आत्मसाक्षात्कारी लोग बैठे हैं क्योंकि उन्हें वहां कोई फ़र्क़ नहीं पड़ता। हम मौन को जान नहीं सकते, पहचान नहीं सकते और ऐसी कोई संस्था भी नहीं है, जो हमें यह बात सिखाए। कोई पहचानने वाला नहीं है और जो मौन में गए वे ख़ुद तो बताने वाले नहीं हैं तो ऐसे लोग कैसे सामने आएंगे? और अगर वे बताएंगे भी तो क्या बताएंगे? आप पूछेंगे कि 'तुम आत्मसाक्षात्कारी हो क्या?' तो वे कहेंगे कि 'तुम भी हो तो मैं क्यों नहीं' क्योंकि उन्हें केवल अनुभव ही दिखाई देता है।

५०– लक्ष्य प्राप्ति के क़दम

आत्मसाक्षात्कार कैसे प्राप्त करें

जिज्ञासु: मेरे अनुसार आत्मसाक्षात्कार मेरे जीवन का लक्ष्य है, उसे कैसे प्राप्त करें?

सरश्री: इस सवाल के अनुसार आत्मसाक्षात्कार जीवन का लक्ष्य है मगर यह अधूरा लक्ष्य है। आत्मसाक्षात्कार प्राप्त करना और उसकी अभिव्यक्ति होना, यह पूर्ण लक्ष्य है और इस लक्ष्य को प्राप्त करने के दो तरीक़े हैं।

पहले तरीक़े के ४ क़दम

पहला क़दम – गुरु प्राप्त करें।

दूसरा क़दम	-	गुरु को कान दान करें यानी ग्रहणशील होकर गुरु द्वारा सत्य सुनें, सत्य श्रवण करें।
तीसरा क़दम	-	गुरु द्वारा बताई गई बातों पर मनन करें।
चौथा क़दम	-	गुरु आज्ञा का पालन करें।

इन क़दमों के अनुसरण से आपकी विवेक रूपी तलवार जागृत होगी। इस तलवार का इस्तेमाल अपने विचार काटने के लिए करें। मनन की तलवार इस्तेमाल करेंगे तो आपका लक्ष्य पूर्ण होगा।

दूसरे तरीक़े के ४ क़दम

पहला क़दम – 'पूछें (A1 - Ask)':

पूछें यानी प्रार्थना करें। जिस इंसान को गुरु नहीं मिले हैं, वह इंसान तो रोज़ प्रार्थना करे।

दूसरा क़दम – 'सजग रहें (A2 - Aware)':

प्रार्थना करने के बाद उस प्रार्थना का जवाब पाने के लिए सजग हो जाएं कि अब मेरी प्रार्थना का जवाब आएगा तो कहां से आएगा। आपको जो भी मिलेगा, वह आपकी प्रार्थना का जवाब लेकर आएगा। उस जवाब के प्रति सजग रहें। सजगता रखना ज़रूरी है, वर्ना लोग प्रार्थना करके सो जाते हैं यानी बेहोशी भरा जीवन जीते हैं। प्रार्थना करके जहां भी जाएं, वहां संकेत पकड़ने की कोशिश करें। किसी न किसी रूप में जवाब आपके पास आएगा।

तीसरा क़दम – 'क्रिया करें (A3 - Act)':

प्रार्थना करने और सजग हो जाने के बाद जो जवाब आपको मिलेगा, उस पर कार्य करना शुरू करें। जो जवाब आया उस पर क्रिया करें। अगर आपको उस जवाब के रूप में कोई संदेश आया तो तुरंत उस पर क्रिया करें, बैठे न रहें। जैसे किसी ने आपको बताया कि 'फ़लां-फ़लां दिन सत्संग है, इस-इस विषय पर है, वह जाकर सुनें।' यह जानकर भी अगर आप वहां नहीं गए तो इसका अर्थ है कि प्रार्थना का जवाब आने

पर भी आप उसे समझ नहीं पाए। इसलिए कहा गया है कि संदेश आते ही उस पर क्रिया करें, बैठे न रहें।

चौथा क़दम – 'परीक्षण करें (A4 - Analyze)':

संदेश आने पर क्रिया करने के बाद उसका परीक्षण करें। परीक्षण करना यानी मनन करना कि 'जो संदेश आया था, वह क्या था? उसे मैंने कैसे डिकोड किया, कैसे समझा? मैंने सही किया या नहीं? उसका क्या परिणाम आया?' इस तरह अपनी क्रियाओं का परीक्षण करें।

जब आप परीक्षण करके देखेंगे तो फिर से कुछ जवाब आएंगे और उन जवाबों के आधार पर आप फिर से पहले क़दम पर जाएंगे। फिर आप नई जानकारी के साथ, नई प्रार्थना करेंगे। नई जानकारी से नई प्रार्थना, नई प्रार्थना से नया संदेश, नए संदेश से नई क्रिया, नई क्रिया से नया परीक्षण होगा। उसके बाद आप अपने जीवन के सही लक्ष्य तक पहुंच पाएंगे। इस तरह सही लक्ष्य प्राप्त किया जा सकता है। जिसे गुरु मिलते हैं उसके लिए यह बहुत आसान है, जिसे गुरु नहीं मिले हैं, उसे इन क़दमों का स्वयं अवलोकन कर प्रयास करना पड़ेगा।

खंड ५

व्यवसायी और वैयक्तिक जीवन
व्यावसायिकता से संबंधित व्यक्तिगत सवाल

५१- डॉक्टर का सवाल

विकल्प देखें और निर्णय लें

जिज्ञासु: डॉक्टर होने के नाते गर्भपात करें या न करें? क्या इसका ग़लत असर आत्मसाक्षात्कार पाने में हो सकता है?

सरश्री: हर घटना में मन यह पक्का करना चाहता है कि 'ऐसा करें या न करें।'

किसी भी घटना में 'हां या ना' ये दो ही विकल्प नहीं होते। पहले आपको सारे विकल्प देखने चाहिए, उसके बाद ही निर्णय लेने चाहिए।

आप जिस परिस्थिति में हैं, उस परिस्थिति में आपको देखना है कि गर्भपात करने से मां को लाभ होने वाला है या नहीं? क्या गर्भपात न करने से मां के जीवन को ख़तरा है? क्या बच्चा गर्भ में ऐसी अवस्था में है कि वह अस्वस्थ या विकलांग पैदा होगा? हर घटना में परिस्थितियां अलग-अलग होती हैं। उन परिस्थितियों के अनुसार आपको अलग-अलग निर्णय लेने पड़ सकते हैं। जब आप सारे विकल्प, सारे पहलू, सभी आयाम देख लेंगे तब ही यह कह पाएंगे कि इस परिस्थिति में कौन सा निर्णय लेना उचित होगा। 'गर्भपात करें या न करें,' इसका जवाब

'हां' या 'ना' में नहीं हो सकता। यदि कोई लालच में आपसे यह कर्म करवाना चाहता है तो उस वक़्त आपका निर्णय बदल सकता है। इसलिए हर परिस्थिति में आपको देखना है कि किस उद्देश्य से गर्भपात करवाया जा रहा है। जब आप ये सब बातें हेलीकॉप्टर (उच्च चेतना) से देख पाएंगे तब ही सही निर्णय ले पाएंगे।

महाभारत के युद्ध पर जब लोगों की चर्चा होती है तब कुछ लोग कहते हैं कि कृष्ण ने अर्जुन को युद्ध करने के लिए प्रेरित किया, यह ग़लत हुआ मगर युद्ध करना सही था या ग़लत, यह निर्णय इतना सरल नहीं है। युद्ध के पीछे क्या उद्देश्य था, यह जानना अनिवार्य है। कृष्ण ने अर्जुन को युद्ध करने के लिए कहा तो किस उद्देश्य से कहा, यह समझना महत्वपूर्ण है। इसलिए हमें हर सवाल के जवाब में सभी आयामों को ज़रूर देखना चाहिए। गर्भपात के पीछे गर्भपात करवाने वाले का उद्देश्य क्या है? उसके परिवार पर उसका क्या परिणाम होगा? इन सभी बातों का ध्यान रखते हुए किया गया गर्भपात ग़लत नहीं होगा।

कुछ लोगों के मन में सवाल उठता है कि क्या मच्छर मारना बुरा कर्म है? इसे ऐसे समझें कि यदि मच्छर बच्चे को काट रहा है तो मच्छर को मारना बुरा कर्म नहीं है। उस समय बच्चा मच्छर से ज़्यादा महत्वपूर्ण है। मच्छर की चेतना से बच्चे की चेतना निश्चित ही उच्च है। आपको उसी आधार पर निर्णय लेना है। उच्च चेतना को बचाना ही महत्वपूर्ण व सही निर्णय है। हर निर्णय के पहले सभी पहलू देखकर ही निर्णय लें। हर घटना में तेज़, ताज़ा और नया प्रतिसाद दें तथा नए विकल्प पर सोचें। अगर कुछ अलग हो सकता है तो वह किया जाए। इस तरह आप अपनी वैचारिक शक्ति तैयार कर सकते हैं, जिससे जो भी निर्णय लिए जाएंगे, वे बहु आयामी होंगे।

जब तक आपके पास अन्य विकल्प (तेजरंग) नहीं आता तब तक पुराना ज़ंग खाया हुआ विकल्प (रंग) रहता है। ज़ंग खाया रंग यानी लोहे को ज़ंग लगने पर जो रंग दिखाई देता है, वह रंग। जब तक वह रंग होता है तब तक हमारे जीवन में भी जंग ही होती है, युद्ध ही होता है।

तेजरंग आने के बाद बेरंग, सुरंग हो जाता है। सुरंग यानी शुभरंग। इस सुरंग (तेजज्ञान) के साथ नए विकल्प यानी चार रंग (विकल्प) खुलते हैं। इन चार विकल्पों का इस्तेमाल करके आप नया निर्णय ले पाएंगे। ये विकल्प चार स्तर पर हैं:

१. नई भावना महसूस करें

२. नया विचार रखें

३. नए शब्द इस्तेमाल करें

४. हर सवाल के साथ नया दृष्टिकोण जोड़ें

ये चार रंग (विकल्प) मिलने पर इंसान अपने जीवन में आने वाली समस्याओं को इन विकल्पों की सहायता से आसानी से सुलझा पाता है।

५२- दुखी स्त्री का सवाल

बांझ स्त्री क्या अधूरी है

जिज्ञासु: जब स्त्री मां नहीं बन सकती तो यह अधूरापन, ख़ालीपन उसे क्यों मिलता है?

सरश्री: किसी स्त्री को बच्चा न होना अधूरापन है, यह मान्यता है क्योंकि चारों तरफ़ लोग वही मान्यता दे रहे हैं। उसी मान्यता के आधार पर इंसान अपने आपको अधूरा महसूस करता है।

उदाहरण - एक गुरुजी ने अपने शिष्य को विचारों की शक्ति का महत्व समझाने के लिए एक कमरे में बिठा दिया और कहा, 'दिनभर यही विचार करते रहो कि मैं बैल हूं।' अब वह शिष्य कमरे में यह विचार कर रहा है कि मैं बैल हूं। उसे एक प्रयोग दिया गया है। गुरुजी खिड़की से आते हैं और शिष्य से कहते हैं कि 'बाहर आ जाओ' तो वह बाहर आ जाता है। गुरुजी फिर से उसे कहते हैं, 'रुको, वापस अंदर जाओ और यही ध्यान करते रहो कि मैं बैल हूं।' इस तरह उस शिष्य ने दो दिनों तक लगातार गुरुजी द्वारा मिली आज्ञा पर काम किया। तीसरे दिन गुरुजी आए और उससे कहा, 'खिड़की से बाहर आ जाओ' तो वह बाहर ही

नहीं आ पा रहा था। गुरुजी ने उससे पूछा कि 'तुम बाहर क्यों नहीं आ पा रहे?' तो उसने कहा, 'बाहर आने में मेरे सींग खिड़की से टकरा रहे हैं।' ऐसा इसलिए हुआ क्योंकि बार-बार उसके द्वारा यही दोहराया गया कि 'मैं बैल हूं... मैं बैल हूं।'

इसी तरह जो स्त्री मां नहीं बन सकती वह बार-बार यह दोहराती है कि 'मैं मां नहीं बन सकी' इसलिए उसे अधूरापन महसूस होता है और लोग भी वही बताते हैं कि आप बांझ हैं... आपने बच्चा पैदा नहीं किया... आप अधूरी हैं मगर ऐसा नहीं है। आपको बच्चा नहीं हो रहा है यानी आपका जीवन हटकर है, आपकी गीता अलग है, आपके द्वारा कुछ अलग कार्य होने हैं, आपके लिए कुछ अलग चुनौतियां हैं।

सभी लोग एक जैसा कार्य नहीं करते। कुछ लोग नए रास्ते खोजते हैं, वे पीछे वालों के लिए नए रास्ते बनाते हैं। यह बात समझी जाए, उस पर चला जाए तो इस तरह की बातें परेशान करना बंद कर देंगी। हर इंसान की बड़ी संभावना खुल सकती है। हम छोटी संभावना में ही ख़ुश होकर रह गए कि एक स्त्री ने बच्चा पैदा किया तो उसका जीवन सफल हो गया। जबकि हक़ीक़त यह है कि उस शरीर का वैसा कार्य है। उससे अलग तरह की अभिव्यक्ति होने वाली है।

जिसके साथ भी यह घटना हो रही है, वह अपने आपसे पूछे कि उसे उस घटना को वरदान बनाना है या अभिशाप?

इंसान अधूरापन इसलिए भी महसूस करता है क्योंकि वह शरीर को ही 'मैं' मानता है। जब आप अपने आपको शरीर से परे जानेंगे तब इस अधूरेपन का सवाल ही नहीं आएगा क्योंकि आप पहले से ही पूर्ण हैं। पूर्णता से कुछ निकाला नहीं जा सकता और पूर्णता में कुछ डाला भी नहीं जा सकता। पूर्ण तो पूर्ण ही रहता है।

५३- मैनेजर का सवाल

दोषी कौन, ज़िम्मेदार कौन

जिज्ञासु: क्या हम कुछ बातों के लिए ज़िम्मेदार या दोषी होते हैं ?

सरश्री: इसे इस तरह समझें कि आपका नाम राम है और आप स्टेज पर शकुंतला का रोल कर रहे हैं। शकुंतला बनकर आप बहुत रो रहे हैं। शकुंतला की कहानी में जैसे वह अपने पति से बिछड़ गई है, उसका पति उसे भूल गया है इसलिए वह रो रही है, वैसे ही राम जो शकुंतला की भूमिका कर रहा है, रो रहा है कि 'ऐसा मेरे साथ क्यों हुआ...।' स्टेज से उतरने के बाद भी उसका रोना चालू ही है। यदि उसे कहा जाए कि 'अब जो दुख तुम्हें है, तुम ही उसके दोषी हो।' वह कहेगा, 'मैं कहां दोषी? मेरी अंगूठी मछली निगल गई इसलिए मेरा पति मुझे भूल गया।' फिर उसे कहा जाएगा कि 'नहीं! तुम जो हक़ीक़त में हो, वह बन जाओ, इतनी देर तुम स्टेज पर थे, नाटक कर रहे थे। अब उस नाटक को छोड़ो, स्टेज से नीचे उतर आओ और हक़ीक़त में जो तुम हो, वह बनकर जियो।' फिर भी वह कहे कि 'क्या मैं दोषी हूं?' तब उसे कहा जाएगा कि 'हां, तुम ही दोषी हो। तुम ही अपनी हक़ीक़त भूल गए हो, कोई और नहीं भूला है। तुम्हें याद आ गया तो सब कुछ ठीक हो जाएगा।'

इसी तरह यह जो सवाल पूछा जा रहा है कि क्या हम कुछ बातों के लिए ज़िम्मेदार हैं तो उन्हें बताया जाता है कि कुछ बातों के लिए ही नहीं बल्कि सभी बातों के लिए आप ही ज़िम्मेदार हैं। अगर आपने यह सवाल स्वयं को भूलकर पूछा है, जो आप नहीं हैं वह बनकर पूछा है तब आप ज़िम्मेदार नहीं हैं। व्यक्ति (अहंकार) के हाथ में कुछ भी नहीं है। आपको विचार दिया गया इसलिए यह क्रिया हुई। दूसरों को भी विचार दिए जाते हैं इसलिए वे क्रियाएं होती हैं। आपके बुद्धि का दोष है। आपको स्मरणशक्ति बढ़ानी है।

इसलिए गुरु आए हैं फिर भी आप ऐसा कर रहे हैं तो आप ही दोषी हैं। कई लोग इसमें बहुत उलझ जाते हैं कि कभी ऐसा बताया, कभी वैसा बताया, आख़िर में है क्या? हम यह अनुकरण करें कि वह अनुकरण करें? ये दोनों बातें बहुत अलग-अलग हैं। जो आप हक़ीक़त में हैं, वह सब बातों के लिए ज़िम्मेदार है।

५४- कर्मचारी का सवाल

माया में काम करते हुए आध्यात्मिक विकास कैसे करें

जिज्ञासु: समाज, संसार, ऑफ़िस में माया की बातें बहुत चलती हैं, मेरा मन भी उसी में चला जाता है, उस वक़्त क्या करना चाहिए?

सरश्री: ऐसे समय में आपको 'कुछ नहीं' करना चाहिए और 'कुछ न करने का काम भी' नहीं करना चाहिए। लोग यही ग़लती करते हैं और पूछते हैं कि 'मुझे जब क्रोध आता है तब मैं क्या करूं?' उन्हें बताया जाता है कि 'जब क्रोध आता है तब कुछ मत करें, कुछ करने का काम बहुत पहले करना चाहिए।'

जब भी क्रोध या परेशानी आती है तब हम इस तरह के प्रश्न पूछते हैं। जबकि इसकी तैयारी बहुत पहले से ही हो जानी चाहिए। प्यास लगने के बाद कोई प्रश्न पूछे कि 'अब कुआं कहां खोदें?' तो उसे कहा जाएगा, 'अब कुछ मत करो, जो कुछ करना था, वह प्यास लगने के बहुत पहले करना था, बहुत पहले खुदाई शुरू करनी थी।'

यह प्रश्न भी ऐसा ही है कि 'जब ऑफ़िस जाते हैं तब माया में घुस जाते हैं, क्या करें?' उस वक़्त कुछ न करें मगर घर आकर यह अवश्य सोचें कि 'मुझे माया में जाकर क्या मिलता है? क्या मैं यही करने आया हूं? क्या सारा जीवन यही करना है? यह कब तक चलेगा?' फिर निश्चित करें कि अब कितना समय माया में रहना है। अगर निश्चय कर लिया कि ६ महीने और माया में जाएंगे तो ठीक है मगर उस दिन के बाद बंद कर दें। इस तरह आप बहुत पहले से ही योजना बनाएंगे। फिर जब अगली बार वह घटना होगी तब आप सजग हो जाएंगे और देखेंगे कि आप बहुत आसानी से वहां से हट पाए और किसी बहाने से वहां से निकल आए।

यदि माया में रहकर सोचेंगे कि 'मैं क्या करूं? ये करूं कि वो करूं?' तब आप निश्चित क्या करना चाहिए, यह समझ नहीं पाएंगे। उस वक़्त निर्णय लेने का समय बहुत कम होता है, तब आप सोच ही नहीं पाते हैं। उस वक़्त के लिए बताया गया है कि कुछ मत करें और न करने

का काम भी न करें। उस वक़्त जो हो रहा है सिर्फ़ वह देखें। देखें कि 'मैं इस माया में क्या कर रहा हूं?' उस वक़्त अपनी मूर्खताएं देखें क्योंकि देखेंगे तो उससे बाहर निकलने की संभावना है।

यदि आपने बहुत पहले से ही योजना बनाई हो कि 'हमारे ऑफ़िस में माया की बातें चलती हैं, क्या मुझे उस तरह ही जीना है? या मुझे देखकर लोग माया से बाहर आ जाएं?' तो यह भी संभव हो सकता है कि आपकी दृढ़ता देखकर किसी और के मन में यह विचार आए कि 'हम भी इस तरह जी सकते हैं।'

उदाहरण के लिए टीवी पर क्रिकेट मैच चल रहा हो तो आप यह देखते हैं कि कब छक्का लग रहा है, चौका लग रहा है, कब खिलाड़ी आउट हो रहा है। ठीक उसी तरह माया में भी अपने आपको देखें कि मेरे साथ कब क्या हो रहा है? कब मैं उत्तेजित हो रहा हूं? उस समय को देख लें, जिसमें आप कुछ नहीं करने का काम भी नहीं कर रहे हैं। अब मात्र देखें, इसमें ही आपकी सजगता बढ़ेगी। फिर घर जाकर आप सोचें कि इन सबमें जाकर मुझे क्या मिला? मैं क्या करने आया था? क्या यही सब करने आया था? अपने लक्ष्य पर, कुल-मूल उद्देश्य पर थोड़ा मनन करें। अपने आपसे पूछें कि 'मेरा कुल-मूल उद्देश्य क्या है? मुझे कितना समय उस पर देना है?' तब आप निश्चित करेंगे कि माया में जाना ही है तो इतना समय ही जाएंगे, इससे ज़्यादा समय नहीं जाएंगे। टीवी देखेंगे तो इतने-इतने समय तक ही देखेंगे, इससे ज़्यादा नहीं देखेंगे। सब निश्चित करके ही करेंगे, होश में करेंगे। जो लोग बेहोशी में जीते हैं, उन पर माया का प्रभाव बढ़ता जाता है, वे लोग दिन-ब-दिन और बदतर होते जाते हैं, माया में उलझते जाते हैं। होश में रहने से आपके साथ ऐसा होना बंद हो जाएगा और आपकी सजगता बढ़ेगी।

५५- पॉलिटिशियन का सवाल

असत्य से छुटकारा कैसे पाएं

जिज्ञासु: आप कहते हैं कि झूठ न बोलें, कपटमुक्त रहें लेकिन

राजनीति में सभी शतरंज का खेल खेलते हैं, वहां तो झूठ बोलना पड़ता है, जो मेरे साथ हो रहा है। कृपया मार्गदर्शन करें?

सरश्री: लोगों का यह सवाल हमेशा रहता ही है, जल्दी स्पष्ट नहीं होता है। जिस संसार में वे रह रहे हैं, वहां कपट चलता है इसलिए यह सवाल रहता ही है। राजनीति के बारे में इनका सवाल है कि वहां कैसे रहें?

जब आप वहां पर हैं तो इसे इस तरह लें कि अब आप सत्य से जुड़े हैं, सत्य आपकी मंज़िल बनी है। अगर आप कपट कर रहे हैं तो एक गिलास से एक चम्मच गंगा जल पी रहे हैं और दूसरे गिलास में आपने नाली का पानी भरकर रखा है, वहां से एक चम्मच पी रहे हैं। फिर एक साल या दो साल के बाद क्या होने वाला है? क्या स्थिति होगी आपकी? तब आप देखेंगे कि गंगा जल का जो असर होना चाहिए था, वह तो हुआ ही नहीं। इसका अर्थ ही यदि आप असत्य के साथ जीकर आगे बढ़ना चाहते हैं तो वह कैसे हो सकता है? क्योंकि कपट तो सत्य के बिल्कुल विरुद्ध है, फिर कैसे चल सकता है?

ऐसी परिस्थिति में आपको यह समझना है कि पहले अपनी तरफ़ से होने वाला कपट ख़त्म किया जाए। ख़ुद की वजह से या लालच की वजह से जो चल रहा है, वह कपट ख़त्म किया जाए। यदि किसी से नफ़रत है तो अंदर यह भावना उत्पन्न होना कि अब उसे सबक़ सिखाना है... अब कुर्सी प्राप्त करके, पावर प्राप्त करके उसे मज़ा चखाता हूं... तो यह ख़त्म हो। इस तरह पहले अपनी तरफ़ से होने वाला कपट तो ख़त्म करना ही है। किसी आसक्ति, महत्वाकांक्षा की वजह से या किसी के प्रति क्रोध, मोह, अहंकार की वजह से होने वाले झूठ को भी ख़त्म करना है। अगर किसी के प्रति ईर्ष्या है कि 'सामने वाला मुझसे आगे बढ़ गया इसलिए अब कपट करके, उसकी चुग़ली करके मैं उसके आगे जाऊं' तो ईर्ष्या से होने वाले इस कपट को भी ख़त्म करें। अपने अंदर झांककर देखें कि कहीं हम किसी बात को बहाना बनाकर कपट करने की छूट न लें। जैसे आपको लगे कि 'अब मैं राजनीति में आ ही गया हूं

तो मुझे कपट करना ही पड़ेगा और गुरुजी ने भी कह दिया है, अभी हम मज़े से कपट करेंगे' तो यह न हो। इस बात को निम्नलिखित उदाहरण द्वारा विस्तार से समझें।

एक बार भगवान बुद्ध का एक शिष्य भिक्षा मांगने के लिए घूम रहा था उसी समय ऊपर से कोई पक्षी गुज़र रहा था। उस पक्षी के मुंह में जो मांस का टुकड़ा था वह छूटकर भिक्षु के भिक्षा पात्र में आ गिरा। फिर वह शिष्य बुद्ध के पास गया और उनसे पूछा कि 'मैं यह खाऊं कि नहीं खाऊं? आपने कहा है कि जो भी भिक्षा पात्र में मिल जाए, उसे खा लेना लेकिन मांस खाने की आपने आज्ञा नहीं दी है।' उस वक़्त बुद्ध ने कहा, 'भिक्षा पात्र में जो भी आए वह खा सकते हैं' क्योंकि उन्हें पता था कि ऐसी घटना हमेशा होगी नहीं इसलिए उन्होंने इसकी आज्ञा दे दी। यह सुनकर लोगों को मांस खाने की जैसे छूट ही मिल गई। भिक्षुओं को पता था कि कौन से घर में मांसाहारी खाना ज़्यादा बनता है, वे उसी घर में भिक्षा मांगने के लिए जाते थे। फिर कहते थे कि 'बुद्ध ने कहा है, भिक्षा पात्र में जो भी आए वह खा लेना, हम तो उन्हीं का अनुकरण कर रहे हैं।'

फिर जब बुद्ध ने कहा कि 'कोई जानवर जिसकी प्राकृतिक मौत होती है उसका मांस आप खा सकते हैं।' अब ऐसे कई होटल बन गए, जहां पर यह बोर्ड ही लगा है कि 'यहां पर ऐसे जानवरों का मांस बेचा जाता है, जो प्राकृतिक मौत प्राप्त किए हुए हैं।' यह देख लोग वहां जाते हैं, फिर कहते हैं कि 'हम तो बुद्ध का अनुकरण कर रहे हैं।' होटल वालों ने तो सिर्फ़ बोर्ड लगाया है, अंदर कौन देखने वाला है कि उन्होंने क्या काटा है, क्या किया है? जब भिक्षुओं को यह पता चलेगा तब वे कहेंगे कि 'वह पाप तो होटल वालों के सिर लगेगा, हम तो सुरक्षित हैं। उन्होंने (होटल वालों ने) झूठ बोला तो उनका कर्म ख़राब हो गया, हमारा कर्म थोड़े ही ख़राब हुआ।' इस तरह थोड़ी भी छूट मिल गई तो मन उसका ग़लत उपयोग करता है।

यदि आप एक चम्मच में गंगा जल और दूसरे चम्मच में पानी डाल रहे हैं और वह पानी आपको पीना ही है तो कम से कम एक सफ़ेद

कपड़े से छानकर पिएं। इतना तो आप कर ही सकते हैं। सफ़ेद कपड़े में आपको कचरा दिखाई दिया तो छुटकारा हो सकता है। किसी और रंग पर कचरा दिखता नहीं है मगर सफ़ेद पर तो उभरकर आता है। उस कचरे को देखकर लगेगा कि 'मैं यह क्या पी रहा हूं?' इसी तरह कपट, मान्यताएं भी प्रकाश में आनी चाहिए। मान्यताओं को प्रकाश में लाने से उनसे छुटकारा होता है।

कोई कहेगा, 'मैं इसके आगे और भी कुछ करना चाहता हूं।' तब उसे कहा जाएगा कि 'ठीक है, अब पानी सफ़ेद कपड़े से छान लिया है तो उसे गर्म करके पिएं, उसके अंदर क्लोरीन डालें, फिटकरी डालें। अपनी तरफ़ से जो-जो कोशिश कर सकते हैं, वह करें कि कैसे यह कपट कम हो जाए और गंगा जल पीना तो बढ़ा ही सकते हैं! जब एक चम्मच नाली का पानी पिया तब गंगा जल दो चम्मच पीना शुरू कर दें।'

इस एनालॉजी से आपको समझ में आएगा कि कैसे आपको संतुलन करना है। जितना सत्य आपके अंदर जाएगा, उतना ही असत्य से छुटकारा होगा। इसमें आपको कोई ज़ोर-ज़बरदस्ती नहीं करनी पड़ेगी। इसके लिए सिर्फ़ गंगा जल (सत्य) की मात्रा बढ़ाते जाएं, फिर कपट से छुटकारा आसानी से होता जाएगा।

कपट से छुटकारा पाने के लिए एक काम यह भी कर सकते हैं कि कांच के गिलास में नाली का पानी रखें और स्टील के गिलास में गंगा जल रखें। कांच के गिलास में डाला हुआ नाली का पानी प्रकाश में आएगा। पूरा पानी एक साथ दिखाई देगा। उसके बाद भी जीवन में देखते हैं कि कपट बढ़ रहा है, उसकी लहरें, उसके विचार आपको तेजस्थान (हृदय) पर जाने नहीं देते हैं तो कांच का गिलास फोड़ दें। इसका अर्थ है कि वह पेशा ही छोड़ दें।

५६- बीमार इंसान का सवाल

बीमारी को अव्यक्तिगत समझें

जिज्ञासु: किसी भी जगह, किसी भी समय मेरी आंखें अपने आप

बंद हो जाती हैं और साधना शुरू हो जाती है। अंदर कुछ दिखाई देता है, मैं दूसरों को हीलिंग भी देती हूं लेकिन मेरे शरीर के अंदर बीमारियां हैं, ऐसा क्यों?

सरश्री: पहली बात यह समझें कि आप हीलर हैं यानी दूसरों को ठीक करने वाली हैं, रेकी मास्टर हैं तो आपको निरोगी रहने का लाइसेंस नहीं मिल गया है। आप किसी और को ठीक करते हैं तो आपका शरीर स्वास्थ्य से परिपूर्ण ही रहेगा, ऐसा ज़रूरी नहीं है। आपके शरीर में ये बीमारियां आपको बताने के लिए आती हैं कि रोग क्या होता है? जब तक हमने ख़ुद महसूस नहीं किया होता तब तक हम किसी और की मदद नहीं कर पाते। अभी आपको बहुत कुछ जानना है। आपको दिए गए रोग यह बता रहे हैं कि आगे और अच्छे ढंग से लोगों की मदद करें। इसे अव्यक्तिगत समस्या समझें। जब शारीरिक रोग को अपनी बीमारी या तकलीफ़ समझा जाता है तब परेशानी होती है। इसे ऐसे समझें कि यह बीमारी औरों के लिए है। 'लुई कुने' जिन्होंने नैचरोपैथी में बड़ी खोज की, उन्हें बचपन से कई रोग थे, वे कमज़ोर थे। उनकी वही कमज़ोरी, वही बीमारियां उस खोज का कारण बनीं। उसी प्रकार आपके शरीर में कुछ रोग हैं तो आप कुछ ऐसे आविष्कार करने के लिए निमित्त बनें, कारण बनें जिससे दूसरों को लाभ मिले।

इस बात को हम गांधीजी के उदाहरण से भी समझ सकते हैं। गांधीजी के पास टिकट होने के बावजूद भी ट्रेन से उतार दिया गया, पीटा गया, मारा गया, गंदे शब्द कहे गए, उनकी बुराई की गई, उन पर कितना अत्याचार किया गया मगर आगे चलकर वे संपूर्ण देश के लिए निमित्त बने। इस उदारहण से समझें कि अपनी बीमारियों को, तकलीफ़ों को व्यक्तिगत न समझें, वे अव्यक्तिगत हैं। आपके द्वारा कुछ कार्य होने वाले हैं, जिस कारण ये समस्याएं आई हैं। उन्हें निमित्त बनाकर उनका अभ्यास करें, उनका फ़ायदा उठाएं। आपके द्वारा दूसरों को स्वास्थ्य मिले और आरोग्य प्राप्त हो, जिसका परम लाभ आपको भी देर सवेर ज़रूर मिलेगा।

५७- आश्रित का सवाल

किसी पर निर्भर रहकर अपने होने का आनंद कैसे पाएं

जिज्ञासु: अपने होने का आनंद सबसे बड़ा आनंद है लेकिन अगर हम शारीरिक तकलीफ़ों की वजह से किसी दूसरे इंसान पर पूर्ण रूप से निर्भर हैं तो हम कैसे अपने होने का आनंद ले सकते हैं?

सरश्री: ले सकते हैं! दूसरे इंसान पर निर्भर होकर भी आप अपने होने का आनंद ले सकते हैं। अपने होने का आनंद और शारीरिक परनिर्भरता (Physical dependence) इन दोनों बातों का कोई संबंध नहीं है। जब आप सत्य श्रवण करने के लिए किसी आध्यात्मिक संस्था में जाते हैं तब आपको किसी की इजाज़त लेकर जाना पड़ता है, जैसे माता, पिता, भाई, पति आदि। अर्थात सत्य का श्रवण करने के लिए आपको अन्य पर निर्भर रहना पड़ता है। मगर मनन करने के लिए आपको किसी की इजाज़त लेने की आवश्यकता नहीं है। आपको जो बातें बताई गई हैं, उन पर मनन करने के लिए आपको अपने माता-पिता, पड़ोसी या किसी भी इंसान से इजाज़त लेने की आवश्यकता नहीं है। 'तेज आनंद' हमारा मूल स्वभाव है। ऐसा नहीं है कि किसी पर निर्भर होने की वजह से हम वह आनंद नहीं उठा पाएंगे। आपके शरीर की यह मर्यादा है कि आपका शरीर किसी और पर निर्भर है। इस मर्यादा को अपनी चुनौती बनाएं, इसे रुकावट न बनने दें।

जिस तरह से कैरम बोर्ड में दो रेखाएं होती हैं और खेल का यह नियम होता है कि खिलाड़ी को उन दो रेखाओं के अंदर रहकर ही खेलना पड़ता है। वहां पर हम उस नियम का पालन करते हुए खेलते हैं मगर जीवन जीते वक़्त हम कहते हैं, दो रेखाओं में रहकर कैसे जिएं? यह तो संभव नहीं है। लेकिन इसी शरीर में रहकर, इन्हीं दो रेखाओं में रहकर, शरीर पर जो भी निर्भरता की मर्यादा है, उस मर्यादा में रहकर ही आपको अभिव्यक्ति करनी है।

इसे ऐसे समझें जब बच्चा आपसे यह सवाल पूछता है कि 'मुझे

कैरम बोर्ड की दो रेखाओं के बीच में खेलना नहीं आता' तो आप उसे जवाब देते हैं, 'प्रयास करते रहो, एक दिन तुम्हें भी दो रेखाओं की सीमा में रहते हुए खेलना आ जाएगा।' फिर कुछ दिन प्रैक्टिस करने के बाद बच्चा कहता है, 'अब दो रेखाओं के बीच में रहकर मैं खेल सकता हूं। कैरम की गोटी चाहे कहीं पर भी रखी हो, मैं उसे निकाल सकता हूं।'

इसी तरह जब आपकी प्रैक्टिस हो जाती है, यानी मनन होता है तब आप सहजता से कुशल लीडर बनते हैं। शरीर की मर्यादाओं के होते हुए भी अपने होने का आनंद लेना सीख जाते हैं।

आनंद के लिए दूसरों पर निर्भर रहने की आवश्यकता नहीं है। जो मर्यादा आप पर डाली गई है, वह चुनौती है। हर मर्यादा को चुनौती के रूप में देखना सीखें। कैरम बोर्ड का उदाहरण ध्यान में रखें। आपके लिए ही वे दो रेखाएं खींची गई हैं। अगर सभी रेखाएं मिटा दी जाएं और खेलने के लिए कहा जाए तब आप ख़ुद कहेंगे कि खेलने में मज़ा ही नहीं आ रहा है। अतः खेल के नियम समझें और सही ढंग से खेलें, सही ढंग से प्रैक्टिस करें।

५८– समाज सेवक का सवाल

अकंप मन से मदद करें

जिज्ञासु: किसी को मदद करते समय हमारे मन की अवस्था कैसी होनी चाहिए?

सरश्री: किसी को मदद करते समय मन की अवस्था अकंप होनी चाहिए, अटल होनी चाहिए। इंसान जब किसी की मदद करे और सामने वाले ने धन्यवाद के दो बोल भी नहीं कहे तो इंसान का मन हिल जाता है। इसलिए कहा गया कि किसी की मदद करते समय आपका मन अकंप होना चाहिए, तीक्ष्ण होना चाहिए। साथ ही इस बात का ध्यान रखना भी ज़रूरी है कि जहां ज़रूरत है, वहीं मदद करनी चाहिए, जहां ज़रूरत नहीं है, वहां कुछ नहीं करना है। सामने वाले में निश्चित रूप से क्या समस्या है और समस्या किसे है? Exactly what to whom? वहां कौन

है, जिसे यह समस्या है, यह जानना बहुत ज़रूरी है। यदि आप सोचते हैं कि सामने वाला इंसान कोई अलग इंसान है तो उसका धन्यवाद न देना आपको तकलीफ़ पहुंचा सकता है। यदि आपको इस बात पर दृढ़ विश्वास है कि हरेक इंसान के अंदर एक ही चैतन्य है तो आपको महसूस होगा कि दूसरा इंसान 'दूसरा' नहीं है। आप दोनों में एक ही तत्व काम कर रहा है। सारा बह्मांड एक डोर से ही बंधा है। यदि आपके अंदर का चैतन्य सामने वाले के चैतन्य को मदद कर रहा है तो सामने वाले के धन्यवाद न देने पर भी आप ख़फ़ा नहीं होंगे जब आप समझ के साथ तथा अकंपित मन से सामने वाले की मदद करेंगे तो उसके ग़लत प्रतिसाद देने से भी आप नहीं हिलेंगे।

एक इंसान का बेटा ठीक तरह से उसकी देखभाल नहीं करता था। इस पर वह कहता है, 'अपने बेटे से मुझे वह नहीं मिला जो मिलना चाहिए था। इससे अच्छा तो कुत्ता पाल लिया होता।' इस उदाहरण में पिता का मन अकंप नहीं है। पिता को यह बात समझ में आनी चाहिए कि मुझे बेटे से प्रेम करने का मौक़ा मिला और मैंने अपना रोल पूरा किया। वास्तव में उसे धन्यवाद देना चाहिए कि उसे एक मौक़ा मिला। अगर मौक़ा नहीं मिला होता तो क्या किया होता? मगर वह इंसान कहता है कि 'काश! बेटे की बजाय मैंने कुत्ता पाला होता क्योंकि वह सिर्फ़ पूंछ हिलाता है।' लोग इस बात को समझ ही नहीं पाए कि कुत्ता पाला होता तो वे तेज प्रेम को कैसे समझ पाते? कुत्ता सब कुछ आपके मन मुताबिक़ करता है। कुत्ते को पीटने पर भी वह दुम हिलाते हुए वापस आपके पास आता है। आपने कुत्ते को लात मारी तो भी वह वापस आता है। जबकि इंसान की ज़रूरत अलग है। वहां पिताजी को बेटे के प्रेम में झुकना पड़ता है इसलिए कहा गया कि दूसरे को मदद करते समय अकंप मन चाहिए जो उस समस्या को समझ पाए और अपने लिए भी समस्या खड़ी न करें।

५९- उलझे हुए इंसान का सवाल

फ़ोकस सदा सत्य पर रहे

जिज्ञासु: मुझे लगता है कि मेरा मन उलझा हुआ है। मन की

उलझन कम करने के लिए क्या करूं?

सरश्री: मन की उलझन कम करने के लिए आप जो सत्य श्रवण कर रहे हैं, उसे जारी रखें। सत्य श्रवण से ही सभी बातें स्पष्ट होंगी। इंसान का मन हमेशा वर्तमान से आगे भागना चाहता है मगर उसे वर्तमान के साथ चलने दें। मन तो कहेगा, 'मैं आगे जाऊंगा।' ऐसे में उससे कहें कि 'रुको, वर्तमान में आ जाओ, वर्तमान में हम साथ-साथ चलेंगे।' वर्तमान में आपको जो बातें बताई गई हैं, उनका पालन कर रहे हैं या नहीं, यह पहले देखें। मन हमेशा आगे की सोचता है, यह उसकी आदत है और यह आदत बहुत मज़बूत है। मन की यही आदत आपको तोड़नी है।

अंत को ध्यान में रखते हुए आपको मार्गदर्शन दिया जा रहा है। आपको किस वजह से दुख होता है, यह बताया जा रहा है। इस भ्रम और दुख का कारण समझा तो आसानी से उसका निवारण हो जाएगा।

गुरु की आज्ञा का पालन करना ही आपका सच्चा धर्म है। भूत और भविष्य में भागकर अपनी शक्ति बेकार न गंवाएं। आपका फ़ोकस हमेशा सत्य (रिएलिटी) पर होना चाहिए। असत्य (अनरिएलिटी) पर फ़ोकस न करें। असत्य पर फ़ोकस करने की वजह से आप उलझ गए हैं। अब सत्य पर फ़ोकस करें।

६०- भयभीत इंसान का सवाल

मन अज्ञात से सदा डरता है

जिज्ञासु: मेरा मन अंदर नहीं जाना चाहता? मन कभी अंदर जाता है, कभी नहीं जाता।

सरश्री: मन अंदर नहीं जाता क्योंकि अंदर अज्ञात (अन-नोन) है। बाहर की दुनिया से तो सभी वाक़िफ़ हैं। जैसे हम घर जाते हैं, ऑफ़िस जाते हैं, बाज़ार जाते हैं, जो जगह हमें पता है, वहां हम जाते हैं और जो नहीं पता, वहां पर हम नहीं जाते। मन के अंदर की दुनिया अज्ञात है इसलिए मन अंदर नहीं जाना चाहता। अत: अज्ञात को ज्ञात करें। अंदर क्या है पहले यह जानें। जितना सत्य श्रवण करेंगे, सत्संग में बैठेंगे, उतनी

ही आंतरिक बातें होंगी, हृदय (तेजस्थान) की बातें होंगी। आपको अंदर जाने की प्रेरणा मिलेगी, मौन में जाने की उत्सुकता होने लगेगी। अभी तो शुरुआत हुई है। आगे मौन में जाने का इतना उत्साह होगा कि आप सोचेंगे, 'कब मैं मौन में जाऊं! कब समय मिले! कब अंदर जाऊं!' जब तक यह अवस्था नहीं आती तब तक मन को बताएं कि 'अंदर अज्ञात है, बाहर हम सब जानते हैं।'

इसी से संबंधित आगे यह सवाल है कि मन कभी अंदर जाता है, कभी नहीं जाता। जिसका जवाब है, 'मन अंदर मंदिर, मन बाहर बंदर।' यह अच्छा है कि कभी-कभी तो मन अंदर जा रहा है। कई लोगों का मन तो बिल्कुल अंदर नहीं जाता। बहुत जल्द ही यह कभी-कभी, अभी-अभी हो जाएगा। कभी-कभी, अभी-अभी बन जाएगा यानी जब भी कोई आपसे पूछे, 'अरे! अंदर गए क्या?' आप बताएंगे, 'अभी-अभी वहीं से आ रहा हूं।' कोई पूछे, 'मंदिर गए क्या?' तो जवाब आएगा, 'अभी-अभी वहां से आ रहा हूं।' नींद से उठे और कोई पूछे, 'अरे! मंदिर गए थे क्या?' तो भी जवाब आएगा, 'अभी-अभी वहीं से आ रहा हूं।' इसका अर्थ है आपका मन बार-बार अंदर चक्कर लगाकर ही आ रहा है। अगर इस तरह चलता रहा तो कभी-कभी, अभी-अभी हो जाएगा।

६१- अपाहिज इंसान का सवाल

क्या मैं ईश्वर की रचना देख सकता हूं

जिज्ञासु: मैं अंधा और गूंगा हूं, मैं भगवान और उसकी कुदरत को देखना चाहता हूं, क्या यह मुमकिन है?

सरश्री: यह मुमकिन है क्योंकि आप अंधे हैं, गंदे नहीं हैं। वर्ना लोग बहाने देते रहते हैं कि 'क्या करें, गंदा है पर धंधा है।' ऐसे लोगों के साथ ईश्वर का साक्षात्कार कभी नहीं होता। यहां पर 'गंदे' का अर्थ है, जहां चेतना का स्तर गिर चुका है, जहां इंसानियत नष्ट हो चुकी है। धर्म के नाम पर सब कुछ करने की तैयारी में नारे लगाकर लोग अपने आपको

सही सिद्ध कर रहे हैं। ऊपर से यह कह रहे हैं कि 'हम कुछ बुरा नहीं कर रहे हैं; क्या करें, ऐसा करना पड़ता है; धंधा है, मजबूरी है।' इसलिए कहा गया, 'अंधे हैं, गंदे नहीं' क्योंकि ईश्वर का साक्षात्कार बाहर की आंखों या बाहर की ज़ुबान से संबंधित नहीं है। अपने होने का अहसास करने के लिए बाह्य इंद्रियों की ज़रूरत नहीं है। यह अहसास हरेक अपने अंदर कर सकता है। वर्ना अंधे, बहरे-गूंगे इस अहसास को कभी जान नहीं पाएंगे। जबकि यह सभी के लिए संभव है। जो भी ज़िंदा है, उसके लिए संभव है। इस अहसास के लिए इंसान का ज़िंदा होना काफ़ी है।

आगे इन्होंने कहा है, 'क़ुदरत को देखना चाहता हूं' तो यह समझें कि क़ुदरत वाक़ई में अंदर ही देखी जाती है। बाहर की आंखों से पेड़-पौधे देख लिए तो क़ुदरत देख ली, ऐसा न समझें। वह तो अक्स है, आईना है। वह तो सिर्फ़ याद दिलाता है, रिमाइंडर है, वह तो सिर्फ़ फ़ोटो है। फ़ोटो इतनी ख़ूबसूरत है तो असली चीज़ कैसी होगी! जैसे कुछ लोग बिना फ़ोटो देखे भी शादी करते हैं न! वे समझते हैं, फ़ोटो देखना ज़रूरी नहीं है। वैसे ही अंधे सोचेंगे कि अंधे हैं तो फ़ोटो नहीं देख पाएंगे। फ़ोटो नहीं देखा तो भी चल सकता है क्योंकि अंदर की आंख जो हरेक के पास है, ज्ञान मिलने के साथ वह खुलती है, सिर्फ़ उन्हें खुलना है।

६२- बुज़ुर्ग का सवाल

भूतकाल से अलग कैसे हो पाऊं?

जिज्ञासु: मैं भूतकाल के बारे में बहुत सोचता हूं, उससे अलग हो ही नहीं पाता लेकिन क्या अब मैं उससे मुक्त हो सकता हूं? मेरी तरफ़ से प्रयास किया जाता है, प्रार्थना की जाती है।

सरश्री: अगर भूतकाल के बारे में सोचना ही चाहते हैं तो और गहराई में जाएं। जब आप मां के गर्भ में थे वहां जाएं, जहां से आए हैं, वहां जाएं। इस जन्म के पहले, यह संसार बनने के पहले कहां थे, वह सोचें।

इसे समझें कोई चीज़ मर गई है तो आप उसे घर पर नहीं रखते।

उसी तरह बीती बातों को भी हमें मन में नहीं रखना है। ऐसा नहीं है कि भूतकाल बुरा है इसलिए उसे नहीं देखना है। भूतकाल मुर्दा है, मुर्दा चीज़ को इंसान भूल जाता है इसलिए उस पर ज़्यादा काम नहीं करना है, उस पर सोचते नहीं बैठना है –Past is not bad, it is dead– जिस तरह मुर्दे को आप जल्दी घर से निकालते हैं क्योंकि वह मर गया है, उसे ज़्यादा दिन घर पर नहीं रखते, उसे कफ़न ओढ़ाते हैं। उसी तरह भूतकाल को कफ़न ओढ़ाना है क्योंकि अब वह किसी काम का नहीं है। भूतकाल से कुछ काम की चीज़ें निकलें तो उसे रखें, कुछ शिक्षाएं सीखनी हैं तो उन्हें सीख लें और फिर उसे दफ़न कर दें।

इसके बावजूद भी भूतकाल में जाना चाहते ही हैं तो भूतकाल की गहराई में जाएं, जीवन के पहले जीवन (लाइफ़ बिफ़ोर लाइफ़) क्या था? उसे समझें, संसार बनने के पहले क्या था? इस पर मनन करें। इससे कुछ फ़ायदा हो सकता है।

खंड ६

सत्य की ओर जाने वाले मार्ग
आत्मसाक्षात्कार प्राप्ति की ओर जाने वाले मार्गों पर सवाल

६३- ध्यान मार्ग

ध्यान के पहले और ध्यान के दौरान क्या करें

जिज्ञासु: जब भी मेरे पति के साथ या मेरे घरवालों के साथ मेरा झगड़ा होता है तब मैं अपने विचारों पर नियंत्रण नहीं रख पाती। उस बात पर न सोचने के लिए मैं यह जानना चाहती हूं कि क्या इस समस्या को सुलझाने के लिए मैं कोई ध्यान विधि (मेडिटेशन) कर सकती हूं?

सरश्री: हां कर सकती हैं, ध्यान में यह संभव है। मन जिन विचारों से चिपक जाता है, उन्हें छोड़ता ही नहीं इसलिए बहुत सारी ध्यान विधियां बनाई गई हैं। नकारात्मक विचारों से ध्यान हटाने के लिए हर विधि काम की है। कोई छोटा सा प्रयोग भी आप करते हैं तो वह काम का है जिससे उस परेशानी से मन हट जाए। इसके लिए उच्च तरीक़े भी हैं।

पहले उस तनाव को स्वीकार करें कि तनाव आया है। फिर सोचें कि अब हम आगे क्या कर सकते हैं? कौन सा ध्यान कर सकते हैं? आपने जो भी ध्यान सीखा है, तनाव को दूर करने के लिए उसे कर सकते हैं। पूछताछ करें कि यह तनाव किसे आया है? कौन ध्यान हटा नहीं पा रहा है? कहां पर दर्द, पीड़ा या ऐंठन हो रही है? कहां पर ऐसी कोई तरंग है, जो परेशान कर रही है? ऐसे में शरीर को खींचकर ढीला छोड़

दें, शवासन में लेट जाएं, ठंडा पानी पिएं। इस तरह आप अपना ध्यान वहां से हटा पाएंगे। इस वक़्त आपकी अवस्था जैसी है, आप जो सीख चुके हैं, उसका इस्तेमाल ज़रूर कर सकते हैं।

ध्यान की विधियों का अभ्यास ध्यान की पुस्तकों द्वारा भी हो सकता है। जिससे आप सीखेंगे कि कैसे सांस पर ध्यान किया जाए या अलग-अलग तरह की सूक्ष्म आवाज़ें पकड़ी जाएं। आपने ध्यान को उस घटना से हटाकर कहीं पर भी लगा दिया तो देखेंगे कि कुछ समय के लिए आप क्रोध से बाहर आ गए। यह कुछ समय के लिए है। आगे हमें स्थायी इलाज पर भी जाना है, समझ भी बढ़ानी है। यह पूछताछ करनी है कि यह तनाव किसलिए आता है? क्यों आता है? प्रेशर कुकर की सीटी क्यों बजती है? श्रवण, पठन, मनन बढ़ाएंगे तो क्रोध आने के पीछे के असली कारण को जानकर उससे आप हमेशा के लिए छुटकारा पा सकते हैं।

६४- ध्यान मार्ग

शरीर ग़ायब करने के लिए ध्यान न करें

जिज्ञासु: ध्यान के समय पहले माथे पर तनाव आता है तो ध्यान में बाधा लगती है और अब तक मुझे शरीर ग़ायब होने का अनुभव नहीं हुआ, कृपया मार्गदर्शन करें।

सरश्री: जब आप ध्यान में बैठते हैं तो आप दिमाग़ पर तनाव लाते हैं क्योंकि आपके द्वारा बहुत कोशिश की जा रही होती है। जिस तरह आप बिना लेटे, तनाव के साथ बैठकर यह कोशिश करें कि 'मुझे नींद आए, नींद आए, जल्दी नींद आए' तो नींद नहीं आएगी। जैसे ही आप बिना कुछ किए सिर्फ़ लेट जाते हैं तो नींद आने की संभावना होती है। ठीक उसी तरह मेडिटेशन का अर्थ है, 'कुछ नहीं करना।'

यह समझें कि हम ध्यान (मेडिटेशन) में क्या करते हैं? ध्यान में हम तीसरे नेत्र पर एकाग्रता करते हैं, वहां तनाव देते हैं कुछ पाने के लिए, कुछ खोजने के लिए। मगर खोजी को कहा जाता है कि 'तुम ही

खो जाओ, तुम खोजो नहीं, तुम खो जाओ।' तब यह तनाव निकल जाता है और व्यक्ति हृदय (हार्ट, तेजस्थान) पर आ जाता है, आराम से बैठता है।

आगे उन्होंने यह सवाल पूछा है कि 'अब तक शरीर ग़ायब होने का अनुभव नहीं आया?' जिसका जवाब है, शरीर को ग़ायब करने के लिए ध्यान नहीं करना है। ध्यान में शरीर ग़ायब होता है, यह सही बात है मगर शरीर ग़ायब करने के लिए ध्यान नहीं करना है। ध्यान में शरीर ग़ायब हो या न हो, उसकी चिंता आपको बिल्कुल नहीं करनी है। शरीर ग़ायब होना यानी शरीर का अहसास ग़ायब होना। इसे कोई ऐसा न पकड़े कि अब यह शरीर दूसरों को नहीं दिखेगा। आपका शरीर दूसरे लोगों को दिख रहा है मगर आपको उसका अहसास नहीं हो रहा है। आप उसमें पूरी तरह खो गए हैं मगर शरीर को ग़ायब करने के लिए हम ध्यान नहीं करते, यह ध्यान में रखना है। शरीर ग़ायब होने के उद्देश्य से ध्यान करेंगे तो सब गड़बड़ हो जाएगी।

ये बातें ध्यान में रखें और समझें कि ध्यान क्या है? ध्यान हमारे शरीर में अनुशासन लाने के लिए है कि कौन सी चीज़ कैसे प्राप्त होती है? किस अनुशासन से प्राप्त होती है? क्या नियंत्रण करने से प्राप्त होती है? इसकी कला आपको आ जाए। ध्यान में यह समझ रखें कि ध्यान को व्यवधान न बनाएं वर्ना लोग व्यवधान करते हैं और उसे ध्यान का नाम देते हैं।

व्यवधान का अर्थ है 'रुकावट।' व्यवधान आया यानी रुकावट आई। लोग सोचते हैं कि शरीर का अहसास ग़ायब हो गया, ऐसी-ऐसी लाइट दिखी तो अगली बार भी यही दिखे, अगली बार भी शरीर का अहसास न हो और उसी अपेक्षा से ध्यान करते हैं। यदि ध्यान में कभी मस्तिष्क जड़ होता है, सिर चकराता है तो लोग समझते हैं कि 'अच्छा ध्यान नहीं हो रहा है।' जब ध्यान को सही ढंग से देखने की कला आ जाएगी तो आपको ध्यान आ गया, ऐसा कहा जा सकता है। फिर उस ध्यान में सिर चकराए, हाथ-पैर सुन्न हो जाएं इत्यादि महत्वपूर्ण नहीं है।

वह हो या न हो, महत्वपूर्ण यह है कि उसे सही ढंग से देखने की कला आई है क्या? पैर सुन्न हो गए तो उसे कैसे देखा? 'अरे मेरा पैर सुन्न हो गया, क्यों हो गया? मैंने तो सुना था कि शरीर का अहसास ग़ायब होता है, फिर भी ऐसा नहीं हुआ...' इत्यादि प्रश्न उठे यानी आप ध्यान को सही ढंग से समझ नहीं पाए।

लक्ष्य भूलकर हम इन बातों में न उलझ जाएं लाइट दिखी या नहीं? अमृतपान हुआ या नहीं? तरंग आई या नहीं? बल्कि मूल लक्ष्य ध्यान में रखें। आप कौन हैं और आपका क्या लक्ष्य है? यह दृढ़ता बढ़ानी है।

जिस तरह नींद की तैयारी करते वक़्त तकिया लिया जाता है, चादर रखी जाती है, सिरहाने पानी का गिलास रखा जाता है, दूध पीते हैं, आवश्यकता अनुसार वे सब क्रियाएं की जाती हैं, जो करनी ज़रूरी है। मगर एक बार उन्हें कर लेने के बाद आप शांत हो जाते हैं। 'नींद आई कि नहीं?' यह चेक नहीं करते रहते। आपको पता है अगर चेक करेंगे तो थोड़ी बहुत जो नींद आ रही होगी, वह भी भाग जाएगी। उसी तरह ध्यान के पहले कुछ प्रयास किया जाता है, प्रार्थना की जाती है, सही आसन (पोस्चर) में बैठा जाता है तो वह तैयारी है, वह ध्यान नहीं है। उस समय यह नहीं सोचना है कि 'शरीर ग़ायब हुआ कि नहीं?' तैयारी के लिए प्रयास करें मगर जैसे ही तैयारी हो जाए तो बाक़ी सब छोड़ दें।

६५- ध्यान मार्ग

जो सदा से था, है और रहेगा वह जानें

जिज्ञासु: शिविर में एक बार जब अपने हृदय (तेजस्थान) पर जाने की एक्सरसाइज़ दी गई थी तब तेजस्थान पर जाकर कोई प्रकाश नहीं दिखाई दिया। फिर मनन करते समय बंद आंखों के सामने एक प्रकाश दिखाई दिया, वहीं पर एकाग्रता हुई और मौन में जाना हुआ तब बहुत आनंद आया। यह कौन सी अवस्था है?

सरश्री: इन्होंने पूछा है कि जब हम तेजस्थान पर गए तो कोई प्रकाश नहीं दिखा, मनन कर रहे थे तो अंदर प्रकाश दिखा। इसे समझें

कि आपको यह प्रकाश किस प्रकाश में दिखा? प्रकाश को देखने के लिए एक प्रकाश चाहिए। बिना प्रकाश के प्रकाश नहीं देखा जा सकता। आप अंदर जाते हैं तो अंदर सब अंधेरा दिखता है। पूछा जाता है-यह अंधेरा किस प्रकाश में दिखा? वह प्रकाश महत्वपूर्ण है।

लोग जब यह भूल जाते हैं तब उसी प्रकाश को मंज़िल मान लेते हैं। प्रकाश दिखा तो समझें कि यह माइल स्टोन (मील का पत्थर) है, आगे बढ़ने का सिग्नल है। यात्रा के दौरान आपको रास्ते में माइल स्टोन दिखाई देते हैं तो आप उस पर बैठ नहीं जाते। आप उसे देखते हैं और आगे बढ़ जाते हैं। उसी तरह मनन करते वक़्त यदि प्रकाश दिखाई दे तो हमेशा यह समझ हो कि आज प्रकाश दिखा, देखें आगे क्या दिखाई देता है! इसमें आपको अटकना नहीं है क्योंकि प्रकाश जिस प्रकाश में दिखाई देता है वह प्रकाश जानना अनुभव है और आपको अनुभव पर स्थापित होना है।

यह ग़लती ध्यान (मेडीटेशन) करने वालों से अक्सर होती है। उन्हें प्रकाश ज़्यादा शक्तिशाली लगता है, परिणामकारक लगता है। उन्हें लगता है कि प्रकाश दिखा यानी परिणाम मिला। मगर वह प्रकाश किस प्रकाश में दिखा, यह उन्हें महत्वपूर्ण नहीं लगता। ध्यान करते वक़्त जब उन्हें कुछ भी समझ में नहीं आया, सब ब्लैंक (शून्य) हो गया, वह ब्लैंकनेस उन्हें परिणाम नहीं लगा।

प्रकाश दिखना मन को अच्छा परिणाम लगता है कि कुछ तो अनुभव आया। यह कुछ तो सब कुछ न बन जाए इसलिए दोनों पहलुओं को पकड़ना है। फिर सवाल पूछने वाले ने पूछा है, 'प्रकाश दिखा, मौन में जाना हुआ तो बहुत आनंद आया मगर बाद में उसके साथ तोलू मन (तुलना करने वाला मन) भी आया कि यह अनुभव वापस चाहिए।' ध्यान की इस अवस्था में आपको तोलू मन की जानकारी होनी चाहिए। मन बजाय अनुभव को महत्व देने के ध्यान में मिलने वाली अनोखी, नई चीज़ों को ज़्यादा महत्व देता है। मन की इसी ग़लती की वजह से स्वअनुभव में स्थापित होना कठिन हो जाता है। जिस प्रकाश (अनुभव)

के प्रकाश में सारे अनुभव दिखाई देते हैं, वही सबसे ज़्यादा महत्वपूर्ण है, जो सदा से था, है और रहेगा। बाक़ी सारे शरीर के अनुभव आते-जाते रहेंगे। शरीर के इन अनुभवों में हमें नहीं फंसना है।

६६ – ध्यान मार्ग

कुछ नहीं 'कुछ नहीं' नहीं है

जिज्ञासु: आज की अवस्था ऐसी है कि मैं जब ध्यान के लिए बैठता हूं तो पहले कुछ जवाब आते हैं और बाद मैं मौन में चला जाता हूं। इसमें थोड़ी शंका है कि साधना सही ढंग से चल रही है या नहीं?

सरश्री: शुरुआत में ऐसा होगा क्योंकि अनुभव की पहचान नहीं हुई है। अनुभव सामने भी आ जाए तो आप उसे नहीं पहचानेंगे क्योंकि आप किसी और कल्पना में हैं। कुछ और देखना चाहते हैं। जैसे आपने इडली का ऑर्डर दिया और कोई चौकोर इडली आपके सामने रखकर जाए तो आप उसे देखकर भी नहीं देखेंगे क्योंकि चौकोर इडली कभी आपने देखी नहीं। जब भी आपको इडली मिली तो गोल ही मिली है, अलग आकार में आई ही नहीं। कोई चौकोर और लाल रंग की इडली रखकर जाए और आप बैठे हैं कि 'गोल इडली का मेरा ऑर्डर कब आएगा?' तो आपको कहा जाएगा कि आपका ऑर्डर तो आ चुका है।

वैसे ही इस सवाल में आपने देखा पहले कुछ सवाल आते हैं, बाद में मौन में चले जाते हैं। वहीं तो जाना है और कहां जाना है? जब तक यह समझ प्राप्त नहीं हुई तब तक अगर मौन आया भी तो हम कहेंगे कि कुछ भी नहीं हुआ मगर यह पंक्ति बार-बार कही जाती है कुछ नहीं, 'कुछ नहीं' नहीं है। ध्यान के बाद ही जो 'कुछ नहीं' हमारे अंदर आता है, वह 'कुछ नहीं' कुछ नहीं, नहीं है। वह 'कुछ नहीं' ही सब कुछ है।

आगे उन्होंने पूछा है 'बाद में मौन में चला जाता हूं, इस पर थोड़ी शंका है कि साधना सही ढंग से चल रही है या नहीं?' तो कोई शंका रखने की आवश्यकता नहीं है। साधना सही ढंग से चल ही रही है। सिर्फ़ जो यह जांच करना चाहता है, उसे समझ देनी है तो वह चुप हो जाएगा

वर्ना साधना खंडित हो जाती है।

६७- ध्यान मार्ग

प्रार्थना से शुरुआत, ध्यान पर अंत

जिज्ञासु: प्रार्थना क्या है? ध्यान क्या है? कौन ज़्यादा महत्वपूर्ण है - प्रार्थना या ध्यान?

सरश्री: प्रार्थना ध्यान के पहले की जाती है, जो ध्यान में उतरने के लिए मदद करती है। फिर ध्यान में जब हम पूर्णत: पहुंच (स्थापित हो) जाते हैं तब सबसे बड़ी प्रार्थना शुरू होती है। जब हम वाक़ई ध्यान में उतर जाते हैं तो प्रार्थना शुरू होती है, वहां शब्द नहीं होते। जो शरीर पूर्णत: उस अवस्था में पहुंच जाता है यानी वह ग्रहणशील (रिसेप्टिव्ह) बन जाता है तो उसके लिए इससे बड़ी प्रार्थना नहीं हो सकती कि उसके शरीर से अहंकार ग़ायब हो गया, हट गया। उस इंसान का मात्र होना ही सबसे बड़ी प्रार्थना है। यह प्रार्थना बहुत सारी चीज़ों का सृजन (क्रिएशन) करती है। ध्यान की शुरुआत प्रार्थना से होती है, जिससे भाव तैयार होने में मदद मिलती है ताकि ध्यान में आसानी हो। प्रार्थना में बैठने से जिस उद्देश्य से ध्यान कर रहे थे, वह होने लगेगा।

जब हम प्रार्थना में हाथ जोड़ते हैं, झुकते हैं, एक आसन में बैठते हैं तब ये सब बातें ध्यान में जाने के लिए मदद करती हैं। कुदरत को संकेत देती हैं कि ईश्वर हमारे द्वारा काम करे। इस तरह इंसान को प्रार्थना के द्वारा ईश्वर की मदद मिलती है। एक अकड़े हुए इंसान को ईश्वर कभी मदद नहीं कर पाएगा। व्यक्ति जितना अहंकारी होता है, उतनी वहां पर ईश्वर की अभिव्यक्ति कम होती है और व्यक्ति की अभिव्यक्ति ज़्यादा होती है।

इस तरह अगर सोचा जाए तो प्रार्थना और ध्यान दोनों एक ही हुए। अगर आरंभिक दृष्टिकोण से सोचें तो प्रार्थना से शुरुआत होती है और ध्यान पर अंत। आप किस तरह इसे देख रहे हैं, उस तरह से इसका जवाब होगा।

६८- ध्यान मार्ग

साक्षी होकर मन के विचार कैसे देखें

जिज्ञासु: मन के विचार कैसे देखे जाते हैं?

सरश्री: मन के विचार साक्षी होकर देखे जाते हैं। यदि आपसे कोई सवाल पूछें कि आप आवाज़ कैसे सुनते हैं? तब आप उसका जवाब शब्दों में नहीं दे पाएंगे क्योंकि यह अनुभव करने की बात है, बताने की नहीं। उसी तरह मन के विचारों को भी आप देख नहीं सकते बल्कि उसका अनुभव कर सकते हैं। इसे एक उदाहरण से समझें, 'कभी-कभी आप आंखें बंद करके बैठते हैं और किसी गाने की धुन आपके अंदर चलती रहती है। आपको वह गाना सुनाई भी देता है मगर क्या वह गाना आपके कान सुनते हैं?' जवाब में आप कहेंगे कि 'नहीं, अंदर की धुन बाहर के कान नहीं सुन सकते। वह धुन तो अंदर चलती है।' अंदर चलने वाली धुन आप कैसे सुनते हैं? जिस तरह से अंदर की धुन बजती है, बिल्कुल वैसे ही अंदर से संगीत भी सुनाई देता है। कई बार आपको जो गाना याद भी नहीं होता है, वह भी सुनाई देने लगता है। यह कितना आश्चर्य है!

ठीक उसी तरह जब मन में विचार चलते हैं तब वे विचार स्वसाक्षी द्वारा जाने जाते हैं क्योंकि हमारे अंदर सजगता (अवेअरनेस) है, जिसे चेतना (कॉन्शसनेस), स्वसाक्षी (सेल्फ़) भी कहा जाता है। उस चेतना के अंदर ही हर चीज़ प्रकट हो रही है।

जैसे दीवाली में हवाई उठती है, आसमान में जाकर फटती है और चारों तरफ़ फैलकर विलीन हो जाती है। जानने वाला सिर्फ़ यह जानता है कि हवाई उठी और वह विलीन हुई। उसी तरह चेतना के आकाश में भी एक-एक विचार उठ रहा है, फैल रहा है और विलीन हो रहा है। दूसरा विचार उठ रहा है, फैल रहा है और विलीन हो रहा है। यदि आप यह रहस्य समझेंगे तो हर हवाई का आनंद ले पाएंगे। दीवाली में तो आप हवाइयों का आनंद लेते ही हैं। हवाइयां कोई और जलाता है किंतु

आनंद आप लेते हैं। उसी तरह आपने कभी विचारों का आनंद लिया है कि कितने मज़ेदार विचार आ रहे हैं, जैसे 'मेरा क्या होगा?'

दीवाली में अगर किसी ने ऐसी हवाई का आविष्कार किया होता, जिसे आसमान में छोड़ते ही कुछ शब्द लिखकर आए। जैसे 'मेरा क्या होगा?' यह पंक्ति आसमान में तुरंत दिखाई दे। तब ऐसी हवाई देखकर आपको दुख होगा या मज़ा आएगा? आप कहेंगे, 'कितना बढ़िया आविष्कार है! इस हवाई से मेरे मन का विचार आसमान में लिखकर आया।' उस समय आपको यह महसूस होगा कि हमारे अंदर विचारों का उठना और विलीन होना किसी चमत्कार से कम नहीं है। क्या-क्या विचार मन में आते हैं? लेकिन जब आप उन विचारों से चिपक जाते हैं तब आपको ऐसा लगता है कि 'यह मेरे साथ ही हो रहा है' इसलिए आप दुखी हो जाते हैं। वर्ना आप हर हवाई का, हर विचार का आनंद ले सकते हैं। जब आप हर घटना को अदृश्य होकर देखेंगे तब सब मज़ा दिखाई देगा और दूसरी तरफ़ से आप विचारों को सही दृष्टिकोण से देखने की कला भी सीख पाएंगे।

मन के विचार कैसे देखे जाते हैं, यह अनुभव करने की बात है। जैसे दीवाली में आप हवाइयां देखते हैं और उस समय यदि किसी ने आपसे यह सवाल पूछा कि 'आप ये हवाइयां कैसे देख रहे हैं?' तो आप यही कहेंगे कि 'यह बताने की नहीं बल्कि अनुभव करने की बात है।' उसी तरह कोई पूछे कि 'आप अंदर का संगीत कैसे सुनते हैं? किस इंद्रिय द्वारा सुनते हैं? कान से सुनते हैं या आंख से?' तब कहा जाएगा कि 'ये इंद्रियां अंदर का संगीत सुनने के लिए काम में नहीं आती हैं।'

वह चैतन्य, सजगता, स्वसाक्षी (सेल्फ़) हर वक़्त उपलब्ध है, गहरी नींद में भी उपलब्ध है। गहरी नींद में भी वह जाग रहा है, जान रहा है। जब कुछ भी नहीं है तब उस 'कुछ नहीं' को भी वह जान रहा है इसलिए तो आप सुबह उठकर कहते हैं कि 'कल रात मुझे बहुत अच्छी नींद आई।' इस अच्छी नींद को किसने चेक किया? आपको पता चला कि अच्छी नींद आई क्योंकि उस समय उस अवस्था को जानने वाला

उपलब्ध था और आप जानने वाले हैं, न कि शरीर। यह बात आपको जितनी पक्की होती जाएगी, उतना जल्दी आप उस चेतना में स्थापित होने लगेंगे।

६९- कर्म मार्ग

मुर्दा कर्म न करें

जिज्ञासु: कौन सा कर्म पूर्ण कर्म है?

सरश्री: जिस कर्म में कर्मात्मा हो, वह पूर्ण कर्म है। 'कर्मात्मा' का अर्थ है कर्म की आत्मा। बिना आत्मा के कर्म मुर्दा होता है। हमसे जो भी कर्म हो रहे हैं, वे ऐसी आत्मा रखें, जिससे मोक्ष का दरवाज़ा खुले।

मोक्ष मिलने से पहले भी कर्म होते हैं और मोक्ष मिलने के बाद भी कर्म होते हैं मगर दोनों कर्म अलग-अलग होते हैं। दोनों कर्मों को हम एक ही नाम से पुकारेंगे तो भ्रम तैयार होगा। अत: दोनों कर्मों के लिए अलग-अलग शब्द बनाए जाते हैं ताकि लोगों को पता हो कि निश्चित रूप से उन्हें ऐसे कर्म करने हैं, जिनसे बंधन न बने, जिनसे मोक्ष का दरवाज़ा स्वयं के लिए तथा दूसरों के लिए भी सदा खुला रहे। जो ऐसा कर्म करता है या जो ऐसे कर्म की आत्मा जगाता है, उसे 'कर्मयोगी' कहा जाता है। कर्मयोगी, कुदरत द्वारा मिले कर्म संकेत समझ पाता है। उस कर्म संकेत पर जो कर्म वह करता है, वही कर्म उसके लिए मुक्ति का दरवाज़ा खोलता है।

कर्मात्मा के तीन हिस्से हैं प्रेम, भावना और प्रज्ञा। कर्मात्मा का महत्वपूर्ण हिस्सा है 'प्रज्ञा।' प्रज्ञा (समझ) जगने में जो समय लगता है, वह अति महत्वपूर्ण है। यदि प्रज्ञा मर गई तो समझें कि कर्म की आत्मा मर गई। लोग जो कर्म कर रहे हैं उनमें यदि प्रज्ञा नहीं है, समझ नहीं है तो वे कर्म बिना आत्मा के हैं। हमें आत्माहीन कर्म नहीं करने हैं क्योंकि ऐसे कर्म दुख के अलावा कुछ नहीं लाते। हमसे ऐसे कर्म हों, जिनमें प्रज्ञा हो, कर्मात्मा हो।

प्रेम, भाव और प्रज्ञा के संगम से कर्मात्मा का जन्म होता है। कर्म

के साथ यदि प्रेम हो, भक्ति हो तो वह कर्म अव्यक्तिगत (इम्पर्सनल) हो पाता है। यदि कर्म में प्रेम, भाव या प्रज्ञा इसमें से एक भी कम है तो कर्म की आत्मा कमज़ोर है। प्रेम, भाव और प्रज्ञा तीनों बराबर हों तो कर्मात्मा बलवान है।

लोग कर्म तो कर रहे हैं मगर उसमें कर्मात्मा नहीं है। जब हमारे कर्म में प्रेम, भाव और प्रज्ञा ये तीन बातें हैं और प्रेम के साथ आसक्ति (मोह) नहीं है तब कर्म का बंधन नहीं बनता। जब फल ईश्वर को समर्पित होता है यानी कर्मात्मा में अकर्ता भाव है तब फल के साथ आसक्ति नहीं रहती और कर्म का बंधन नहीं बंधता। प्रेम भाव-अकर्ता भाव-प्रज्ञा भाव कर्मात्मा की जान है इसलिए हर कर्म के पीछे क्या भाव है, यह जानना महत्वपूर्ण है।

हर कर्म सुंदरता और प्रेम से किया जा सकता है लेकिन कर्म की क्रिया उच्चतम तरीक़े से कैसे की जाए, इसकी जानकारी होनी आवश्यक है। जैसे बिना प्रेम भाव के कर्म अधूरा है, वैसे ही बिना ज्ञान, समझ के कर्म अपाहिज है। अत: जो कर्म आप सुबह से लेकर रात तक करते हैं, उसे कर्मात्मा अनुसार जांचकर देखें। कहीं हमारे कर्म अधूरे या अपाहिज तो नहीं हैं? छोटे-छोटे कार्य भी कर्मात्मा को ध्यान में रखकर किए जाएं। केवल ज्ञान, केवल भक्ति या केवल कर्म परिणाम नहीं ला सकता। यदि आपके पास ज्ञान की आंखें हैं तो उसे कर्म के पांव भी होने चाहिए। अकेला ज्ञान, अकेली भक्ति और अकेला कर्म तीनों एक-दूसरे के बिना अधूरे हैं। बंधनरहित जीवन जीने के लिए ज्ञान, कर्म और भक्ति तीनों का तालमेल होना ज़रूरी है। बंधनरहित जीवन जीने के लिए यह समझ होनी बहुत महत्वपूर्ण है कि तीनों मार्ग तीन नहीं बल्कि एक ही हैं।

७०- कर्म मार्ग

कर्म और फल, फल और बल

जिज्ञासु: क्या सभी कर्मों के फल मिलते हैं? कौन से कर्मों के फल तुरंत मिलते हैं और कौन से कर्मों के फल कुछ समय के बाद मिलते हैं?

सरश्री: सभी कर्मों के फल और बल हमें मिलते हैं। कर्म अलग-अलग तरह के होते हैं। जैसे आपने कोई परीक्षा दी तो आपको उसका परिणाम आने तक इंतज़ार करना पड़ता है। कुछ महीने परीक्षा का परिणाम आने तक आप इंतज़ार करते हैं। हालांकि परीक्षा का परिणाम आने की शुरुआत तो पेपर्स देने के साथ ही हो चुकी है मगर आपके हाथ में वह परिणाम आने तक कुछ समय लगता है।

कुछ कर्म ऐसे होते हैं जिनका फल तुरंत आता है। जैसे एक इंसान ने कोई अफ़वाह फैलाई, वह तुरंत ही एक से दूसरे तक पहुंचती है, दूसरे से तीसरे तक पहुंचती है और जब घूमकर फिर उसी इंसान के पास वह अफ़वाह पहुंचती है, तब उसे उसका फल मिलता है। वह समझ जाता है कि इससे क्या हानि हुई है। हालांकि कर्म करने के साथ ही उसका फल बनना शुरू हो जाता है। जैसे सत्य जानने और सत्य का श्रवण करने के साथ ही इंसान का रोग मिटना शुरू हो जाता है मगर हम अपने आपको तुरंत स्वस्थ महसूस नहीं करते क्योंकि उसका परिणाम दिखने में समय लगता है।

कुछ कर्मों के फल प्रकट होने में देरी लगती है इसलिए इस तरह की समझ बनी है कि कुछ कर्मों के फल तुरंत आते हैं और कुछ कर्मों के फल बाद में आते हैं। इंसान की पहुंच केवल प्रकट रूप तक ही सीमित है। 'जो प्रकट होता है, वह हुआ,' ऐसा इंसान मानता है और 'जो प्रकट नहीं हुआ, वह नहीं हुआ,' ऐसा वह मानता है। इंसान की संवेदनशीलता जितनी बढ़ेगी, उतना वह ज़्यादा समझ पाएगा कि 'कर्म का फल (बल) तो तुरंत आ ही रहा है सिर्फ़ हमें दिखाई नहीं देता क्योंकि हमारी इंद्रियों की पहुंच बहुत सीमित (limited) है।'

यदि इंसान के कर्मों का फल अगले जन्म में मिलता तो कोई इंसान कभी भी मुक्त नहीं होता क्योंकि पुराने कर्म के फल भुगतते वक़्त इंसान से नए कर्म हो जाते हैं। इस तरह इंसान को कभी मुक्ति नहीं मिलती। सत्य यह है कि आपने कर्म किया, उसका फल (बल) तुरंत आया, आपने वह बल भुगता। कर्म का फल यानी असल में कर्म से बनने वाला

संस्कार है, जो एक आदत का रूप लेकर हमसे बार-बार वे ही कर्म करवाता है। ये आदतें, वृत्तियां ही असल में कर्म के फल हैं। जिनसे सावधान रहने के लिए सभी संतों ने आगाह किया है।

यदि प्यास लगने पर आपने पानी पिया तो पानी पीने का कर्म करते ही आपको संतुष्टि का बल मिलता है। आपने किसी बीमार इंसान की सेवा की, आपसे सेवा का कर्म हुआ तो संतुष्टि और आनंद का बल भी उस वक़्त ही उसी के साथ मिलता है। इसके लिए अगले जन्म तक इंतज़ार करने की कोई ज़रूरत नहीं है। आपको अपने द्वारा की गई सेवा का बल इस क्षण मिल रहा है, सिर्फ़ आप में सूक्ष्मता और समझ की नज़र होनी ज़रूरी है।

कुदरत इंसान को कर्म के बल का नमूना (सैंपल) उसी वक़्त देती है। सैंपल यानी जब आप कुछ ख़रीदारी करते हैं, जैसे अचार, चटनी या मसाला तब दुकानदार आपको पहले एक सैंपल टेस्ट करने के लिए देता है। इसी तरह जब आप किसी के लिए बुरा सोचते हैं तब कुदरत बल के रूप में आपको टेस्ट करने के लिए सैंपल देती है। वह सैंपल है-आपको अंदर से 'अच्छा न लगना।' अब आप ही सोचें कि कर्म का बल (सैंपल) ही इतना कड़वा है तो आगे आने वाला फल कितना कड़वा होगा! कर्म का कड़वा सैंपल कुदरत द्वारा दिया गया कर्म संकेत है। यदि आप इस संकेत को तुरंत समझकर योग्य कर्म करेंगे तो ही आप कुदरत का पुरस्कार प्राप्त कर पाएंगे। वह पुरस्कार है प्रेम, आनंद और परम संतुष्टि।

कर्म की आधी फ़िल्म देखकर अनुमान न लगाएं, पहले पूर्ण फ़िल्म देखें। किसी ने मध्यांतर के पहले की फ़िल्म देखी हो तथा किसी ने मध्यांतर के बाद की फ़िल्म देखी हो और दोनों अपने आपको सही साबित कर रहे हों तो वास्तव में दोनों के पास अधूरा ज्ञान है। अधूरे ज्ञान के आधार पर चर्चा करना यानी अपना और दूसरों का अमूल्य समय गंवाना है इसलिए पहला काम पहले करें –first things first. First things first यानी पहले पूर्ण कर्म ज्ञान, कर्मात्मा और कर्म संकेत प्राप्त करें, फिर

देखें कि कर्म का फल और बल कैसे, कब और कहां मिलता है।

७१- कर्म मार्ग

प्रतिकर्म - बेहोश और गुलाम कर्म है

जिज्ञासु: प्रतिकर्म यानी क्या? क्या वाक़ई में सभी कर्म प्रतिकर्म हैं? या कुछ कर्म हैं और कुछ प्रतिकर्म हैं?

सरश्री: 'प्रतिकर्म' यानी प्रतिक्रिया (रिएक्शन)। उदाहरण के लिए यदि एक इंसान ने आपको गाली दी तो आप भी उसे गाली देते हैं और अगर वह इंसान आपको गाली नहीं देता तो आप भी उसे गाली नहीं देते यानी आपका गाली देना या न देना उस इंसान पर निर्भर करता है। यह है 'प्रतिकर्म'। हर इंसान के द्वारा कर्म कम और प्रतिकर्म ज़्यादा होते हैं। किसी ने आपकी प्रशंसा की तो आप भी उसकी प्रशंसा करते हैं। अगर वह आपकी प्रशंसा नहीं करता तो आप भी उसकी प्रशंसा नहीं करते। ये सभी प्रतिकर्म हैं।

जब आप में कर्म विज्ञान का ज्ञान जागृत होगा तब सामने वाले ने आपकी प्रशंसा नहीं की तो भी आप उसका सम्मान ही करेंगे। अर्थात कोई आपकी तारीफ़ करे या न करे, इस पर आपका सम्मान देना निर्भर नहीं होगा। अब आप सत्य देख रहे हैं इसलिए सम्मान कर रहे हैं। सामने वाले के कुछ करने या न करने पर आपका कर्म निर्भर नहीं है। जब आपका कर्म दूसरों की क्रिया पर निर्भर होता है तब वह प्रतिकर्म होता है।

कोई कहे कि 'वातावरण ऐसा था इसलिए मुझे गुस्सा आया' तो यह प्रतिकर्म है, चाहे वह कर्म वातावरण पर निर्भर है। इंसान से सामने वाले की क्रिया के कारण प्रतिक्रिया होती है। उदाहरण के लिए कोई कहता है, 'अगर मेरा मित्र पढ़ाई करता है तो मैं भी पढ़ाई करूंगा।' यदि सामने वाले ने कहा, 'अब मैं रोज़ व्यायाम करूंगा' तो आप कहते हैं, 'मैं भी रोज़ व्यायाम करूंगा।' फिर सामने वाले ने कहा, 'मैं रोज़ श्रवण, पठन, मनन और सेवा करूंगा' तो आप कहते हैं, 'मैं भी रोज़ ऐसा ही करूंगा।' यह क्रिया प्रतिक्रिया है, जिसमें समझ नहीं है। समझ यह होनी

चाहिए कि 'सामने वाला व्यायाम करे या न करे मगर अपना स्वास्थ्य ठीक रखने के लिए मैं रोज़ व्यायाम करूंगा। यदि व्यायाम करना मेरे लिए अति आवश्यक है तो मैं व्यायाम करूंगा ही, सामने वाला व्यायाम करे, चाहे न करे।'

प्रतिकर्म में समझ नहीं होती। आपके आजू-बाज़ू में होने वाली घटनाएं तय करती हैं कि 'आप क्या करेंगे।' दो रुपए का अख़बार भी आपका स्वभाव बता सकता है कि आज आप क्या करने वाले हैं। वह बताएगा कि 'फ़लां राशि के लोग यह-यह करेंगे... इनका स्वभाव ऐसा है और आज वातावरण ऐसा है तो इन्हें बहुत तकलीफ़ होगी, ये बहुत चिड़चिड़ करेंगे।' इन बातों में उलझकर इंसान बेहोशी में जीवन जी रहा है, प्रतिकर्म कर रहा है। अब समझ के द्वारा आपको प्रतिकर्म से मुक्त होना है।

अज्ञान में कुछ लोग कहते हैं, 'आप सिर्फ़ अपना कर्म करें, आपको किसी सत्य श्रवण की ज़रूरत नहीं है।' ऐसे अज्ञानी लोगों को कहा जाता है कि यह बिल्कुल सही है कि इंसान सिर्फ़ अपना कर्म करे तो काफ़ी है मगर वह कर्म कर रहा है या प्रतिकर्म कर रहा है, यह ज़रूर देखें। वर्ना इंसान को जीवन के अंत में पता चलता है कि जिसे वह कर्म कह रहा था वह कर्म था ही नहीं। जैसे कोई अंधेरे (अज्ञान) में बिना रस्सी खोले पूरी रात नाव का चप्पू चलाता रहे तो नाव किनारे पर ही खड़ी रहेगी क्योंकि उस इंसान के द्वारा नाव की रस्सी खोलने का कर्म हुआ ही नहीं तो वह 'मंज़िल पर पहुंचने का फल' कैसे पाएगा? नाव की रस्सी खोलना यानी अज्ञान दूर करना।

जीवन जीते हुए हमें लगता है कि हम अपने कर्म कर रहे हैं मगर वास्तव में हम कर्म नहीं करते, हम प्रतिकर्म करते हैं। सामने वाले ने कुछ कर्म (action) किया तो हम उस पर प्रतिकर्म (रिऐक्शन) करते हैं। इसलिए हर कर्म करते समय अपने आपसे पूछें कि 'मैं कर्म कर रहा हूं या प्रतिकर्म?' क्योंकि आपके सभी कर्म अंतरप्रेरणा से न होते हुए बाहर की घटना से प्रेरित होकर होते हैं। इस तरह हम जीवन भर प्रतिकर्म ही

करते रहते हैं।

७२- कर्म मार्ग

कर्म बंधन से मुक्ति कैसे पाएं

जिज्ञासु: कर्म बंधन से मुक्ति कैसे मिले?

सरश्री: कर्म बंधन से मुक्ति के ८ उपाय जानें :

१. संस्कारों से मुक्ति पाएं: इंसान ज़्यादातर कर्म अपने संस्कारों (टेंडेंसीज़) के आधार पर करता है। वृत्ति, गहरे संस्कार कर्म बंधन का कारण हैं। ज्ञान मिलने के बाद भी अगर इंसान को अपनी वृत्ति से चिपकाव रहा तो वह वृत्ति उसे सत्य से दूर ले जा सकती है। वृत्तियों में उलझकर इंसान अपने असली लक्ष्य को फिर से भूल सकता है इसलिए इनसे मुक्ति पाना अति आवश्यक है। जो कर्म पुराने संस्कारों से किए जाते हैं, वे अज्ञान और बेहोशी में किए जाते हैं। अगर इंसान होश में आ जाए और नए कर्म करने लगे तो उसके कर्म संस्कार नहीं बनेंगे। होश ही इंसान के सभी ग़लत संस्कार तोड़ेगा, फिर चाहे वह इंसान कितना भी क्रोध करने वाला क्यों न हो, उसका होश में आना ही महत्वपूर्ण कर्म है।

२. हर वृत्ति से बचने के लिए प्रार्थना का कर्म करें: प्रार्थना ऐसा कर्म है, जो हमें कर्म के ऊपर के क़ानून की ओर ले जाता है। प्रार्थना में कृपा प्राप्त करने की शक्ति है इसलिए प्रार्थना करें। जब कुछ समझ में न आए तब निरंतर प्रार्थना करें। जब कोई टेंडेंसी (डर, लालच या वासना) आप पर हावी हो जाए तब वह वृत्ति (ग़लत आदत) विलीन होने तक प्रार्थना करते रहें। प्रार्थना और मंत्र जाप का कर्म आपको सजग करने और यह याद दिलाने के लिए है कि कैसे हम प्रेम, भक्ति से हर पुराने कर्म को भुगतते हुए नए तेज कर्म कर पाएं।

३. फल ईश्वर को समर्पित करें: हर घटना में मिलने वाला फल फिर चाहे वह नकारात्मक हो या सकारात्मक, दोनों ईश्वर को समर्पित

करने से उस फल से आसक्ति नहीं रहेगी, उससे चिपकाव नहीं होगा और वह फल कर्म बंधन का कारण नहीं बनेगा। उसी से इंसान को संतुष्टि प्राप्त होगी, उसी से मोक्ष मिलेगा।

४. बिना आसक्ति और चिपकाव के कर्म करें: कर्म को पहले प्रतिकर्म, आसक्ति और चिपकाव से मुक्त करेंगे तो ही मोक्ष का दरवाज़ा खुलना शुरू होगा। उदाहरण के लिए आपने पेन का इस्तेमाल करते-करते अपने आपको ही पेन मान लिया यानी 'मैं यह पेन हूं' तो आपका काग़ज़ से चिपकाव होने ही वाला है। फिर आपकी लिखावट आपको अभिव्यक्ति नहीं लगेगी। जब आप पेन से अलग हो जाएंगे तब जो भी लिखेंगे वह आपकी अभिव्यक्ति होगी। वहां पर कर्म का बंधन नहीं बनेगा। यदि जीवन अव्यक्तिगत और अनासक्त बन गया तो उसमें कर्म का बंधन नहीं बनता। बिना चिपकाव (मोह) के किए गए कर्म संचित नहीं होते।

५. संवेदनशीलता बढ़ाएं: घटना होने के बाद और कर्म करने से पहले, बीच में जो समय है, वह बहुत छोटा सा है, उसमें ही सजग हो जाना है। इसी समय में होश के साथ कर्म किया जा सकता है। हालांकि यह समय आपको बहुत छोटा सा लगेगा लेकिन यही समय बंधन मुक्ति का स्थान है। घटना हो गई और आपने कोई प्रतिक्रिया की तो अब आप उसे बदल नहीं सकते। इसलिए घटना होने के बाद, कर्म करने से पहले जो समय है, उस समय में सजग होने के लिए आपको अपनी संवेदनशीलता बढ़ानी चाहिए।

६. प्रतिक्रिया से कर्म को मुक्त करें: जब इंसान के कर्म प्रतिक्रिया से मुक्त हो जाएंगे तब कर्म बंधन नहीं बनेगा। प्रतिक्रिया यानी सामने वाले ने गाली दी इसलिए आपने भी गाली दी तो आप बंधन में हैं और आपका कर्म भी बंधन में है। बंधन में बंधा हुआ कर्म सिर्फ़ बंधन ही लाता है। सबसे पहले कर्म करते वक़्त अपने आपसे पूछें कि 'यह कार्य मैं अपनी समझ से कर रहा हूं या सामने वाले के व्यवहार को देखकर कर रहा हूं? सामने वाले ने मेरी तारीफ़ नहीं

की तो क्या इसलिए मैं उसका सम्मान नहीं कर रहा हूं या सामने वाला जो भी करे लेकिन मैं सही प्रतिसाद ही दूंगा?' समझ की मशाल ही हमारा मार्गदर्शन करे, लोगों का व्यवहार हमारी मशाल कभी न बने। लोगों का व्यवहार बदलता रहेगा लेकिन हमारी समझ की मशाल कभी न बदले।

७. **अपने जीवन को अव्यक्तिगत बनाएं:** जीवन जब व्यक्तिगत होता है, सीमित होता है, एक व्यक्ति के लिए या अहंकार के लिए होता है और 'मैं शरीर हूं' इस अज्ञान की वजह से चलता है तब उस इंसान से जो क्रियाएं होंगी, वे बंधन ही बनाएंगी। अव्यक्तिगत जीवन से जो क्रियाएं होती हैं उनसे बंधन नहीं बनता। अत: इंसान के द्वारा ऐसे अव्यक्तिगत, दूसरों के लाभ के लिए कर्म हों, जिनसे बंधन न बने।

८. **तेज समझ प्राप्त करने का कर्म करें:** कर्म बंधन से मुक्त होने के लिए समझ का महान कर्म करें। समझ प्राप्ति ही सबसे महान कर्म है। समझ के द्वारा ही कर्म बंधन की जड़ तक पहुंचें और उससे मुक्ति पाएं। अगर कर्म करते वक़्त ज्ञान, होश और समझ हो तो ऐसे कर्म, बंधन का कारण नहीं बनेंगे।

७३- कर्म मार्ग

कर्म करें, फल की इच्छा न करें

जिज्ञासु: कर्म करें फल की इच्छा क्यों न करें?

सरश्री: इस सवाल के जवाब को गहराई से समझने के लिए आगे दिए गए ८ कारणों पर मनन करें।

निराशा होती है – कर्म का फल यदि जल्दी न दिखाई दे तो इंसान निराश हो जाता है। निराशा से बचने के लिए उसे बताया जाता है कि 'कर्म करें, फल की इच्छा न करें। फल में ध्यान न लगाएं बल्कि कर्म में ध्यान लगाएं।' वर्ना थोड़ा कर्म करके इंसान जांचता रहता है कि फल आया या नहीं। फल नहीं आया तो वह निराश होकर कहता है, 'कर्म

करना छोड़ देते हैं।'

भावना लुप्त होती है - इंसान जब काम शुरू करता है तब उसका पूरा ध्यान काम पर यानी कर्म पर होता है। फिर कर्म करने के बाद उसका फल आता है। फल देखकर इंसान उस फल में ध्यान देने लगता है। उसे लगता है, 'यह मेरा फल है और इसे कोई दूसरा ही चबा रहा है, वह मेरे कर्मों का श्रेय (क्रेडिट) ले रहा है, यह कैसे हो सकता है? अब मैं उसे मज़ा चखाऊंगा, अपना फल छिपाकर रखूंगा।' इस प्रकार फल आने के साथ इंसान की बहुत सारी शिकायतें शुरू हो जाती हैं और कार्य शुरू करते समय की शुद्ध भावना ख़त्म हो जाती है।

चैनल से फल प्राप्त करने की इच्छा होती है - इंसान से बार-बार यह ग़लती होती है कि वह कर्म करता है और फल की इच्छा सोर्स से नहीं बल्कि चैनल (माध्यम) से करता है। इसलिए कहा गया है कि फल की इच्छा ही न करें। जैसे एक इंसान को उसके मित्र ने नौकरी दिलाई तो अब वह उसी को स्रोत मान लेता है कि 'इसी के द्वारा मुझे नौकरी मिली।' अब अगर किसी कारणवश उसकी नौकरी चली जाती है तो वह अपने उसी मित्र के पास जाकर मदद की मांग करता है, जिसने उसे नौकरी दिलवाई थी। इसका अर्थ ही वह नौकरी दिलाने वाले को ही अपना दाता समझ लेता है। साधन को ही स्रोत मान लेता है।

नुक़सान और लापरवाही आती है - 'कर्म करो, फल की इच्छा मत करो,' ऐसा इसलिए भी कहा गया है क्योंकि जब लोग फल में ध्यान देते हैं तब फल आए या न आए दोनों तरफ़ से उसका नुक़सान ही होता है। कर्म का फल आया तो लोगों में लापरवाही आती है। उदाहरण के लिए एक विद्यार्थी यह सोचकर लापरवाह होता है कि 'पिछली बार परीक्षा नज़दीक आने पर आख़री दिनों में मैंने थोड़ी पढ़ाई की और मैं पास हो गया।' फिर इस बार लापरवाही के कारण जब वह फ़ेल होता है तब कहता है कि 'इस बार मैं ओवर कॉन्फ़िडेंस की वजह से फ़ेल हो गया।' हालांकि उसे यह पता नहीं है कि समय पर पढ़ाई न करके उसमें लापरवाही की वृत्ति तैयार हुई है। इस तरह जब कर्म का फल आसानी

से आता है तब अगली बार इंसान लापरवाही से काम करता है।

दूसरों पर निर्भर रहते हैं, परतंत्र बनते हैं - 'कर्म करो और फल की इच्छा मत करो,' ऐसा कहने के पीछे एक और कारण यह है कि अपना कर्म करने के बाद फल के लिए आप दूसरों पर निर्भर रहते हैं। जैसे आपने किसी को स्माइल दी तो वह भी आपको स्माइल दे, यह ज़रूरी नहीं है। इसके लिए आप उस इंसान के साथ ज़बरदस्ती नहीं कर सकते। स्माइल देकर आपने अपना कर्म किया, अब वह इंसान अपना कर्म करे या न करे, आपको देखकर स्माइल दे या न दे, आपको देखे या न देखे, यह उस पर निर्भर है इसलिए कहा गया कि फल की इच्छा न करें।

वर्तमान के कर्म बिगड़ने लगते हैं - फल में ध्यान होने की वजह से इंसान वर्तमान का कर्म भी ठीक ढंग से नहीं कर पाता। जैसे एक बच्चा परीक्षा देने का कर्म कर रहा है तो उसके पिताजी उसे कहते हैं, 'अगर तुमने परीक्षा में ९० प्रतिशत मार्क्स लाए तो मैं तुम्हें पिकनिक पर स्विट्ज़रलैंड ले जाऊंगा।' अब वह बच्चा परीक्षा दे रहा है और सोच रहा है कि स्विट्ज़रलैंड में क्या-क्या होगा? आप जानते हैं कि उसका परिणाम क्या आया होगा! परीक्षा में उसे कम मार्क्स मिले। इस उदाहरण से आपने समझा कि फल में ध्यान देने से क्या होता है। कर्म करते वक़्त अगर इंसान फल के बारे में सोचता रहे तो नुक़सान ही होगा।

अविश्वास और हीन भावना पैदा होती है - कुछ लोगों के लिए फल में अटकना बड़ा नुक़सानदायी होता है। फल न आने पर उनका विश्वास अपने आप पर से हिल जाता है और वे हीन भावना से ग्रस्त हो जाते हैं। उन्हें लगता है कि अब वे कुछ नहीं कर सकते। हीन भावना से उनके आगे के कर्म भी ठीक से नहीं होते। कर्म का फल न मिलने पर कुछ लोगों का ईश्वर पर से ही विश्वास उठ जाता है।

इच्छा की आदत हो जाती है - इच्छाओं में जीते-जीते इंसान इच्छाओं का आदी हो जाता है। परिणामवश बिना इच्छा के वह बैठ नहीं पाता है। प्रतिपल नित नई इच्छा उसके मन में जगती रहती है। हर चाहत के पूरा होते ही इंसान के मन में अहंकार, आसक्ति व नई इच्छा

जागृत होती है। इच्छाएं आते ही मन उत्तेजना महसूस करता है। उत्तेजना का आदी होकर मन कल्पनाओं में कलाबाज़ियां लगाता है। इस तरह इच्छा पूरी होने पर भी दुख प्राप्त होता है और इच्छा पूरी न होने पर भी दुख ही हाथ लगता है।

इन आठों कारणों पर मनन करने के बाद यह समझ में आएगा कि कर्म करने के बाद फल की इच्छा क्यों नहीं करनी चाहिए।

७४- भक्ति मार्ग

भक्ति और माया के आकर्षण का लक्ष्य

जिज्ञासु: दुनिया की हर चीज़ इंसान को अपनी तरफ़ आकर्षित करती है तो क्या ईश्वर सुंदर है या सौंदर्य है? सौंदर्य की ओर आकर्षित होना, यह इच्छा इंसान के अंदर क्यों दी गई है?

सरश्री: सौंदर्य ही ईश्वर है। ईश्वर (स्वअनुभव) का वर्णन करने के लिए अलग-अलग लोगों ने अलग-अलग शब्द जोड़े हैं। शब्द जोड़ने वाले लोगों ने मजबूरन शब्दों में कुछ समझाया है। कानों से प्रभावित होने वाला इंसान ईश्वर के अनुभव के लिए ऐसे शब्द जोड़ता है, जो कान से जुड़े हुए हैं। जैसे संगीत कानों से जुड़ा है। कोई आंखों से प्रभावित होने वाला चित्रकार है तो वह ऐसे शब्द जोड़ता है, जो दृश्य से जुड़े हैं। कोई सुंदरता का पुजारी है तो वह ऐसे शब्द जोड़ता है, जो सौंदर्य से जुड़े हैं। जो इंसान हमेशा सच बोलता है वह ऐसे शब्द जोड़ता है, जो सत्य से जुड़े हैं। किसी की कल्पना होगी कि ईश्वर प्रकाश है तो प्रकाश कहने वाला आंखों का इस्तेमाल कर रहा है मगर प्रकाश क्या है? यह तो निःशब्द को शब्द दिया गया है। निःशब्द बात बताने के लिए प्रकाश यह शब्द बन गया। मौन को भी बताना है तो मौन को तोड़ना पड़ता है, यह मजबूरी है। यह जान लेने के बाद आप कहेंगे, 'अच्छा है कि असली ज्ञान शब्दों में बताया वर्ना हम कभी समझने वाले नहीं थे।' जो लोग आंखों से जुड़े हैं उन्हें कहा कि ईश्वर प्रकाश है तो वे जल्दी समझ जाते हैं। कुछ संगीत प्रेमी हैं जिन्हें संगीत की जानकारी ज़्यादा है, ऐसे

लोगों को आत्मसाक्षात्कार हुआ तो वह कहता है, 'ईश्वर अनहद नाद है, जिसकी हद नहीं है।' अनहद नाद यानी ऐसा नाद जो सतत चल ही रहा है क्योंकि अनुभव सतत चल रहा है। बाइबिल में लिखा गया है कि 'ईश्वर शब्द है, सबसे पहले विश्व में शब्द था, आवाज़ थी, आवाज़ ईश्वर के साथ थी, आवाज़ ही ईश्वर थी।' जो इंसान कान से प्रभावित होता है वह शब्द या ध्वनि पर काम करता है। कोई कहता है कि 'ईश्वर अनुभव है, अहसास है, जो जानने पर महसूस होता है।' वह इंसान भाव से ज़्यादा जुड़ा हुआ होता है। वह कहता है, 'ईश्वर प्रकाश भी नहीं है, आवाज़ भी नहीं है, वह अनुभव है, उसे महसूस करो।' कोई और इंसान कहता है, 'ईश्वर सौंदर्य है' तो वह ईश्वर को सुंदरता के साथ जोड़ना चाहता है।

फिर खोजी को सवाल उठता है कि क्या ईश्वर सौंदर्य है? और इसलिए क्या हमें उसका आकर्षण है? वास्तव में आकर्षण के पीछे कारण अलग है। आकर्षण फ़ेविकॉल ही तरह होता है। अगर बिना फेविकॉल लगाए पेपर ऐसे ही रख दिया जाए तो वह नीचे गिर जाता है। इंसान के जीवन में गम क्यों चाहिए? कारण बिना गम के चिपकाव होता ही नहीं है। यह आकर्षण रखा गया है क्योंकि उसके बिना यह खेल चल नहीं पाएगा। आज इतनी सारी आबादी क्यों है? उस आकर्षण की वजह से ही है। वर्ना आज इतनी जातियां, इतने जानवर रहे ही नहीं होते। आकर्षण की वजह से संवर्धन होता है।विश्व में जो भी लोग जुड़ते हैं, मिलकर काम करते हैं, वे कैसे आपस में बंधकर काम करें इसलिए संसार चलाने के लिए, सांसारिक नाटक चलाने के लिए यह आकर्षण आवश्यक है।

घड़ी में दो कांटे हैं। अगर कोई पूछे कि 'दो कांटे क्यों हैं? एक क्यों नहीं है?' तो आप कहेंगे, 'अगर सही समय जानना है तो यह घड़ी की आवश्यकता है।' वर्ना समय बताया जाएगा, 'बजकर १० मिनट, बजकर १५ मिनट।' इसलिए यह घड़ी की आवश्यकता है कि उसमें कम से कम २ कांटे तो चाहिए। तीसरा कांटा तो सैकंड हैंड (सैकंड का

कांटा) है। वह सैकंड हैंड हॅपीनेस (द्वितीय ख़ुशी) है। उसके बग़ैर तो चल जाएगा मगर कम से कम दो कांटे तो चाहिए। दुनिया का खेल चल पाने के लिए यह आकर्षण रखा गया है और इस आकर्षण को तोड़ने के लिए फिर एक बड़ा आकर्षण रखा है। वह है भक्ति का आकर्षण जो इन सब आकर्षणों को तोड़ता है। इस तरह कांटे से कांटे को निकाला जाता है। बंधनों से मुक्त होना है तो भक्ति का सहारा लिया जाता है, ज्ञान के बाद भक्ति जगाई जाती है ताकि ज्ञानी बनकर, इंसान अहंकारी न बन जाए। सिद्धियां प्राप्त करके अटक न जाए।

७५– भक्ति मार्ग

भक्ति का स्तर, स्थिर

जिज्ञासु: भक्ति का स्तर ऊपर-नीचे होता है तो सही भक्ति कैसे करें?

सरश्री: सही भक्ति, सही पहचान से होती है। शुरुआत में उसका स्तर ऊपर-नीचे होता है क्योंकि शुरुआत में पहचान थोड़ी कम होती है इसलिए भक्ति कम हो जाती है। जैसे अलग-अलग लोगों के घर अलग-अलग जगहों पर होते हैं। कुछ घरों में खिड़की की दिशा ऐसी जगह होती है, जहां से बहुत धूल आती है तो उस घर की रोज़ सफ़ाई करनी पड़ती है। कुछ घरों की सफ़ाई हफ़्ते में एक बार की तो भी चलता है। उसी तरह भक्ति कम हो रही है यानी पहचान धुंधली हो रही है। तब भक्ति को मनन की तलवार से धार देने की आवश्यकता होती है। मनन करने की आवश्यकता होती है कि हमारे जीवन में क्या मौक़ा आया है? इस पर मनन करेंगे तो मोक्ष प्राप्त हो सकता है। वाक़ई जब मनन करेंगे तो पता चलेगा कि इतनी बड़ी कृपा हो चुकी है और हम क्या कर रहे हैं? जितना मनन होगा, उतनी भक्ति बढ़ती जाएगी।

मनन से अपनी भक्ति को जगाए रखें। जब भी लगे कि भक्ति कम हो रही है यानी समझ जाएं कि पहचान धुंधली हो रही है। अपने आपसे पूछें कि 'ऐसी कौन सी मान्यताएं मेरे अंदर घुस आई हैं?' जब आप

अपने आपसे सवाल पूछते हैं तब ऐसी मान्यताएं निकल जाती हैं यानी आपके शरीर रूपी घर की सफ़ाई हो जाती है।

७६- भक्ति मार्ग

निस्वार्थ प्रेम, भक्ति और आसक्ति

जिज्ञासु: निस्वार्थ प्रेम और भक्ति में क्या अंतर है? भक्ति और आसक्ति में क्या फ़र्क़ है?

सरश्री: निस्वार्थ प्रेम जीव से किया जाता है और भक्ति शिव (परमात्मा) से की जाती है।

भक्ति और आसक्ति में बहुत बड़ा फ़र्क़ है। आसक्ति में इंसान किसी भी हद तक पागल हो सकता है। लोग आसक्ति को प्यार समझ लेते हैं। वे सोचते हैं कि प्यार में लोग बहुत कुछ कर लेते हैं। हक़ीक़त में वह प्यार नहीं बल्कि आसक्ति होती है।

भक्ति का गुण है 'बेशर्त प्रेम' (Unconditional love) । भक्ति इंसान को प्रेम ही बना देती है और आसक्ति दुख का कारण बनती है। जैसे एक इंसान को अपने मित्र या रिश्तेदार से आसक्ति हो गई हो तो वह सोचता है कि 'यह इंसान हमेशा मेरे साथ ही रहे, मुझसे कभी जुदा न हो, किसी और के साथ न जाए।' ऐसी आसक्ति तकलीफ़दायक बन जाती है। इसी आसक्ति, मोह की वजह से मां अपने बच्चे को उसकी शादी हो जाने के बाद भी छोड़ नहीं पाती। ऐसा करके वह अपने लिए और अपने परिवार के लिए दुख का कारण बनती है। वह समझ नहीं पाती कि उसका प्रेम, उसकी भक्ति कब आसक्ति बन गई।

जब भी आप एक आसक्ति से बचने के लिए दूसरी आसक्ति में जाते हैं तब इसका अर्थ है कि आप माया से बचने के लिए, माया का ही सहारा लेते हैं। फिर आप भक्ति में नहीं बल्कि मोह, आसक्ति, चिपकाव में होते हैं इसलिए उस चीज़ से आसक्ति होनी चाहिए, जो मन के परे है। जब मन के परे की चीज़ से आप आसक्त होते हैं तब उसे भक्ति कहा जाता है।

जब आप मन के क्षेत्र की चीज़ से आसक्त होते हैं तब वह आसक्ति है। उदाहरण- आपको दुख के विचार आ रहे हैं और आप टेपरिकॉर्डर चालू करते हैं यानी आपने उस दुख से बचने के लिए टेपरिकॉर्डर का सहारा लिया। टेपरिकॉर्डर संसार का ही एक साधन है। इसका अर्थ आपने माया से बचने के लिए, माया का ही सहारा लिया। फिर आपको उस टेपरिकॉर्डर से आसक्ति हो जाती है कि यह बंद न हो जाए, ख़राब न हो जाए, इसकी बैट्री ख़त्म न हो जाए। यदि ऐसा हुआ तो फिर वह दुख का कारण बन जाता है। इस तरह एक आसक्ति से बचने के लिए दूसरी आसक्ति का सहारा लिया जाता है... दूसरी से बचने के लिए तीसरी... यह सिलसिला चलता ही रहता है।

इसे एक और उदाहरण द्वारा समझें। अगर आपको पानी पीना है तो आप गिलास का इस्तेमाल करते हैं। अगर वह गिलास आपके लिए बंधन बन जाता है तो आपको कहा जाता है कि ऐसा गिलास इस्तेमाल करें, जो बर्फ़ का बना हो ताकि पानी पीते-पीते आप वह गिलास भी पी जाएं। इसका अर्थ है कि जिस चीज़ का सहारा लिया, वही बन जाएं। इसे कहा गया है 'भक्ति'। वही बन गए तो जुदा होने वाली बात ही नहीं आती। कई सवाल ऐसे होते हैं जो बिना एनालॉजी के समझाए नहीं जा सकते। इस उदाहरण द्वारा आपको समझ में आया होगा कि भक्ति और आसक्ति में बहुत बड़ा फ़र्क़ है।

७७- भक्ति मार्ग

असली भक्ति कहां करें, कहां नहीं

जिज्ञासु: भक्ति क्या है? क्या हम किसी मंदिर में जाकर भक्ति नहीं कर सकते? क्या किसी एक जगह पर ही हम भक्ति कर सकते हैं?

सरश्री: भक्ति, तेजभक्ति, उच्चभक्ति वह है, जहां पर अहंकार विलीन होने के लिए तैयार हो जाए। सराहना, आश्चर्य, सेवा और धन्यवाद के भाव में अहंकार अपने आपको विलीन कर सके। जहां पर कृपा का अहसास हो रहा है वह भक्ति है। जो अहंकार कर ही नहीं

पाता, वही भक्ति है। उसी भक्ति के लिए इतनी सारी मूर्तियां बनाई गई हैं। किस मूरत के सामने आपकी भक्ति बढ़ती है, अहंकार झुकता है, सिर नमन होता है, मान्यताओं का छाता हटता है और आप हृदय पर आते हैं, यह समझते हुए भक्ति करें। फिर किसी भी मूरत के सामने आपका समर्पण हो तो कोई दिक़्क़त नहीं है क्योंकि मूर्ति आपको मदद करने के लिए है। मूर्ति आपके समर्पण के लिए सुविधा का काम करती है।

इस सवाल के दूसरे चरण में यह भी पूछा गया है कि क्या बाक़ी जगहों पर भक्ति नहीं हो सकती? जिसका जवाब है कि उद्देश्य एक ही है 'अहंकार का समर्पण' इसलिए आप कहीं पर भी भक्ति कर सकते हैं। जहां आपका अहंकार विलीन होना चाहता है, वहां भक्ति करें। इसे एक उदाहरण द्वारा समझें। एक घर में ऐसे पिताजी हैं, जो पूरे संसार के सामने अकड़कर चलते हैं। हर जगह उनकी मनमानी चलती है। जब वे 'हां' कहते हैं तब किसी भी हालत में वह जवाब बदलता नहीं है और जब वे किसी चीज़ के लिए 'ना' कहते हैं तब भी उनका जवाब बदलता नहीं है। लेकिन जब वे अपने घर आते हैं और उनका बेटा तोतली भाषा में कहता है कि 'पिताजी, मुझे यह चाहिए' तब शुरुआत में पिताजी 'ना' कहते हैं मगर बाद में बेटे की ज़िद के आगे वे 'हां' कह देते हैं। वहां पर उनका जवाब बदल जाता है। वहां पर प्रेम और भक्ति की वजह से वे इस तरह का बर्ताव करते हैं। बेटे के सामने पहली बार उनका अहंकार गिरता है। उन्हें उस बच्चे से बहुत प्रेम होता है इसलिए वे अपना निर्णय बदलते हैं।

बेटे के सामने अहंकार गिरने की वजह से उन्हें बहुत आनंद आता है मगर उन्हें लगता है कि 'मैंने बेटे के लिए कुछ किया इसलिए आनंद आया।' हक़ीक़त में पिताजी को उस वजह से आनंद नहीं आया। वह आनंद इसलिए आया क्योंकि पहली बार उनका अहंकार गिरा। हर जगह मनमानी करने वाला मन पहली बार झुका इसलिए आनंद आया वर्ना मन हर जगह अपनी वृत्ति और पैटर्न के अनुसार ही प्रतिसाद देता है। कहीं पर भी वह पैटर्न तोड़ना ही नहीं चाहता। वह हमेशा यही कहता रहता

है कि 'मैं तो ऐसा ही हूं।' फिर एक जगह ऐसी आती है, जहां पर उस तरह का बर्ताव करने की आज्ञा नहीं है तभी पहली बार मन कुछ अलग प्रतिसाद देता है। वह पहली बार गिरता है और झुकता है। पहली बार उसे महसूस होता है कि 'आज्ञा में रहने से आनंद आता है।'

जिस मूरत के सामने आपका अहंकार झुकने लगे, वहां पर भक्ति करें। फिर वह मंगल मूर्ति, ईश्वर मूर्ति, गुरु मूर्ति, निराकार मूर्ति या शून्य मूर्ति हो उससे कोई फ़र्क़ नहीं पड़ता है। अपने अहंकार के समर्पण के लिए कोई शून्य का प्रतीक बनाता है, कोई एक गोल पत्थर बनाता है तो कोई शिवलिंग बनाता है। इस तरह अलग-अलग मूर्तियां बनाई गई हैं, क्योंकि अलग-अलग तरह के लोग होते हैं। हर इंसान की गीता अलग है। अगर एक इंसान शिव की मूर्ति को मानता है तो उसके लिए वह आकार उसका अहंकार विलीन करने में मदद करता है। हर इंसान का अहंकार जहां पिघलता है वह मूर्ति उसके लिए बताई जाती है लेकिन उसमें मूल बात यह है कि आपके अंदर बदलाव आना चाहिए। सामने कोई भी मूरत हो वह आपके लिए सिर्फ़ सुविधा का काम करती है। अगर वही सुविधा आपको खंडहर में मिले तो वहां पर भी आप भक्ति कर सकते हैं। भक्ति में जगह से ज़्यादा महत्वपूर्ण आपके अहंकार का पिघलना है।

असली भक्ति वही है, जहां पर अहंकार का अतिक्रमण हो जाए, जहां अहंकार अपनी ज़िद और असुविधा से बचने की भावना छोड़ पाए। जब ऐसा होता है तब पहली बार मन के परे जो अनुभव (तेजस्थान) है, वह सामने आता है। वह अनुभव प्रकट होने के बाद आनंद आने लगता है और इंसान कहता है, 'अरे! इतना आनंद है तो मैं क्यों छोटी-छोटी बातों में अटका हुआ था? मैं क्यों नक़ली आनंद में उलझा हुआ था? किसी को चिढ़ाकर, किसी की चुग़ली करके, किसी से बदला लेने में क्यों उलझा हुआ था? इन बातों की ज़रूरत नहीं थी।' एक मूर्ति आपके लिए इतना बड़ा काम कर सकती है।

आपका लक्ष्य यदि आत्मसाक्षात्कार पाना है तो आप हर काम

करते हुए भक्ति कर सकते हैं। आपको कोई भी काम करने से ऐसा नहीं लगता है कि यह भक्ति नहीं है इसलिए आपका लक्ष्य सुस्पष्ट हो और हर क्रिया उस लक्ष्य की प्राप्ति के लिए करें, उसके बाद ही आपको पता चलेगा कि असली भक्ति क्या है।

७८– भक्ति मार्ग

सबसे बढ़िया भक्ति

जिज्ञासु: विश्व की सबसे बढ़िया भक्ति कैसे हो सकती है?

सरश्री: विश्व की सबसे बढ़िया भक्ति तब हो सकती है जब आपके अंदर से यह विचार निकल जाएगा कि 'मेरी भक्ति सबसे बढ़िया भक्ति होनी चाहिए।' भक्ति में दूसरों से बढ़िया, दूसरों से अच्छी, ऐसी बातें नहीं होती हैं। भक्ति अपने आप में पूर्ण है, वह अपने आप में पुरस्कार है। दूसरों से अच्छी भक्ति हो, यह अहंकार की चाहत है, उसे लगता है कि वह दूसरों से आगे रहे। जब ऐसे भाव निकलते हैं तब ख़ुद-ब-ख़ुद बढ़िया भक्ति होने लगती है।

खंड ७

शून्य की अनुभूति
शून्य के अनुभव से संबंधित सवाल

कैसे करें अपनी पूछताछ समझ के साथ

प्र.७९. आत्मसाक्षात्कार के लिए आज तक बहुत सारे तरीक़े बताए गए हैं। उनमें से आख़िर कौन सा तरीक़ा हम इस्तेमाल करें?

सरश्री: आत्मसाक्षात्कार के लिए चाहे कितने भी तरीक़े हों, उन्हें दो मुख्य भागों में विभाजित किया जा सकता है। हक़ीक़त में सिर्फ़ एक ही मार्ग है... कृपा। कृपा ही एक मात्र रास्ता है। ईश्वर कृपा से गुरु मिलते हैं और गुरु कृपा से ईश्वर मिलता है। मगर शुरुआत करने के लिए और खोजी की सुविधा के लिए इसे दो मुख्य मार्गों में विभाजित किया जाता है।

प्र.८०. वे दो तरीक़े क्या हैं?

सरश्री: पहला है समर्पण का मार्ग। अगर कोई योग्य गुरु द्वारा यह समझ जाए कि यह जग किस तरह चल रहा है, किस तरह इस जगत के सारे काम हो रहे हैं, कैसे यह जग स्वचलित व स्वघटित है तो उसका अहंकार गिर जाएगा और अहंकार के गिरते ही सत्य प्रकट होगा। 'सत्य' जिसे ईश्वर, ख़ुदा, सेल्फ़, स्वसाक्षी, स्वअनुभव ऐसे अनेक नाम दिए गए हैं।

प्र.८१. दूसरा तरीक़ा ध्यान का है या सेवा का है?

सरश्री: नहीं। ध्यान करते वक़्त या सेवा में ध्यानी या सेवक हमेशा मौजूद होता है या ध्यान और सेवा करने के बाद ध्यानी, सेवक (मन) लौट आता है और ध्यान व सेवा का अहंकार रखता है, श्रेय लेता है। सेहरा अपने सिर पर बांधता है। मन यह कहकर ध्यान और सेवा का कर्ता बनता है कि 'मैंने ध्यान किया... मैंने सेवा की।' इस तरह मन गिरने के बजाय और मोटा (स्थूल) होता जाता है। मोटा मन सत्य पाने में और बाधक बन जाता है।

प्र.८२. फिर दूसरा तरीक़ा न जप हो सकता है, न तप, न कर्म हो सकता है और न तंत्र क्योंकि इन मार्गों में भी वही ग़लती होने की संभावना होती है।

सरश्री: हां, बिल्कुल सही है। मन जब तक कर्ता भाव की मान्यता और अज्ञान में है तब तक मोटा ही होगा। मन जपस्वी, तपस्वी, तांत्रिक, मांत्रिक बनकर अपने अहंकार को बढ़ाता ही रहेगा। इसलिए गुरु की आवश्यकता पड़ती है ताकि वे मन के इस अहंकार को तोड़ सकें। गुरु इस कार्य में निमित्त बनते हैं।

प्र.८३. तो क्या आत्मसाक्षात्कार के लिए भक्ति है दूसरा मार्ग?

सरश्री: नहीं, भक्ति तो समर्पण के राह में आती है। भक्ति है स्वीकार, धन्यवाद, सराहना, आश्चर्य भाव। भक्ति में डूबे हुए मन को अहंकार करने के लिए कुछ बचता ही नहीं। भक्ति तो पहले तरीक़े में आती है।

प्र.८४. फिर दूसरा मार्ग कौन सा है, कृपया बताएं?

सरश्री: दूसरा मार्ग है 'पूछताछ' का। अपनी पूछताछ समझ के साथ।

प्र.८५. यह क्या तरीक़ा हुआ? यह तो मैंने कभी सुना ही नहीं?

सरश्री: नहीं सुना होगा क्योंकि यह ऐसा रास्ता है, जिस पर बहुत

कम लोग चले हैं। इसके लिए भी चाहिए सही समझ देने वाले गुरु। गुरु कृपा से 'तेज समझ' मिलती है। इसी समझ से 'अपनी पूछताछ' का अभ्यास करें।

प्र.८६. कृपया 'अपनी पूछताछ' का तरीक़ा पूरी तरह से समझाएं।

सरश्री: यह तरीक़ा है उस मन पर शंका लाना, जो सारी दुनिया पर शंका लाता है, 'दुनिया किसने बनाई? कब बनाई? मैं मरूंगा तो कहां जाऊंगा? मैंने जन्म क्यों लिया? क्या है लक्ष्य?' इत्यादि। ऐसे सवाल कौन पूछ रहा है? मन से जब हम यह पूछने लगते हैं तब पहली बार मन गिरने लगता है, नमन होने लगता है।

प्र.८७. अपनी पूछताछ से मन क्यों गिरने लगता है?

सरश्री: जब हम पूछते हैं कि 'कौन मरेगा?' 'कौन जानेगा?' तब मन मजबूर हो जाता है अंदर जाने के लिए। अंदर है परम मौन। उस मौन में होती है मन की मौत। अंदर जाकर पहली बार आपको पता चलता है कि मन नाम की कोई चीज़ नहीं है और जो नहीं है, वही हमें परेशान कर रही है। है ना आश्चर्य!

यह बहुत मज़ेदार बात है! जो चीज़ है नहीं, वह बनकर दुख भोगती है इसलिए इसे माया कहा गया है। माया का अर्थ सिर्फ़ पैसा न समझें। माया का अर्थ, 'दो चीज़ों के मिलन से तीसरी चीज़, जो है नहीं तैयार होती है।' गुरु हमें माया से मुक्त करने के लिए अपनी पूछताछ करना सिखाते हैं, जिससे माया का रहस्य खुलता है और बचता है सिर्फ़ धन्यवाद भाव, सराहना भाव, आश्चर्य भाव।

माया कैसे निर्माण होती है, इसे एक उदाहरण से जानें। सफ़ेद रंग के लिली (कुमुदनी) के फूलों को यदि एक धागे में पिरोया जाए तो उसका गजरा बनता है। इसे तैयार करने में दो अलग-अलग चीज़ों का इस्तेमाल किया गया, एक धागा और कुछ फूल। अब यदि आपसे पूछा जाए कि 'गजरा' यह शब्द कहां से आया तो आपके पास इसका कोई जवाब नहीं है। क्योंकि 'गजरा' यह शब्द पहले नहीं था, यह तो बाद में दो चीज़ों

के जोड़ से निर्माण हुआ। मगर आज तक कभी इसकी पूछताछ हुई नहीं कि 'यह माला कहां से आई? यह गजरा कैसे तैयार हुआ? जब फूल थे तब माला नहीं थी, जब धागा था तब माला नहीं थी, अब ऐसा क्या हो गया कि माला तैयार हो गई?' और जब वह गजरा सूख जाता है तब आप यह नहीं कहते कि 'फूल सूख गए।' आप कहते हैं कि 'गजरा सूख गया यानी गजरा मर गया।'

बिल्कुल इसी तरह इंसान के साथ भी होता है। इंसान जब पैदा होता है या उसकी मृत्यु होती है तब यही कहा जाता है कि 'फ़लां-फ़लां बालक का जन्म हुआ है या फ़लां-फ़लां इंसान की मृत्यु हुई है।' मगर वह कौन है, जिसका जन्म हुआ या जिसकी मृत्यु हुई? इसकी पूछताछ कभी नहीं होती। जब उस इंसान पर ही पूछताछ होगी तब ही रहस्य प्रकट होगा। लेकिन ऐसी आदत मन की नहीं है कि वह अपने ऊपर ही पूछताछ करे। वह तो दूसरों पर पूछताछ करता रहता है कि 'यह ऐसा क्यों करता है, वह वैसा क्यों करता है, यह ग़लत है, वह सही है, यह ऐसा है, वह वैसा है।' जबकि उससे कहा जाता है कि 'अरे! यह जो लगातार सही और ग़लत का लेबल लगा रहा है वह कौन है?' पहले इसकी पूछताछ करें।

अपने ही मन पर जब अपनी पूछताछ समझ के साथ होने लग जाएगी तब असली रहस्य खुलने लग जाएंगे कि असल में गजरा या माला नाम की कोई चीज़ है ही नहीं, यह तो दो चीज़ों के मिलन से तीसरी चीज़ बन गई। जो दुखी होती है, ख़ुश होती है, मुरझाती है। जो चीज़ है नहीं वह मुरझाती है, यह मज़ेदार बात है न!

प्र.८८. क्या कहा, मन नहीं है?

सरश्री: हां, इसी को तो माया कहा गया है। मन तो है सिर्फ़ विचारों का पुलिंदा, थैला (ढेर)। सारे विचार मिलकर हमारी याददाश्त (मेमरी) में छप जाते हैं और हम उस वजह से मन का अस्तित्व समझते हैं। ये सारे विचार समंदर में लहरों की तरह हैं। लहरें जब सागर में डूबती हैं तब सागर शांत हो जाता है। उसी तरह जब विचार मान्यताओं से मुक्त

होकर उस परम मौन (सेल्फ़) में डूबते हैं तब मन की मौत होती है और अमन क़ायम होता है।

प्र.८९. अपनी पूछताछ की शुरुआत कैसे करें?

सरश्री: अपनी पूछताछ की सही शुरुआत करने के लिए हो सके तो पहले थोड़ी बातें अपने शरीर के बारे में समझें, जिसकी पांच परतें (पंचशरीर) हैं- स्थूल शरीर, सूक्ष्म शरीर, कारण शरीर, मन्नमयी और आनंदमयी शरीर। ये सब कैसे काम करते हैं, यह समझें। फिर मन और साक्षी की बातें समझें। ये सभी बातें सहायक होंगी 'अपनी पूछताछ' के लिए।

प्र.९०. क्या मैं ये सब बातें बिना जाने सीधे-सीधे यह पूछना शुरू कर दूं कि 'मैं कौन हूं?'

सरश्री: नहीं, पहले यह पूछें कि 'मैं क्या नहीं हूं,' फिर वही बचेगा जो आप हैं। आप साइकिल किसे कहते हैं? साइकिल यानी क्या है? क्या पहिया साइकिल है? नहीं, पहिया साइकिल नहीं। हैंडल साइकिल हो सकता है? नहीं। पैडल साइकिल नहीं हो सकता। बैठने की सीट भी साइकिल नहीं तो फिर साइकिल कौन? साइकिल एक सुविधा के लिए दिया हुआ शब्द है। उसी तरह 'मैं' भी एक सुविधा के लिए दिया हुआ विचार है। इसी 'मैं' की पूछताछ करें। ऊपर की बातें समझकर पूछताछ करें। पहले यह पूछें कि 'मैं क्या नहीं हूं।' जैसे:

* मैं यह शरीर नहीं हूं क्योंकि जब मैं यह कहता हूं कि यह मेरा शरीर है तो वह मेरा है, 'मैं' नहीं।
* मेरा स्कूटर मैं नहीं हूं, कारण मैं स्कूटर चलाता हूं।
* मेरा घर 'मैं' तो नहीं हो सकता क्योंकि 'मेरे घर आओ', ऐसा मैं कहता हूं, 'मुझमें आओ', यह मैं नहीं कहता।
* इस शरीर की पंच इंद्रियां - नाक, कान, आंख, ज़ुबान, त्वचा मैं नहीं, मैं इंद्रियों का इस्तेमाल करता हूं।

* मैं इंद्रियों के संबंध में आने वाली चीज़ें नहीं हूं, जैसे रंग, रूप, आवाज़, सुगंध, स्वाद, स्पर्श।
* मैं सांस भी नहीं, जिसकी वजह से यह शरीर चल रहा है।
* मैं मन भी नहीं, जो सोचता है कि 'मुझे क्या होना चाहिए।'
* मैं बुद्धि भी नहीं, जो गहरी नींद में शरीर सहित ग़ायब रहती है।

प्र.९१. अगर ये सब मैं नहीं हूं तो बाक़ी बचा ही क्या जो मैं हो सकता हूं?

सरश्री: तुम ही तो बचे बाक़ी। आप ही तो थे पंचशरीर और बुद्धि के मालिक। आप ही तो मन (विचारों) के साक्षी हैं।

* अब आप हैं हर लेबल (चिटकी, ठप्पे) से परे।
* अगर आप शरीर नहीं रहे तो आप इंजीनियर, डॉक्टर, नेता, विद्यार्थी कहां रहे?
* अगर आप शरीर नहीं तो आप कहां रहे भाई, बहन, मां-बाप, दोस्त, पति, पत्नी, शिष्य, गुरु?
* अगर आप शरीर नहीं तो आप कहां रहे काले, गोरे, नाटे, मोटे, लंबे, बीमार या स्वस्थ?
* अगर आप शरीर नहीं तो आप कहां रहे मराठी, गुजराती, सिंधी, पंजाबी, अंग्रेज़, मद्रासी, पारसी, मारवाड़ी।
* अगर आप शरीर नहीं तो कौन होगा हिंदू, मुस्लिम, सिख, ईसाई, चीनी, बौद्ध, जैन, पारसी, जापानी।
* अगर आप शरीर नहीं तो आप कहां रहे हंसमुख, होशियार, मंद, सकारात्मक, चुस्त, ईमानदार, दयावान, सुस्त।

अब आप ही तो बचे शुद्ध, ख़ालिस कोरे, बिना रंग-रूप की कल्पना के। अपने असली रूप को वह जैसा है, वैसा स्वीकार करें और

वही रहें। हम जो नहीं हैं वह बन बैठे हैं। अब समय है अपनी चेतना में स्थापित होने का, हम जो हैं वह होने का, तेज साक्षी (स्वसाक्षी) का, तेज अहम् (तेजम्) का, तेज 'मैं' का।

प्र.९२. यह तेजम् क्या है या तेज साक्षी क्या है?

सरश्री: अहम् का मतलब है 'मैं'। तेज अहम् का मतलब वह 'मैं' जो तू और मैं से परे है (Impersonal I, अव्यक्तिगत मैं)। जो सबके अंदर है, सब उसके अंदर हैं।

प्र.९३. इस तेजम् का गुण धर्म क्या है?

सरश्री: शब्दों में इसका कोई गुण नहीं बताया जा सकता। मगर बताने वालों ने इसे 'सत्चितानंद' शब्द दिया है।

सत् यानी सत्य, जो मन के पीछे मौन है। चित् यानी इस सत्य के साथ चित्त (मन) जुड़कर मनुष्य बना और तब ही प्रकट हुआ आनंद। किसी भी जानवर, पक्षी या पौधे में यह संभावना नहीं है इसलिए मनुष्य जन्म को सबसे पहली कृपा कहा गया है।

प्र.९४. हम कब और कैसे तेजम् (सत्चितानंद) को प्राप्त होंगे?

सरश्री: जब तक हमारी मान्यताओं की दुनिया ग़ायब नहीं हो जाती तब तक इस आनंद को हम पा नहीं सकते। वह दुनिया जो हम अपने रंगीन चश्मों से देखते हैं, वह है नहीं बल्कि हमारी कल्पना से बनी है।

आप समझने का प्रयास करें कि ये मान्यताएं क्या हैं? कैसे बनती हैं? समझ से ये अपने आप गिर जाएंगी। फिर आप इसे जो वह है, वैसा देखना शुरू कर देंगे। आपको यदि सांप में रस्सी या रस्सी में सांप दिख रहा है तो सही ज्ञान सत्य को प्रकट कर देगा। जब तक रस्सी में सांप का विश्वास करेंगे तब तक अज्ञान दूर नहीं होगा। यह दुनिया इसी तरह हमें सुख-दुख के चक्र में लगाए रखेगी। इसी को भवसागर कहा गया है। सिर्फ़ दुख से मुक्त होना है, ऐसा नहीं है, सुख भी तो ज़ंजीर ही है। दुख लोहे की ज़ंजीर है तो सुख सोने की ज़ंजीर है। अपनी पूछताछ द्वारा

इन बातों को अनुभव से जानें।

प्र.९५. अपनी पूछताछ क्यों करें?

सरश्री: क्या हर जीव आनंद, संतोष, शांति नहीं चाहता? क्या हर काम के पीछे आप ख़ुशी नहीं चाहते? दुनिया का कोई भी काम इसी आनंद के लिए किया जाता है। मगर वह आनंद विचारों के तूफ़ान में खो जाता है। विचार काले हों या सफ़ेद, अच्छे हों या बुरे, विचार तो स्वसाक्षी (तेजम्) के सूरज को ढक देते हैं। जब आप गहरी नींद में होते हैं तब ये विचार नहीं होते, तब होता है शुद्ध चैतन्य, सेल्फ़ (ब्राइट अवेरनेस)। जैसे मकड़ी अपने अंदर से जाल निकालती है और फिर अपने अंदर ही जाल को समेट लेती है, ठीक उसी तरह सेल्फ़ के समंदर से विचार निकलकर यह संसार प्रकट करते हैं और रात को ये विचार ग़ायब हो जाते हैं। तब यह विश्व भी ग़ायब हो जाता है। माया का यह खेल बिना रुके चल रहा है। इसी माया के पर्दे को हटाने के लिए इन विचारों के स्रोत (मूल) में जाना है। जब आप लगातार, बार-बार अपनी पूछताछ करेंगे और इस मन के हर रूप-रंग को देखने लगेंगे तब यह मन कमज़ोर होता जाएगा और आख़िर मजबूर होकर ख़त्म हो जाएगा। यही मन तो अहंकार है, यही मन तो नक़ली 'मैं' है। पूछताछ इस मन की मौत के लिए है।

प्र.९६. कन्ट्रास्ट मन या तोलू मन बनता कैसे है? और कैसे काम करता है?

सरश्री: हमारे अंदर सुबह जागते ही सबसे पहला विचार जो आता है, वह है 'मैं' का विचार (I thought)। जैसे कि

'मैं जागा'

'मैं उठा'

'अब सबसे पहले मैं क्या करूं?'

'मेरी आंखें थोड़ी भारी लग रही हैं'

'क्या मेरे उठने का वक़्त हो चुका है?' इत्यादि।

विचार अन्य तरह के भी हो सकते हैं पर होते हैं तो 'मैं' को लेकर ही। 'मैं' का विचार आते ही फिर बाक़ी विचार आने शुरू होते हैं, तब तक इंद्रियां जाग चुकी होती हैं। 'मैं' के विचार के बाद ही कन्ट्रास्ट मन तैयार हुआ, जो हर बात पर 'अच्छा हुआ, बुरा हुआ,' ऐसे तुलना करता है। यह मन अपने आपको अलग मानकर जीता है, जैसे 'मेरा काम, मेरा नाम, मेरे कर्म, मेरा धर्म, मेरा देश, मेरे पाप, मेरे पुण्य।' इस तरह वह हर घटना पर, हर विचार पर तुलना करता है और सुख-दुख में लोट-पोट होता है। सत्य पाने में यही तो है दुख, यही तो है बंधन। यही तो है भवसागर, यही तो है अज्ञान। यही तो है माया, यही तो है बाधा, यही तो है काला बादल, जो सूरज (सेल्फ़) को छिपाए हुए है। यही तो है ग्रहण, यही तो है तिनका जो आंख में पड़ गया तो पहाड़ को भी ढक देता है।

इस तरह तोलू मन दुख का भी दुख मनाता है। यही मन ईश्वर और इंसान के बीच में पर्दा बन जाता है। पर्दा, पर्दा (बाधा) है, जब यह बात पर्दा (तोलू मन) जान जाता है तब अज्ञान हट जाता है।

प्र.९७. मैं अपनी पूछताछ का मार्ग अपनाना चाहता हूं पर मेरी बुद्धि में अभी यह बात नहीं बैठती। हालांकि इसका महत्व अब मुझे थोड़ा-थोड़ा समझ में आने लगा है। ऐसी अवस्था में मैं क्या करूं?

सरश्री: ऐसी अवस्था में आपको पहले अपने मनोशरीरयंत्र की पूछताछ ईमानदारी के साथ शुरू करनी चाहिए, क्योंकि सुबह से लेकर रात तक आप शरीर और मन के सुख-दुख से जुड़े हुए हैं। अपने आपको आप शरीर ही मानते हैं। अपने मनोशरीरयंत्र (एम.एस.वाई.) की पूछताछ पूरी ईमानदारी से करने के बाद आपका होश बढ़ जाएगा, जिस वजह से आपके लिए अपनी पूछताछ (सेल्फ़ इंक्वॉयरी) करनी आसान हो जाएगी।

प्र.९८. मनोशरीरयंत्र की पूछताछ, वह भी ईमानदारी के साथ, यह क्या है, ज़रा विस्तार से बताएं।

सरश्री: इस पूछताछ में आप अपने मन को अलग-अलग अवस्थाओं में, अलग-अलग लोगों के साथ, अलग-अलग रिश्तों में व्यवहार करते हुए देखना शुरू करते हैं। यह मन कैसे पल-पल बदल रहा है? कैसे चेहरे बदलता है? कैसे तुलना करता है? कैसे तौलता है? अहंकार को चोट पहुंचने पर कैसे अपने उसूल और आदर्श भूल जाता है? कैसे यह मन सुविधा की चाहत रखता है और असुविधा से बचना चाहता है? सुरक्षा पाने के लिए तोलू मन कैसे सत्य का सौदा करता है...? कैसे यह मन लाभ और हानि की भाषा में सोचता है...? कैसे मन अपनी तारीफ़ सुनने के लिए उछल-कूद करता है? इस तरह का निरीक्षण करके अपने आपको अपनी सचाई बतानी है, अपने आप से सचाई नहीं छिपानी है। कपटमुक्त होकर अपने आपको सही सूचना देनी है। शायद आपको अपने तोलू मन के काले पक्ष का अवलोकन पसंद न आए पर जब तक आप यह नहीं करते तब तक आप बदल नहीं सकते। यह पूछताछ यदि ईमानदारी से की गई तो आत्मसाक्षात्कार की बुनियाद बन सकती है।

प्र.९९. अवलोकन से मेरे बदलने का क्या संबंध है?

सरश्री: संबंध गहरा है। सही अवलोकन से ग़लत अपने आप ख़त्म हो जाता है। होश की यही कीमिया (गुण) है। होश में आप क्रोध, हत्या या पाप नहीं कर सकते। बेहोशी में ही दूसरों के साथ धोखा कर सकते हैं। बेहोशी में ही हम ख़ुदग़र्ज़ हो सकते हैं, दूसरों का दुख महसूस नहीं कर सकते। ज़िंदगी के रहस्य बेहोश इंसान नहीं पकड़ सकता। झूठ, लोभ, अहंकार, घृणा, डर, बेहोशी के ही बेटे हैं। कोई अगर सतत अपने आपको हर परिस्थिति में देखना शुरू कर दे तो बहुत जल्द एक नया इंसान जागेगा। पहली बार हम इस मन को समझने लगेंगे। अवलोकन की अग्नि अवगुणों को भस्म करती है।

प्र.१००. यह अवलोकन या पूछताछ मुझे बड़े काम की लग रही है। मैं यह कर सकता हूं, ऐसा लगता है इसलिए इस पर और प्रकाश डालें।

सरश्री: हर रात सोते वक़्त अगर हम पूरे दिन को देख डालें या

मोटी-मोटी घटनाओं को याद करें तो हमें देखने को मिलेगा, अपने मनोशरीरयंत्र का स्वभाव। अपने आपसे पूछें कि 'आपने अलग-अलग परिस्थिति में किस मक़सद से वैसा व्यवहार किया। किसी का काम नहीं किया तो क्यों नहीं किया? क्या वह इंसान, जिसका काम आपने नहीं किया, वह आपके अहंकार को पुष्टि नहीं देता, इसलिए? क्या वह आपके लोभ व महत्वाकांक्षा में रुकावट है, इसलिए ऐसा किया? किसी का काम किया तो क्यों किया? क्या उस इंसान से आपको डर है, इसलिए या वह इंसान जिसका काम आपने किया, वह आपके अहंकार को बढ़ावा देता है, इसलिए?'

अपने आपसे आंख न चुराएं। ईमानदारी के साथ सही-सही जवाब दें। कोई आपको अच्छा लगता है तो क्यों? वह आपके काम करता है इसलिए या उसमें जो गुण हैं, उस वजह से? आपको कोई बुरा लगता है तो वह सचमुच बुरा है या वह आपके काम में रुकावट बनता है इसलिए बुरा लगता है। गंभीरता से जवाब दें और पूछताछ जारी रखें। पूछताछ द्वारा स्वयं का आत्मनिरीक्षण करें। आत्मनिरीक्षण यानी हर घटना में अपने आपको देखना। इसे एक प्रयोग के साथ करके देखें। हर घंटे के बाद अपने आपसे पूछो कि 'इस वक़्त मेरे मन की स्थिति कैसी है?'

नीचे लिखी हुई अवस्थाओं में से इस वक़्त आपकी कौन सी अवस्था है, यह हर घंटे जांचकर देखें।

A	Anger	गुस्सा	: अपने आप पर या औरों पर क्रोध की भावना
B	Boredom	उकताहट	: किसी काम में रुचि न होना
C	Confusion	असमझ	: कोई बात प्रयास के बाद भी न समझना
D	Depression	निराशा	: व्याकुल, अकारण परेशान होना (चाहे कोई कारण न हो)

E	Ego	अहंकार	: मैं मैं, क्रेडिट लेना, अपनी प्रशंसा करना
F	Fear	भय	: किसी आशंका का डर या अनिष्ट की चिंता
G	Guilt	ग्लानि	: अपराध बोध, 'मैंने ऐसा क्यों किया' ऐसी भावना
H	Happiness	ख़ुशी	: आनंद की अवस्था, सत्वोगुण की प्रधानता
I	Ill will/Hatred	द्वेष	: दूसरे का नुक़सान करने की भावना, नफ़रत
J	Jealousy	जलन	: दूसरे के पास जो है वह मेरे पास क्यों नहीं है, ईर्ष्या (रजोगुण)
K	Kindness	दया, करुणा	: दूसरों की भलाई के लिए मंगल भावना
L	Laziness	सुस्ती	: शरीर में तमोगुण का प्रभाव ज़्यादा होना

इस तरह के आत्मनिरीक्षण से आप यह जान जाएंगे कि आप इस वक़्त कैसे हैं। आप 'अच्छे हैं या बुरे हैं' यह जानना उतना महत्वपूर्ण नहीं है, जितना इस बात का महत्व है कि हम अपने आपको ईमानदारी से देखने को तैयार हो चुके हैं।

प्र.१०१. मैं अपने मनोशरीरयंत्र को सुबह से शाम तक जो उसने किया, देखता हूं तो मुझे क्या लाभ मिलने वाला है? उल्टा मुझे दुख ही होगा कि मैंने ऐसा क्यों किया?

सरश्रीः नहीं। हमें इसका कोई दुख नहीं करना है कि 'मैंने ऐसा क्यों किया?' स्वयं का अवलोकन अपने आपको दुखी करने के लिए

नहीं करना है। समझना यह है कि यह पूछताछ हम अपने आपको नीचा दिखाने के लिए नहीं कर रहे हैं बल्कि सचाई का साक्षात्कार करने के लिए कर रहे हैं, होश जगाने के लिए कर रहे हैं। इसका लाभ आप दूसरे दिन देखेंगे। आप वही ग़लतियां दोहराना धीरे-धीरे बंद कर देंगे। वही व्यवहार जब आपसे होने लगेगा तब आपको अंदर से कोई सचेत करेगा कि 'इस वक़्त तुम यह क्या कर रहे हो?' इस तरह आपकी बेहोशी टूटेगी और होश जगेगा। अपने आपको पहचानने में यही होश आगे आपके काम आएगा। अगर आप दुख करते हैं तो आप चूक गए, सही पूछताछ समझ के साथ नहीं कर रहे हैं। आज आपका मनोशरीरयंत्र जैसा भी है, वह इसलिए है क्योंकि उसे अपने माता-पिता से कुछ संस्कार जीन्स (genes) तथा परवरिश की वजह से मिले हैं। आज आप जो भी हैं, जैसे भी हैं, वह आपके परिवार और आजू-बाज़ू के वातावरण के कारण हैं, उसके ज़िम्मेदार आप नहीं हैं। मगर होश जागने के बाद भी आप यदि वे ही पुरानी ग़लतियां दोहरा रहे हैं तो अब आप इसके ज़िम्मेदार हैं। इसका अर्थ अभी आपने समझा नहीं है कि पूछताछ कैसे करें। फिर उस पर और काम होना चाहिए। इसमें दुख करने की कोई बात ही नहीं है। हम आज जैसे हैं, वैसे अपने आपको स्वीकार करें। स्वीकार में जादू है। स्वीकार ही हमें तेजआनंद की तरफ़ ले जाता है। अस्वीकार दुख को बढ़ाता है।

प्र.१०२. क्या हम अपने सारे काम, लोभ, लालच, अहंकार या डर की वजह से करते हैं, जो कि आप हमें अपनी पूछताछ करने के लिए कहते हैं?

सरश्री: जब आप ईमानदारी से सोचेंगे तब आप पाएंगे कि आप कुछ उम्मीदों व अहंकार से काम करते हैं। आप अपने भाई, बहन, पत्नी और बच्चों से कुछ उम्मीद रखते हैं। उन्हें पूरा करते हुए देखना चाहते हैं। अगर वे आपकी उम्मीद पर खरे नहीं उतरते तो वे आपके क्रोध व दुख का कारण बनते हैं। जबकि रिश्तों में उम्मीद नहीं, तेज प्रेम हो। इस प्रेम के बदले में नाम, शोहरत, धन्यवाद की उम्मीद भी नहीं रखनी है। यह प्रेम अपने आप, समझ से आने लगेगा, उसमें अहंकार टूटेगा।

प्र.१०३. यह अहंकार कैसे तैयार होता है?

सरश्री: उम्र के बढ़ने के साथ कन्ट्रास्ट मन तैयार होने लगता है, जो हर काम का क्रेडिट (श्रेय) लेने लगता है। कर्ता भाव की वजह से अहंकार बढ़ने लगता है। फिर अलग-अलग अनुभव, कामयाबियां, पैसा, ओहदा इत्यादि अहंकार को बढ़ावा देते हैं। क्रेडिट लेने की वजह से हमारी तारीफ़ होती है और फिर हम धीरे-धीरे तारीफ़ के गुलाम हो जाते हैं। अहंकार का कोई अंत नहीं, इसका पेट कभी नहीं भरता है। यही इसका स्वभाव है, यही इसका काम है। इस अहंकार को यदि हम खाना देते हैं तो इसके दुख भी हमें सहने पड़ते हैं, बिल्कुल वैसे ही जैसे कोई स्त्री यदि बच्चा चाहती है तो नौ महीने वह दर्द सहने को भी तैयार हो जाती है।

ईमानदारी के साथ की हुई पूछताछ इस अहंकार को तोड़ देगी और आप अपने होने को पहचान पाएंगे। फिर दुनिया की आधी समस्याएं तुरंत ख़त्म हो जाएंगी। पूछताछ ऐसी तकनीक है, जो यदि समझ के साथ की जाए तो आत्मसाक्षात्कार प्राप्त करवा सकती है।

प्र.१०४. मैं अब बहुत कुछ समझने लगा हूं, मुझे और क्या सीखना है? क्या सिर्फ़ रात सोने से पहले ही अपने मनोशरीरयंत्र की पूछताछ करनी है?

सरश्री: आपको थोड़ा सीखना है और अनसीखा ज़्यादा करना है। जो भी मान्यताएं हम मान चुके हैं, उन्हें समझ के साथ हटाना है। जो भी इंसान यह शुभ इच्छा (हैपी थॉट्स) रखता है कि मुझे सुख, शांति और संतोष चाहिए तो उसे यह पूछताछ करनी चाहिए।

शुरू-शुरू में रात सोने से पहले यह आसान रहेगा और अपने शरीर को आप भली-भांति समझने लगेंगे। फिर धीरे-धीरे यह पूछताछ दिन में भी घटना के तुरंत बाद होने लगेगी। कोई भी व्यवहार होने के साथ, आप अपने अंतरमन में छिपी इच्छाओं, वासनाओं का अवलोकन (दर्शन) कर पाएंगे। आप अपने अहंकार को देखने को तैयार हो जाएंगे। आप

अपने आपको अलग-अलग रिश्तों में देखना सीख जाएंगे। कैसे आप पत्नी के सामने अलग और नौकर के सामने अलग बन जाते हैं। सब्ज़ी ख़रीदते वक़्त किस तरह कपट का इस्तेमाल करते हैं या दुकानदार बनकर ग्राहक के साथ कैसे बातों को घुमाकर, घटाकर, बढ़ाकर, छिपाकर बताते हैं। इस तरह की पूछताछ के बाद आगे चलकर आप में घटना के पहले ही होश जगेगा। आप क्या करने जा रहे हैं, यह आपको पता चल जाएगा और मनोशरीरयंत्र में बदलाहट होगी। फिर यही शरीर आगे चलकर आपको आपका अहसास करवाने के लिए, सत्य पाने के लिए निमित्त बनेगा।

प्र.१०५. अगर मैं पूछताछ का ज़्यादा से ज़्यादा लाभ लेना चाहूं तो मैं दिन में भी ऐसा क्या करूं, जिससे मेरी समझ और बढ़े?

सरश्री: दिन के हर घंटे में अपने आपसे एक सवाल पूछें कि 'इस वक़्त मेरे मन की स्थिति कैसी है?' मन की चाहत, मन की अवस्था बदलती रहती है। अशांति उसका स्वभाव है। इस मन का अवलोकन करें। कभी देखेंगे कि मन व्याकुल होगा तो कभी ख़ुश होगा। कभी गुस्से में है तो कभी लोभ-लालच से रंजित है। कभी डरा व सहमा हुआ है तो कभी परेशान, चिंतित है। कभी यह किसी के प्रति नफ़रत, घृणा से भरा है तो कभी ग्लानि (अपराध बोध) से भरा हुआ है। कभी अहंकारी तो कभी इच्छाधारी है। कभी कपटी तो कभी तार्किक (लॉजिकल) है। कभी तोलू तो कभी कल्पनादास बना है। कभी नशे में है तो कभी होश में है।

ऐसे मन की जब हर घंटे में पूछताछ करेंगे तब यही पूछताछ आगे बहुत बड़ा चमत्कार करेगी। बहुत जल्द आप मन को बुद्धि से नहीं बल्कि अनुभव से अच्छी तरह जान जाएंगे कि 'मन तो छलावा है, जो एक अवस्था में ज़्यादा समय कभी टिक ही नहीं पाता।' फिर आप में ऐसा ज्ञान प्रकट होगा कि 'अगर मन ऐसा ही है तो क्यों हम उससे चिपक जाते हैं।' उसके बाद आप में यह भाव जागृत होगा कि 'मन परेशान है तो मैं थोड़े ही परेशान हूं।' यह अनुभव आपके जीवन में उतरेगा। अब दुख-सुख का कोई विचार आपको, आपके केंद्र से हटा नहीं पाएगा।

आप में यह बोध जागेगा कि 'मन व्याकुल है तो ख़ुश भी मन है। क्रोध, घृणा, ग्लानि, डर सब मन के साथ हैं, मेरे साथ नहीं। इसके पल-पल बदलने से मेरे तेजआनंद में कोई फ़र्क़ नहीं पड़ेगा,' यही समझ आप में प्रकट होगी। तब आप तनाव में भी अंदर से शांत रह पाएंगे। 'तनाव, मन व शरीर को है, मुझे नहीं है, यह तनाव शरीर से कोई कर्म करवाने के लिए आया है,' इस दृढ़ता के साथ आप जीवन का आनंद लेंगे। जैसे विद्यार्थी को परीक्षा से पहले, उससे पढ़ाई करवाने के लिए परीक्षा का डर आता है, उसी तरह शरीर को डर व तनाव देकर उससे कुदरत द्वारा काम करवाया जाता है। इन सब बातों के साक्षी बनकर आप असली आनंद लेना सीख जाएंगे।

सारे उतार-चढ़ाव अपने अनुभव से जानकर, आप साक्षी से स्वसाक्षी की ओर बढ़ेंगे। अपनी पूछताछ के द्वारा यह आसान होगा। यह क़दम दूसरा व आख़री क़दम है। पहले क़दम पर मनोशरीरयंत्र की पूछताछ की और कुछ ही दिनों में इस यंत्र के सारे लक्षण देख लिए। दूसरे क़दम पर अब उसे जानें, जिसका यह शरीर है। वह कौन है? कौन पैदा हुआ? कौन मरेगा? कौन सोता है? कौन जागता है? कौन चलता है? कौन बैठता है? कौन है जिसके होने मात्र से यह सृष्टि चलती है? कौन...? कौन...? कौन...?

प्र.१०६. मनोशरीरयंत्र की पूछताछ के लाभ देखते हुए, अपनी पूछताछ के बारे में जानने की प्यास जगी है, कृपया मार्गदर्शन करें?

सरश्री: जहां से विचार निकल रहे हैं यदि उस स्थान पर रहा जाए तो स्वयं का साक्षात्कार होता है। जैसे आपको बताया कि 'मैं' का विचार पहला विचार है। इसलिए यदि 'मैं कौन हूं?' यह पूछताछ लगातार करते रहें या दिन में कोई समय निकालकर एकांत में अपने आपसे यह सवाल पूछते रहें तो निश्चित ही तेजस्थान से जवाब आएगा। 'मैं कौन हूं?' यह सवाल मूल सवाल है, पहला सवाल है। इस 'मैं' के विचार के सिर से बाक़ी विचार निकलते हैं लेकिन इस विचार के पैर साक्षी से जुड़े हैं, सेल्फ़ से जुड़े हैं। जब तक 'मैं' का विचार नहीं आता

तब तक बाक़ी विचार नहीं आते। विचारों की जड़ में जाते ही निर्विचार अवस्था का अवलोकन होता है।

प्र.१०७. मन को निर्विचार कैसे करें?

सरश्री: मन का अर्थ ही है 'विचार'। निर्विचार होना यानी न-मन (no mind) होना। मन को चुप कराने के लिए अपनी पूछताछ सबसे सुंदर तरकीब है। यह तरकीब रास्ता भी है और मंज़िल भी है। जब स्वयं से आप पूछेंगे कि 'मैं कौन हूं?' तब यह विचार जो सवाल के रूप में है, बाक़ी विचारों को मार डालेगा, काट डालेगा। इस पूछताछ के रहते बाक़ी विचार नहीं बन पाते। इस तरह सभी विचारों को ख़त्म करके यह आख़री विचार (मैं कौन हूं?) भी ख़त्म हो जाएगा। फिर रूप-रंग की कल्पना, शक्ल-सूरत की कल्पना टूट जाएगी। 'तुम शरीर तक सीमित नहीं हो, तुम असीम हो,' यह बात आप अनुभव से जान जाएंगे।

प्र.१०८. अलग-अलग ध्यान विधियों से अपनी पूछताछ कैसे श्रेष्ठ है?

सरश्री: अपनी पूछताछ 'टू-इन-वन' है। जब व्यक्ति रूपी अहंकार पर पूछताछ द्वारा शंका आएगी तब वह ग़ायब होना शुरू होता है वर्ना वह ग़ायब नहीं होता है बल्कि ज़िंदगी भर रोगी की तरह जी रहा होता है।

जैसे कोई भारतमाता का दर्शन करने के लिए एक मंदिर बना दे और सोचे कि 'कब भारतमाता के दर्शन होंगे?' तो आप उससे क्या कहेंगे? आप उससे यही कहेंगे कि 'अरे! भारतमाता नाम की कोई देवी है ही नहीं बल्कि लोगों में देश भक्ति जगाने के लिए मंदिर बनवाया गया। यह तो उन लोगों को समझाने के लिए जो बच्चे हैं, जो कहानियों और चित्रों के बिना समझते ही नहीं, मूर्ति का निर्माण किया गया।

पूछताछ करते ही चमत्कार शुरू हो जाते हैं कि 'अरे! ज्ञान पाना इतना आसान है, सिर्फ़ पूछताछ करने से...।' आसान इसलिए है क्योंकि जो चीज़ आप प्राप्त करने वाले हैं, वह पहले से ही है। अपनी पूछताछ शुरू होती है तो नक़ली चीज़ ग़ायब होनी शुरू हो जाती है। कौन व्याकुल है, अंदर जाकर देखा तो कोई है ही नहीं, केवल शून्य (ब्लैंक)

था, उस वक़्त कुछ भी नहीं था। फिर वापस विचार शुरू हो गए कि 'मैं परेशान हूं' तो अपने आपसे पूछेंगे कि 'कौन परेशान है?' इस तरह आप देखेंगे कि पहले दिन में थोड़ा समय याद आएगा। बाद में देखेंगे कि यह ज़्यादा समय याद आने लग गया। चारों तरफ़ जो घटनाएं हो रही हैं, वे आपको अपनी पूछताछ करने का मौक़ा देंगी। भूख लगी है तो 'किसे लगी है?' हर चीज़ पर यह पूछताछ हो सकती है और यह पूछताछ ऐसी है कि जितनी ज़्यादा आप पूछताछ करते रहेंगे, उससे आपको दोगुना फ़ायदा होता है। अपनी पूछताछ करने से मन की एकाग्रता बढ़ती है क्योंकि मन अंदर जा रहा है, स्थिर हो रहा है। लोग जो भी साधनाएं करते हैं, विधियां करते हैं, उसके पीछे लक्ष्य होता है कि उनकी एकाग्रता बढ़े। आधा घंटा बैठे हैं... सांस को देख रहे हैं... और जब उठे तो एकाग्रता बढ़ गई। अगर ऐसे ध्यान रोज़ करते रहें तो एकाग्रता बढ़ गई मगर इससे सिर्फ़ एकाग्रता ही बढ़ी, अपने आप पर नहीं पहुंचे। पूछताछ से दो काम एक साथ होते हैं एकाग्रता के बढ़ने के साथ-साथ स्वयं का बोध भी बढ़ता है। इसलिए अपनी पूछताछ है, 'टू-इन-वन'।

प्र.१०९. यह पूछताछ हम लगातार कैसे कर पाएंगे? दूसरे विचार आना तो स्वाभाविक हैं, वे तो आएंगे ही। ऐसी हालत में हम कैसे अपने आप पर जा पाएंगे?

सरश्री: यदि इस बात को थोड़ा सा ग़ौर से समझ लें तो 'मैं कौन हूं?' यह पूछताछ लगातार करने में कोई दिक़्क़त नहीं है। आपके मन में कितने विचार आते हैं, इससे आपकी पूछताछ करने में कोई फ़र्क़ नहीं पड़ेगा। इसलिए ध्यान के दौरान या दिन में कभी मन में कोई विचार उठे तब अपने आपसे तुरंत यह सवाल पूछें कि 'यह विचार किसे आया है? कौन है विचारक?' इस सवाल के पूछते ही जवाब आ सकता है, 'मुझे यह विचार आया।' उसके बाद तुरंत ख़ुद से पूछें कि 'यह मुझे कौन? मैं कौन?' तब आप अपने आप पर फेंक दिए जाएंगे। जब आप पूछें कि 'मुझे मतलब कौन? मैं कौन?' तब उस समय अपने आपको शब्दों में या बुद्धि से कोई जवाब नहीं देना है कि 'मैं चैतन्य हूं, साक्षी हूं,' इत्यादि।

इन जवाबों से परे, बुद्धि से परे, जो आप हैं, उस अहसास को महसूस करना है। चाहे तो आंख बंद करके यह कर सकते हैं। आपका होना, आपके होने का अहसास, आपका अनुभव, तेज अनुभव ही स्वयं का बोध है। अपने आप पर जाना ही इस सवाल (मैं कौन) का जवाब है। इस तरह हर बार, हर विचार, आपको अपने आप पर ले जाएगा। जैसे इस वक़्त विचार आए कि 'मुझे समझ में नहीं आ रहा है' तो आप यह पूछताछ करें कि 'कौन नहीं समझा? अगर मैं नहीं समझा तो मैं कौन...? कौन...? कौन...?' आप तुरंत देखेंगे कि कुछ क्षण के लिए विचार बंद हो गए, आप निर्विचार हो गए यानी सेल्फ़ ही बचा। इस तरह बार-बार अपने आप पर जाने से मन कमज़ोर पड़ता जाएगा और चैतन्य का सूरज चमकेगा। बार-बार के अभ्यास से तोलू मन* अपने ही स्रोत में रहना सीख जाएगा। सेल्फ़ में डुबकी लगाते-लगाते वह पिघल जाएगा। ठीक वैसे ही जैसे नमक के पुतले जब समंदर की गहराई नापने समंदर में उतरते हैं तो धीरे-धीरे पिघल जाते हैं।

प्र.११०. इस मन को शांत कराने के लिए क्या बाक़ी तरीक़े नहीं हैं?

सरश्रीः मन को शांत करना क़दम है, मंज़िल नहीं। मन के शांत होते ही जो समझ उठनी चाहिए, अगर वह नहीं उठी तो यह पूछताछ उतनी काम की नहीं होगी, जितनी होनी चाहिए। बाक़ी तरीक़ों से वह समझ नहीं उठती। कुछ लोग सांस की कसरत (प्राणायाम) द्वारा या मंत्र के उच्चारण द्वारा मन को एकाग्रित करने की कोशिश करते हैं। लेकिन इन उपायों से कुछ समय के लिए मन शांत हो जाता है मगर कुछ समय के बाद वह फिर से आ जाता है। मन के शक फिर से लौट आते हैं। मुहल्लेवाले (मन के विचार) फिर से परेशान करते हैं। कोई अगर दो सांसों के बीच में अपने मन को टिकाए तो भी मन शांत हो जाता है। उस समय ऐसा लगने लगता है कि सांस के साथ मन भी ठहर गया है।

** तोलू मन - तुलना, तोलना, तोड़नेवाला मन, हर चीज़ को दो में विभाजित करनेवाला मन*

लेकिन गहरी नींद में सांस के चलते भी मन शांत हो जाता है या तो ख़त्म हो जाता है। इसलिए सांस के रहते ही अपने स्रोत (केंद्र) पर पहुंचा जाए तो बेहतर होगा। 'अपनी पूछताछ' यह कार्य सहज करती है।

प्र.१११. 'अपनी पूछताछ' कब तक करनी है क्योंकि विचारों का तो अंत ही नहीं है?

सरश्री: जब तक आप अपने आपको पहचान नहीं लेते और अपने बारे में आपकी कल्पनाएं और ग़लत मान्यताएं नहीं टूटतीं तब तक आपको अपनी पूछताछ करते रहनी है। ग़लत मान्यताएं जैसे 'मैं शरीर हूं,' इसके टूटते ही अपनी पूछताछ बंद हो जाएगी क्योंकि अब आप अपने आप पर स्थित हो जाएंगे, स्थितप्रज्ञ हो जाएंगे। उसके बाद अगर विचार हैं तो भी आप समझ चुके होंगे कि 'ये विचार मेरे नहीं हैं, मेरे लिए नहीं हैं, मैं तो इनसे परे तेजसाक्षी हूं। विचार तो मेरे मनोशरीरयंत्र में हैं, यह यंत्र तो मेरा दर्पण है। मेरे दर्पण में अगर विचार चल रहे हैं तो इससे मुझे क्या तकलीफ़ होगी? दर्पण तो अपना काम कर ही रहा है, वह तो मुझे मेरा चेहरा दिखा ही रहा है (यानी मुझे मेरा अहसास करा ही रहा है)।' अपनी पूछताछ कर, अपने आप पर रहना सबसे बड़ी भक्ति है। विचारों के आते ही उन्हें पूछताछ से काट देना है, 'सच्चा त्याग या अनासक्त भाव।'

नीचे दिए गए बीस संकेत हमेशा ध्यान में रखें, जो आपको अपनी पूछताछ करने में मदद करेंगे।

१. अपने मनोशरीर यंत्र का चेहरा स्वीकार करें, वह जैसा भी है। हम जिंदगी को आधा स्वीकार करते हैं इसलिए दुख है। हमें सुख स्वीकार है तो दुख अस्वीकार है। हमें सफलता स्वीकार है तो असफलता अस्वीकार है। हमें सम्मान स्वीकार है तो अपमान अस्वीकार है। हमें शरीर का दाहिना हाथ स्वीकार है तो बाएं को हम तुच्छ समझते हैं। शरीर के ऊपरी हिस्से को स्वीकार करते हैं तो निचले हिस्से को अस्वीकार करते हैं। शरीर बाहर से स्वीकार है तो अंदर से अस्वीकार है। आधा स्वीकार है संघर्ष। इस संघर्ष (जंग) में ही तो दुख है। इसलिए अपने चेहरे को

स्वीकार करके खुलकर जिएं। अस्वीकार से सिकुड़ना बंद कर दें।

२. 'मैं कौन हूँ' यह पूछ लेने के बाद साधक बुद्धि से ही जवाब देने लगता है कि 'मैं यह हूं या यह नहीं हूं।' हालांकि तकनीक कहती है कि आपको जवाब शब्दों में नहीं देना है बल्कि विचारों के स्रोत पर जाना है। उस अहसास पर जाना है, चाहे कुछ पल भी क्यों ना हो। इस तरह अभ्यास द्वारा आप अपने आप पर रहने लगेंगे और दिन भर मन खुद ही अपने स्रोत (केंद्र) पर जाना चाहेगा। अंदर का अहसास मुख्य है, न कि बुद्धि का जवाब। विचार कहां से उठ रहे हैं, उस स्थान (तेजस्थान) पर जाना है।

३. मन जल्दी फल की आकांक्षा करता है। 'आज मैंने अपनी पूछताछ की तो क्या फायदा हुआ' यह मन परखना चाहता है। यदि फायदा नहीं दिखा तो मन प्रयास करना छोड़ देता है, लाभ और लोभ में धीरज खो बैठता है। लोभ और लालच से मुक्ति पाने के लिए ही यह साधना कर रहे हैं। इसलिए साधना के फल की लालच न करें। हर दिन, हर घंटे, हर घटना में पूछताछ धीरज के साथ करते रहें, फल मिलेगा ही।

४. कुछ खोजी सोचेंगे कि यह तकनीक विचारों को दबाने के लिए है या एकाग्रता बढ़ाने के लिए है। नहीं, यह तकनीक तो मात्र अपने स्रोत (सेल्फ) की जागृति के लिए है, एकाग्रता का बढ़ना तो अपने आप (बोनस में) ही हो जाता है। इससे विचार दबते नहीं बल्कि वे अपने मौन में डूबते हैं। वहीं मिलता है सच्चा आनंद, 'तेज आनंद'।

५. अपनी पूछताछ में बहुत धैर्य, ताकत और वक्त चाहिए, इसके बिना यह नहीं हो सकती, यह धारणा बन सकती है, जो कि गलत है। हकीकत यह है कि अगर समझ बढ़ी है कि अपने अंदर जो मौन है, वही है आनंद का खज़ाना तो अपने आप मन वहाँ जाना चाहेगा। जैसे भंवरा, एक फूल से दूसरे फूल पर भटकता है। जब उसे शहद वाला फूल मिल जाता है तो वह अपने आप स्थिर हो जाता है, वहीं बैठ जाता है। उसी तरह मन को जब असली आनंद अपने ही अंदर मिलता है तो वह बाहर के नकली आनंद में भटकना बंद कर देता है। उसके बाद धैर्य और शक्ति

अपने आप बढ़ने लगते हैं।

६. कुछ लोग सोचेंगे कि पूरा सोच विचार कर लेने के बाद अपने आप से पूछना है कि ये विचार किसे आ रहे हैं। नहीं, जैसे ही होश जागे तो विचार को बीच में काटकर पूछना चाहिए कि ये विचार किसे आ रहे हैं या ये विचार कहां से आ रहे हैं। अगर मुझे आ रहे हैं तो 'मैं कौन?' और फिर अपने होने के अहसास पर रहना है। थोड़े अभ्यास से यह सहज होने लगेगा।

७. बार-बार मन में आएगा कि यह सब कब तक करना है। इस तरह के किसी शक और शंका को आने नहीं देना है, मन को गुरु नहीं बनाना है। मन आपको मनाकर माया में उलझा देगा। लेकिन आपको अपने गुरु पर विश्वास कर, इसे करते रहना है। बहुत जल्द इसका चमत्कार आप देख पाएंगे।

८. कोई साधक कहेगा, जब विचार नहीं रहते तो वहां पर कुछ नहीं रहता। वह इसलिए क्योंकि हमें यह आदत पड़ चुकी है कि हम बिना रंग-रूप के अपनी कल्पना कर ही नहीं सकते। बिना शरीर के मैं हो सकता हूं, यह मान ही नहीं सकते। जब आप अपने आप पर हैं तो उसे कैसे देखेंगे? कौन उसे अलग से देखेगा? क्योंकि एक ही तो सेल्फ है, उसे अलग से कौन जानेगा? अनुभव ही, अनुभव का, अनुभव में, अनुभव करता है, जो मन को नहीं होता। लेकिन मन विचारों के द्वारा बार-बार आकर देखना चाहेगा कि मेरा होना कैसा है। जब आप गहरी नींद में होते हैं तो कौन आकर देखना चाहता है कि आप सचमुच नींद में हैं कि नहीं। सुबह उठकर ही आप जानते हैं कि आपने नींद की। आप गहरी नींद में भी थे, इसमें विश्वास वाली कोई बात नहीं होती। क्या आपको 'स्वयं को' जानने के लिए किसी आइने की जरूरत है? बिना आइने के भी आप जानते हैं कि आप है, उसके लिए किसी सबूत की जरूरत नहीं।

९. अपनी पूछताछ से शांति का क्या संबंध है, ऐसा आपको लगेगा परंतु मौन आपका स्वभाव है। आपको मौन होना नहीं है पर यह जानना है

कि आप मौन हो, होश हो (Bright Awareness), तेज साक्षी हो। विचारों के साथ चिपकाव ही आपको दुख में डाले हुए हैं। जब पूछताछ करते-करते आप अपने आप पर पहुंच जाएंगे तब परम शांति का अनुभव करेंगे।

१०. अपनी पूछताछ करते-करते अलग-अलग अनुभव हो सकते हैं। जैसे कि प्रकाश दिखना, शरीर के न होने का अहसास होना, कोई आवाज़ (संगीत) सुनाई देना, अलग-अलग रंग दिखना, आकाश और तारे दिखना इत्यादि लेकिन आपको पूछताछ तब यही करनी है कि 'कौन प्रकाश देख रहा है?' 'कौन आवाज़ सुन रहा है?' 'कौन रंग और तारे गिन रहा है?' और यह पूछकर अपने स्वसाक्षी (सेल्फ) पर ही पहुंच जाना है।

११. आपको मन से लड़ना नहीं है। जब अनुभव महसूस नहीं होता तब मन परेशान होकर उस अनुभव को अपनी इच्छा से लाना चाहता है। कल के मिले हुए अनुभवों को आज भी दोहराना चाहता है। इस तरह की नासमझी से वह फिर गलत पूछताछ करने लगता है। हकीकत में मन ही मन से लड़ना चाहता है। समझ मिलते ही मन वर्तमान में होने वाली बातों का साक्षी (विटनेस) बनकर उन पर सवाल पूछेगा, लड़ाई बंद हो जाएगी। बजाय लड़ने के विचार कहां से उठ रहे हैं यह जानना है, अनुभव करना है।

१२. शुरू में कम समय अपने आप पर रहना होगा। मगर समय के साथ पूछताछ करते-करते अपने आप पर रहना सहज होता जाएगा। इसे ही सहज समाधि कहा गया है। जब तक अपने होने (जिंदा होने) का आनंद आपको नहीं मिलेगा। तब तक मन उस अनुभव में कम जाएगा। एक बार स्वाद मिलते ही मन बार-बार ज़्यादा समय वहां रहना चाहेगा। इसलिए पूछताछ जारी रखें।

१३. पहले सभी शंकाएं दूर हो जाएं, फिर अपनी पूछताछ करनी चाहिए, यदि ऐसी धारणा बनती है तो यह गलत है। जितनी भी समझ आई हो, उतने से ही काम शुरू करना चाहिए। पूछताछ करते-करते बाकी समझ भी आनी शुरू होगी। शंकाएं आते ही मार्गदर्शक से मिलकर उसका

निवारण करें। इस सवाल का पठन बार-बार करके, इस विद्या को ठीक से समझ लें।

१४. कोई यह गलती कर सकता है कि 'मैं कौन हूं', 'मैं कौन हूं?', ऐसा पूछता ही जाए, बिना उस अहसास पर रहे तो वह इस पूछताछ को मंत्र बना रहा है। इससे मंत्र का लाभ होगा मगर 'मैं कौन हूं' यह साक्षात्कार नहीं होगा। 'मैं कौन हूं', यह सवाल एक बार पूछकर भी यदि आप अपने होने (सेल्फ) पर होते हो तो यह काफी है। एक बार पूछकर 'मैं कौन हूं' अपनी पूरी एकाग्रता अपने अहसास पर लगा दो। शुरू में 'मैं कौन हूं' इस सवाल को कई बार पूछना पडेगा, मन बार-बार दूसरे विचारों में दौड़ने लगेगा। मन को बार-बार यह सवाल पूछकर अनुभव पर लाना होगा। शुरू में बेहोशी ज़्यादा होती है, होश कम होता है। बाद में एक-दो बार पूछने से भी अपने मूल स्थान (तेजस्थान) पर आने लगेगा। होश बढ़ने लगेगा, बेहोशी कम होने लगेगी, जिससे यह पूछताछ आसान होते जाएगी।

१५. अगर यह लगता है कि एक जगह बैठकर, आंखें बंद करके ही पूछताछ की जा सकती है तो यह गलत है। शुरू में एक जगह बैठकर आंखें बंद करके आप पूछताछ करें तो आसान रहेगा मगर बाद में हर जगह, चलते-फिरते, काम करते भी यह पूछताछ हो सकती है। फिर दिन में कई बार अपने आप पर जाना होगा, अपना स्मरण बढ़ेगा। कौन दुखी हुआ, कौन खुश हुआ? कौन नाराज़ हुआ? इस तरह हर सवाल आपको अपने आप पर ले जाएगा क्योंकि इन सवालों के जवाब शब्दों में नहीं देने हैं बल्कि अनुभव करके देने हैं। शब्दों और विचारों की वजह से आप अपने अनुभव से दूर हो गए हैं। इस विधि द्वारा आप फिर से अपने अनुभव से जुड़ते हैं।

१६. कोई यह पूछता है कि अगर मैं अपने आप पर जाऊंगा तो क्या मेरी समस्याएं दूर हो जाएंगी? समस्याएं किसके साथ हैं, यह पूछताछ करते ही आप जान जाएंगे कि समस्याएं मनोशरीर यंत्र के साथ हैं। आप शरीर को 'मैं' मान रहे थे इसलिए उन्हें अपना मानकर दुख-सुख भोग

रहे थे। इस पूछताछ से समस्याएं दूर नहीं, विलीन होती हैं। बीमारी नहीं, बीमार से मुक्ति मिलती है। अपनी पूछताछ से खुशी नहीं मिलती, आप ही खुशी बन जाते हैं। अपनी पूछताछ से विचारों में खोने वाली शक्ति बचती है, जिससे आपकी काम करने की क्षमता बढ़ जाती है। पूछताछ करने से निश्चित रूप से क्षमता बढ़ती है।

१७. अपनी पूछताछ करते हुए धैर्य रखें, जल्दबाजी न करें। परिणाम जल्द आए, मन के मुताबिक आए, मन की कल्पना के हिसाब से आए, ऐसा भाव बाधा बनता है। अधीर बनकर अपने मन को विचलित न करें क्योंकि विचारों से भरे मन में समझ का सूरज जल्दी नहीं उभरता। पूछताछ से ही विचारों का खात्मा होगा और समझ के सूर्य का उदय होगा।

१८. जब तक किसी बात से खुश होने की बात है, तब तक हम खुश नहीं हो सकते। 'कारण' आज है कल नहीं रहेगा। जो बिना कारण खुशी मिले, वही है तेज आनंद। अकारण खुशी अपने होने की वजह से ही मिलती है। यह खुशी न कुछ खोने की वजह से है, न कुछ पाने की वजह से है। यह खुशी समय के साथ कम नहीं होती। यही खुशी पाना इंसान का लक्ष्य है। 'अपनी पूछताछ समझ के साथ', इस लक्ष्य को प्राप्त करने में आपकी मदद करती है।

१९. अपनी पूछताछ का गुर (तकनीक) समझ में आ जाए तो आप सतत अपने आप पर रहने की कला सीख जाएंगे। यह पहले कुछ प्रयास से होगा लेकिन बाद में सहज लगेगा। हो सकता है यह गुर, सीखने में आपको थोड़ा समय लगे लेकिन सीखते ही यह समय आपकी जिंदगी का सबसे बड़ा निवेश (इनवेस्टमेंट) होगा।

२०. जब अपना होना ही बचेगा तब यह सवाल अपने आप गिर जाएगा कि 'मैं कौन हूं' इतना गहरा मौन उतरेगा कि यह पूछने वाला 'मैं कौन हूं' नहीं रहेगा। आपके चारों ओर मौन होगा। पहली बार आप जानेंगे कि मौन में भी आनंद होता है। प्रश्न पूछने वाला मन के साथ चला गया, प्रश्न भी मन का हिस्सा था। शब्दों के उत्तर भी मन के होते हैं, दोनों विलीन

होंगे क्योंकि विचारों का स्रोत प्रकट हो गया। स्रोत यानी उद्गमस्थान, तेजस्थान, मूल केंद्र, सेल्फ, तेजसाक्षी, स्वसाक्षी, तेजम्, ईश्वर और सब कुछ या कुछ नहीं।

यह पुस्तक पढ़ने के बाद अपना अभिप्राय (विचार सेवा) इस पते पर भेज सकते हैं : Tejgyan Global Foundation, Pimpri Colony Post office, P.O. Box 25, Pune - 411 017. Maharashtra (India).

सरश्री

अल्प परिचय

स्वीकार मंत्र मुद्रा

सरश्री की आध्यात्मिक खोज का सफर उनके बचपन से प्रारंभ हो गया था। इस खोज के दौरान उन्होंने अनेक प्रकार की पुस्तकों का अध्ययन किया। इसके साथ ही अपने आध्यात्मिक अनुसंधान के दौरान अनेक ध्यान पद्धतियों का अभ्यास किया। उनकी इसी खोज ने उन्हें कई वैचारिक और शैक्षणिक संस्थानों की ओर बढ़ाया। इसके बावजूद भी वे अंतिम सत्य से दूर रहे।

उन्होंने अपने तत्कालीन अध्यापन कार्य को भी विराम लगाया ताकि वे अपना अधिक से अधिक समय सत्य की खोज में लगा सकें। जीवन का रहस्य समझने के लिए उन्होंने एक लंबी अवधि तक मनन करते हुए अपनी खोज जारी रखी। जिसके अंत में उन्हें आत्मबोध प्राप्त हुआ। आत्मसाक्षात्कार के बाद उन्होंने जाना कि अध्यात्म का हर मार्ग जिस कड़ी से जुड़ा है वह है- समझ (अंडरस्टैण्डिंग)।

सरश्री कहते हैं कि 'सत्य के सभी मार्गों की शुरुआत अलग-अलग प्रकार से होती है लेकिन सभी के अंत में एक ही समझ प्राप्त होती है। 'समझ' ही सब कुछ है और यह 'समझ' अपने आपमें पूर्ण है। आध्यात्मिक ज्ञान प्राप्ति के लिए इस 'समझ' का श्रवण ही पर्याप्त है।'

सरश्री ने ढाई हज़ार से अधिक प्रवचन दिए हैं और सौ से अधिक पुस्तकों की रचना की हैं। ये पुस्तकें दस से अधिक भाषाओं में अनुवादित की जा चुकी हैं और प्रमुख प्रकाशकों द्वारा प्रकाशित की गई हैं, जैसे पेंगुइन बुक्स, हे हाऊस पब्लिशर्स, जैको बुक्स, हिंद पॉकेट बुक्स, मंजुल पब्लिशिंग हाऊस, प्रभात प्रकाशन, राजपाल ॲण्ड सन्स इत्यादि।

तेजज्ञान फाउण्डेशन – परिचय

तेजज्ञान फाउण्डेशन आत्मविकास से आत्मसाक्षात्कार प्राप्त करने का एक रास्ता है। इसके लिए सरश्री द्वारा एक अनूठी बोध पद्धति (System for Wisdom) का सृजन हुआ है। इस पद्धति को अन्तर्राष्ट्रीय मानक ISO 9001:2015 के आवश्यकताओं एवं निर्देशों के अनुरूप ढालकर सरल, व्यावहारिक एवं प्रभावी बनाया गया है।

इस संस्था की बोध पद्धति के विभिन्न पहलुओं (शिक्षण, निरीक्षण व गुणवत्ता) को स्वतंत्र गुणवत्ता परीक्षकों (Quality Auditors) द्वारा क्रमबद्ध तरीके से जाँचा गया। जिसके बाद इन पहलुओं को ISO 9001:2015 के अनुरूप पाकर, इस बोध पद्धति को प्रमाणित किया गया है।

फाउण्डेशन का लक्ष्य आपको नकारात्मक विचार से सकारात्मक विचार की ओर बढ़ाना है। सकारात्मक विचार से शुभ विचार यानी हॅपी थॉट्स (विधायक आनंदपूर्ण विचार) और शुभ विचार से निर्विचार की ओर बढ़ा जा सकता है। निर्विचार से ही आत्मसाक्षात्कार संभव है। शुभ विचार (Happy Thoughts) यानी यह विचार कि 'मैं हर विचार से मुक्त हो जाऊँ।' शुभ इच्छा यानी यह इच्छा कि 'मैं हर इच्छा से मुक्त हो जाऊँ।'

ज्ञान का अर्थ है सामान्य ज्ञान लेकिन तेजज्ञान यानी वह ज्ञान जो ज्ञान व अज्ञान के परे है। कई लोग सामान्य ज्ञान की जानकारी को ही ज्ञान समझ लेते हैं लेकिन असली ज्ञान और जानकारी में बहुत अंतर है। आज लोग सामान्य ज्ञान के जवाबों को ज्यादा महत्त्व देते हैं। उदाहरण के तौर पर– कर्म और भाग्य, योग और प्राणायाम, स्वर्ग और नर्क इत्यादि। आज के युग में सामान्य ज्ञान प्रदान करनेवाले लोग और शिक्षक कई मिल जाएँगे मगर इस ज्ञान को पाकर जीवन में कोई बड़ा परिवर्तन नहीं होता। यह ज्ञान या तो केवल बुद्धि विलास है या फिर अध्यात्म के नाम पर बुद्धि का व्यायाम है।

सभी समस्याओं का समाधान है तेजज्ञान। भय से मुक्ति, चिंतारहित व क्रोध से आज़ाद जीवन है तेजज्ञान। शारीरिक, मानसिक, सामाजिक, आर्थिक और आध्यात्मिक उन्नति के लिए है तेजज्ञान। तेजज्ञान आपके अंदर है, आएँ और इसे पाएँ।

यदि आप ऐसा ज्ञान चाहते हैं, जो सामान्य ज्ञान के परे हो, जो हर समस्या का समाधान हो, जो सभी मान्यताओं से आपको मुक्त करे, जो आपको ईश्वर का साक्षात्कार कराए, जो आपको सत्य पर स्थापित करे तो समय आ गया है तेजज्ञान

को जानने का। समय आ गया है शब्दोंवाले सामान्य ज्ञान से उठकर तेजज्ञान का अनुभव करने का।

अब तक अध्यात्म के अनेक मार्ग बताए गए हैं। जैसे जप, तप, मंत्र, तंत्र, कर्म, भाग्य, ध्यान, ज्ञान, योग और भक्ति आदि। इन मार्गों के अंत में जो समझ, जो बोध प्राप्त होता है, वह एक ही है। सत्य के हर खोजी को अंत में एक ही समझ मिलती है और इस समझ को सुनकर भी प्राप्त किया जा सकता है। उसी समझ को सुनना यानी तेजज्ञान प्राप्त करना है। तेजज्ञान के श्रवण से सत्य का साक्षात्कार होता है, ईश्वर का अनुभव होता है। यही तेजज्ञान सरश्री महाआसमानी शिविर में प्रदान करते हैं।

महाआसमानी परम ज्ञान शिविर परिचय और लाभ (निवासी)

क्या आपको उच्चतम आनंद पाने की इच्छा है? ऐसा आनंद, जो किसी कारण पर निर्भर नहीं है, जिसमें समय के साथ केवल बढ़ोतरी ही होती है। क्या आप इसी जीवन में प्रेम, विश्वास, शांति, समृद्धि और परमसंतुष्टि पाना चाहते हैं? क्या आप शारीरिक, मानसिक, सामाजिक, आर्थिक और आध्यात्मिक इन सभी स्तरों पर सफलता हासिल करना चाहते हैं? क्या आप 'मैं कौन हूँ' इस सवाल का जवाब अनुभव से जानना चाहते हैं।

यदि आपके अंदर इन सवालों के जवाब जानने की और 'अंतिम सत्य' प्राप्त करने की प्यास जगी है तो तेजज्ञान फाउण्डेशन द्वारा आयोजित 'महाआसमानी शिविर' में आपका स्वागत है। यह शिविर पूर्णतः सरश्री की शिक्षाओं पर आधारित है। सरश्री आज के युग के आध्यात्मिक गुरु और 'तेजज्ञान फाउण्डेशन' के संस्थापक हैं, जो अत्यंत सरलता से आज की लोकभाषा में आध्यात्मिक समझ प्रदान करते हैं।

महाआसमानी शिविर का उद्देश्य : इस शिविर का उद्देश्य है, 'विश्व का हर इंसान 'मैं कौन हूँ' इस सवाल का जवाब जानकर सर्वोच्च आनंद में स्थापित हो जाए।' उसे ऐसा ज्ञान मिले, जिससे वह हर पल वर्तमान में जीने की कला प्राप्त करे। भूतकाल का बोझ और भविष्य की चिंता इन दोनों से वह मुक्त हो जाए। हर इंसान के जीवन में स्थायी खुशी, सही समझ और समस्याओं को विलीन करने की कला आ जाए। मनुष्य जीवन का उद्देश्य पूर्ण हो।

'मैं कौन हूँ? मैं यहाँ क्यों हूँ? मोक्ष का अर्थ क्या है? क्या इसी जन्म में मोक्ष प्राप्ति संभव है?' यदि ये सवाल आपके अंदर हैं तो महाआसमानी शिविर इसका जवाब है।

महाआसमानी शिविर के मुख्य लाभ : इस शिविर के लाभ तो अनगिनत

हैं मगर कुछ मुख्य लाभ इस प्रकार हैं... * जीवन में दमदार लक्ष्य प्राप्त होता है। * 'मैं कौन हूँ' यह अनुभव से जानना (सेल्फ रियलाइजेशन) होता है। * मन के सभी विकार विलीन होते हैं। * भय, चिंता, क्रोध, बोरडम, मोह, तनाव जैसी कई नकारात्मक बातों से मुक्ति मिलती है। * प्रेम, आनंद, मौन, समृद्धि, संतुष्टि, विश्वास जैसे कई दिव्य गुणों से युक्ति होती है। * सीधा, सरल और शक्तिशाली जीवन प्राप्त होता है। * हर समस्या का समाधान प्राप्त करने की कला मिलती है। * 'हर पल वर्तमान में जीना' यह आपका स्वभाव बन जाता है। * आपके अंदर छिपी सभी संभावनाएँ खुल जाती हैं। * इसी जीवन में मोक्ष (मुक्ति) प्राप्त होता है।

महाआसमानी शिविर में भाग कैसे लें? इस शिविर में भाग लेने के लिए आपको कुछ खास माँगें पूरी करनी होती हैं। जैसे - १) आपकी उम्र कम से कम अठारह साल या उससे ऊपर होनी चाहिए। २) आपको सत्य स्थापना शिविर (फाउण्डेशन ट्रुथ रिट्रीट) में भाग लेना होगा, जहाँ आप सीखेंगे- वर्तमान के हर पल को कैसे जीया जाए और निर्विचार दशा में कैसे प्रवेश पाएँ। ३) आपको कुछ प्राथमिक प्रवचनों में उपस्थित होना है, जहाँ आप बुनियादी समझ आत्मसात कर, महाआसमानी शिविर के लिए तैयार होते हैं।

यह शिविर साल में पाँच या छह बार आयोजित होता है, जिसका लाभ हज़ारों खोजी उठाते हैं। इस शिविर की तैयारी आगे दिए गए स्थानों पर कराई जाती है। पुणे, मुंबई, दिल्ली, सांगली, सातारा, जलगाँव, अहमदाबाद, कोल्हापुर, नासिक, अहमदनगर, औरंगाबाद, सूरत, बरोडा, नागपुर, भोपाल, रायपुर, चेन्नई, वर्धा, अमरावती, चंद्रपुर, यवतमाल, रत्नागिरी, लातूर, बीड, नांदेड, परभणी, पनवेल, ठाणे, सोलापुर, पंढरपुर, अकोला, बुलढाणा, धुले, भुसावल, बैंगलोर, बेलगाम, धारवाड, भुवनेश्वर, कोलकत्ता, राँची, लखनऊ, कानपुर, चंदीगढ़, जयपुर, पणजी, म्हापसा, इंदौर, इटारसी, हरदा, विदिशा, बुरहानपुर।

आप महाआसमानी की तैयारी फाउण्डेशन में उपलब्ध सरश्री द्वारा रचित पुस्तकों, सी.डी. और कैसेटस् सुनकर कर सकते हैं। इसके अलावा आप टी. वी., रेडियो और यू ट्यूब पर सरश्री के प्रवचनों का लाभ भी ले सकते हैं मगर याद रहे, ये पुस्तकें, कैसेट, टी.वी., रेडियो और यू ट्यूब के प्रवचन शिविर का परिचय मात्र है, तेजज्ञान नहीं। आप महाआसमानी शिविर में भाग लेकर ही तेजज्ञान का आनंद ले सकते हैं। आगामी महाआसमानी शिविर में अपना स्थान आरक्षित करने के लिए संपर्क करें :**09921008060/75, 9011013208**

महाआसमानी शिविर स्थान

महाआसमानी महानिवासी शिविर 'मनन आश्रम' पर आयोजित किया जाता है। यह आश्रम पुणे शहर के बाहरी क्षेत्र में पहाड़ों और निसर्ग के असीम सौंदर्य के बीच बसा हुआ है। इस आश्रम में पुरुषों और महिलाओं के लिए अलग-अलग, कुल मिलाकर 700 से 800 लोगों के रहने की व्यवस्था है। यह आश्रम पुणे शहर से 17 किलो मीटर की दूरी पर है। हवाई अड्डा, हाइवे और रेल्वे से पुणे आसानी से आ-जा सकते हैं।

मनन आश्रम, पुणे, सर्वे नं. ४३, सनस नगर, नांदोशी गांव, किरकट वाडी फाटा, तहसील - हवेली, जिला - पुणे - ४११ ०२४. फोन : 09921008060

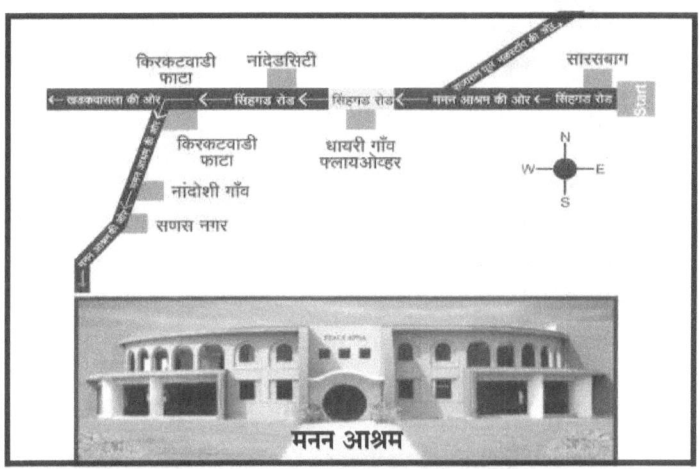

मनन आश्रम

अब एक क्लिक पर ही शिविर का रजिस्ट्रेशन !

तेजज्ञान फाउण्डेशन की इन शिविरों के लिए
अब आप ऑनलाईन रजिस्ट्रेशन भी कर सकते हैं-

* महाआसमानी महानिवासी शिविर (पाँच दिवसीय निवासी शिविर)
* मैजिक ऑफ अवेकनिंग (केवल अंग्रेजी भाषा जाननेवालों के लिए तीन दिवसीय निवासी शिविर)
* मिनी महाआसमानी (निवासी) शिविर, युवाओं के लिए

रजिस्ट्रेशन के लिए आज ही लॉग इन करें

www.tejgyan.org

सरश्री द्वारा रचित श्रेष्ठ पुस्तक

मन का विज्ञान
मन के बुद्ध कैसे बनें

Total Pages - 176
Price - 135/-

विज्ञान की मदद से विश्व में आज तक कई चमत्कार देखे गए हैं और कई चमत्कारों पर संशोधन जारी भी है। किंतु क्या कभी आपने आदर्श और प्रशिक्षित मन का चमत्कार देखा है? अगर नहीं तो यह पुस्तक आपके लिए है। हर कल्पना से परे विश्व का सबसे बड़ा चमत्कार आदर्श तथा प्रशिक्षित मन के साथ ही हो सकता है, यह 'मन का विज्ञान' इस पुस्तक द्वारा जान लें और जब मन सताए तब नीचे दी गई बातों पर महारत हासिल करें।

✳ मन क्या है, मन के भिन्न पहलू कौन से हैं और मन के बुद्ध कैसे बनें ✳ विचारों और भावनाओं द्वारा मन किस तरह सच पर हावी हो जाता है ✳ सरल उपमाओं द्वारा जानें मन की कार्यपद्धति ✳ मन के विकार और उनसे आज़ादी का मार्ग ✳ मन की सारी नकारात्मक आदतों से छुटकारा पाने के रचनात्मक तरीके ✳ मन को आदर्श बनाने का उद्देश्य और पद्धति ✳ मनोरंजन में मन कैसे उलझता है और उससे मुक्ति के उपाय ✳ मन के नाटक होते हैं अनेक, उनसे छुटकारा पाने के तरीके भी हैं अनेक ✳ मन के बुद्ध बनने के लिए आवश्यक आठ कदम

इस पुस्तक द्वारा आप सुप्त मन के अनोखे रूप से परिचित होंगे तथा मन के बुद्ध बनने का राजमार्ग जान पाएँगे, जो हमें मन सताने से पहले सीख लेना चाहिए।

पुस्तकें प्राप्त करने के लिए नीचे दिए गए पते पर मनीऑर्डर द्वारा पुस्तक का मूल्य भेज सकते हैं। पुस्तकें रजिस्टर्ड, कुरियर अथवा वी.पी.पी. द्वारा भेजी जाती हैं। पुस्तकों के लिए नीचे दिए गए पते पर संपर्क करें।

WOW Publishings Pvt. Ltd.

✳ रजिस्टर्ड ऑफिस - इ- ४, वैभव नगर, तपोवन मंदिर के नज़दीक, पिंपरी, पुणे - ४११०१७

✳ पोस्ट बॉक्स नं. ३६, पिंपरी कॉलोनी पोस्ट ऑफिस, पिंपरी, पुणे - ४११०१७ फोन नं.: 09011013210 / 9623457873

आप ऑन-लाइन शॉपिंग द्वारा भी पुस्तकों का ऑर्डर दे सकते हैं।

लॉग इन करें - www.gethappythoughts.org

३०० रुपयों से अधिक पुस्तकें मँगवाने पर १०% की छूट और फ्री शिपिंग।

तेजज्ञान इंटरनेट रेडियो

२४ घंटे और ३६५ दिन सरश्री के प्रवचन और भजनों का लाभ लें, तेजज्ञान इंटरनेट रेडियो द्वारा। देखें लिंक

http://www.tejgyan.org/internetradio.aspx

✸ हर रविवार सुबह १०:०५ से १०.१५ रेडियो विविध भारती, एफ. एम. पुणे पर 'तेजविकास मंत्र'

नोट : उपरोक्त कार्यक्रमों के समय बदल सकते हैं इसलिए समय पुष्टि करें।

www.youtube.com/tejgyan
पर भी सरश्री के प्रवचनों का लाभ ले सकते हैं।
For online shopping visit us - www.tejgyan.org
www.gethappythoughts.org

तेजज्ञान फाउण्डेशन - मुख्य शाखाएँ
पुणे (रजिस्टर्ड ऑफिस)

विक्रांत कॉम्प्लेक्स, तपोवन मंदिर के नज़दीक,
पिंपरी, पुणे-४११ ०१७.

फोन : 020-27411240, 27412576

मनन आश्रम

सर्वे नं. ४३, सनस नगर, नांदोशी गाँव,
किरकटवाडी फाटा, तहसील - हवेली,
जिला- पुणे - ४११ ०२४. फोन : 09921008060

e-books

The Source, Complete Meditation, Ultimate Purpose of Success, Enlightenment, Inner Magic, Celebrating Relationships, Essence of Devotion, Master of Siddhartha, Self Encounter, and many more e-books available.

Free apps

U R Meditation & Tejgyan Internet Radio on all platforms like Android, iPhone, iPad and Amazon

e-magazines

'Yogya Aarogya' & 'Drushtilakshya'
emagazines available on www.magzter.com

e-mail

mail@tejgyan.com

website

www.tejgyan.org, www.gethappythoughts.org

- नम्र निवेदन -

विश्व शांति के लिए लाखों लोग प्रतिदिन
सुबह और रात ९ बजकर ९ मिनट पर प्रार्थना करते हैं।
कृपया आप भी इसमें शामिल हो जाएँ।

www.ingramcontent.com/pod-product-compliance
Lightning Source LLC
La Vergne TN
LVHW040144080526
838202LV00042B/3021

* 9 7 8 8 1 8 4 1 5 5 4 8 8 *